英国ひつじの村③

巡査さん、合唱コンテストに出る

リース・ボウエン　田辺千幸 訳

Evanly Choirs

by Rhys Bowen

コージーブックス

EVANLY CHOIRS
by
Rhys Bowen

挿画／石山さやか

巡査さん、合唱コンテストに出る

主要登場人物

エヴァン・エヴァンズ……………………スランフェア村の巡査
ブロンウェン・プライス……………………村の学校の教師
ベッツィ・エドワーズ……………………パブのウェイトレス
ミセス・ウィリアムス……………………エヴァンの住む家の大家
ジャック・ワトキンス……………………北ウェールズ警察の巡査部長
ゲラント・ヒューズ……………………北ウェールズ警察の警部補
モスティン・フィリップス……………………村の聖歌隊の指揮者
アイヴァー・スウェリン……………………オペラ歌手
マーガレット・スウェリン……………………アイヴァーの妻
エドワード・パウエル＝ジョーンズ……………………村の牧師
ミセス・パウエル＝ジョーンズ……………………エドワードの妻
グラディス・リーズ……………………パウエル＝ジョーンズ家の家政婦
トモズ・パリー・デイヴィス……………………村の牧師
ミセス・パリー・デイヴィス……………………トモズの妻
マギー・ポール……………………エヴァンの古い友人

アイステズヴォッド

アイステズヴォッドとは、どの宮廷にも吟遊詩人がいた中世の時代から続く、ウェールズの伝統行事である。どのアイステズヴォッドにおいても、吟遊詩人のコンテストが一番の目玉となっている。フラワーガールに先導され、高らかなトランペットが鳴り響くなか、白と緑のたっぷりしたローブをまとった吟遊詩人たちが仰々しく行進をするところから、コンテストは幕を開ける。その後吟遊詩人たちはそれぞれ、伝統に厳密にのっとった様式で書かれた詩を披露する。

アイステズヴォッドはハープやダンス、歌のコンテストが行われる芸術祭でもある。有名なコール・メイビオンを始め、男声コーラスはいまもウェールズの多くの村でなくてはならないものだ。

主だったコンテストに加え、ウェールズの工芸品の展示が行われたり、ウェールズの食べ物や飲み物が振る舞われたりする。北ウェールズと南ウェールズで交互に開かれる盛大なものから、地元で開かれる小さなものまで様々なアイステズヴォッドがあり、あらゆる場所でウェールズの文化と伝統を守っている。

1

その娘は唇を嚙みしめながら、車で山道をのぼっていた。あまり運転の経験はなかったし――ロンドンやミラノで自分の車を持つのは愚か者かマゾヒストだけだ――ウエールズの狭い山道に対して、このレンタカーはあまりにも巨大に感じられた。海岸からここまでのぼってくるあいだ、道路のこちら側の岩壁と反対側の切り立った谷ばかりを意識していた。道路全部を使いながらバスがヘアピンカーブを曲がってこちらに向かってきたときと、一匹のひつじが突然車の前に飛び出してきたときには、心臓が胸のなかで跳びはねた。

慣れない危険な道を運転しているというだけでなく、娘は緊張していた。わたしはいったいここでなにをしているの？　ロンドンの空港に降り立ち、レンタカーを借りたときにはいたって簡単なことのように思えた。彼は自分と会えたことを喜んでくれるだろうし、なにもかもがきっとうまくいくだろうと思っていた。いまはそれほど確信が持てない。

山頂を覆う雲は時折途切れ、岩の断崖や輝くリボンのような清流や白いひつじが点在する緑色の高地が垣間見えた。開けた窓から、流れる水の音や遠くのひつじの鳴き声が聞こえてくる。空気は緑のにおいがした。ロンドン郊外の上品な地域で育った人間にとってはまったく見慣れない景色だったから、娘はどこかおののきながらあたりを眺めた。彼はどうしてここに来ようと思ったんだろう？

道路が雲に飲みこまれそうになっているあたりに、村が現われた。車の速度を落とし、村の唯一の通りを進んでいく。簡素なところだった。二列に並んだ白しっくい塗りの石造りのコテージ、数軒の店、ガソリンスタンド、そして〈レッド・ドラゴン〉と書かれた看板が風に揺れている居心地のよさそうな白いパブ。彼女は車を止めて、地図を開いた。ここが目的地のはずがない。店の看板を眺めた。〈R・エヴァンズ乳製品販売〉、〈G・エヴァンズ　CIGYDD〉（「精肉店」と括弧のなかに小さな字で書かれていた）、そして〈T・ハリス　雑貨屋〉と書かれた看板には、〈小郵便局、スランフェア〉という小さな文字もあった。

それじゃあ、やっぱりここなんだわ。イギリスの村にしばしばセント・メアリーという名が見られるように、スランフェアというのがウェールズでよくある地名だということは知っていた。ウェールズの地図を調べたとき、スランフェアなんとかという名前を一ダース以上は見た記憶がある。けれどスノードン山近くの山道をほぼのぼり切ったところにあるスランフェアはひとつだけだ。ここがそうに違いない。

娘は信じられずに首を振った。彼が好むようなところではない。あの小さなコテージのどれかに彼がいるとは、とても想像できなかった。彼は間違いなく五つ星を好むタイプだ。ニースやポルトフィーノやビバリーヒルズ――彼がいるとしたらそんなところのはずなのに。

通りに車を進め、夏休みでがらんとしている村の学校の前を通り過ぎ、細い道路をはさんで向かい合って建つ二軒の礼拝堂の前にやってきた。まるで鏡に映したみたいだ――細長い窓のあるずんぐりした灰色の石造りの建物で、飾りはほぼない。左側の礼拝堂には入口の外に掲示板があって、〝ベテル礼拝堂　パリー・デイヴィス牧師〟と記されていた。反対側にあるほうは〝ベウラ礼拝堂　パウエル＝ジョーンズ牧師〟となっている。

ここの人たちはたくさんお祈りをするのね、彼女は面白がった。ひとつの礼拝堂すらいっぱいにできそうもないくらい小さな村なのに。掲示板には聖句が貼り出されていた。ベテル礼拝堂のほうは〝持っている者は、更に与えられる〟（マタイによる福音書13―12)、一方のベウラ礼拝堂は〝金持ちが神の国に入るよりも、らくだが針の穴を通る方がまだ易しい〟(マタイによる福音書19―24)だった。娘は思わず微笑み、ここしばらく笑っていなかったことに気づいた。慣れない表情を作ったせいで、顔が妙にこわばった。

礼拝堂は村の一番端にある建物のようだったので、娘は再び車を止めた。ベテル礼拝堂の隣には質素な石のコテージがあるだけだったが、ベウラ礼拝堂の裏側の広々とした土地にはそれよりずっと大きな建物があった。ヴィクトリア朝様式のジンジャーブレッド装飾(木によるレースのような装飾)が施された、切妻屋根の黒と白の建物だ。彼女は疑わしそうにそれを見つめていたが、やがてその視線は道路が雲に溶けこんでいるあたりに流れた。山腹に凝った装飾の大きな建物がある。曲線を描くバルコニーにゼラニウムの植木箱を並べた、育ちすぎたスイスのシャレーのような建物だ。雲に覆われた険しいウェールズの山腹に不意に現われたその光景はあまりに意外なものだったので、つかの間幻を見ているのかと思ったほどだった。ディズニーのテーマパークを連想した。道路脇の木の看板には優雅な文字が記されていた。〝エヴェレスト・インにようこそ。登山家たちの憩いの場。レストラン、ヘルスクラブ、スパがあります〟

駐車場は高級車でいっぱいだった。まがい物のシャレーは彼の好みではないけれど、ここのほうがずっと彼らしい。だが彼はホテルに滞在するのではなく、家を借りていると言っていた。つまり礼拝堂の裏の黒と白のヴィクトリア朝様式の建物だということになる。

娘はエンジンを切ると、静かだと思いながら車を降りた。厳密にいえば、あたりが静まりかえっていたわけではない。草のあいだをそよそよと吹き抜ける風や、石の上をちょろちょろ流れる水音が聞こえている。雲に隠れて見えないけれど、ひつじたちはまだどこかで互いを呼び合っている。けれど、彼女がいつも耳にしている音は聞こえなかった。車が行きかう音やクラクション、大都市での暮らしにはつきもののけたたましいサイレン。遠くに来たのだと彼女は改めて感じた。

大きく深呼吸をしてから黒いスカートのしわを伸ばし、ゲートを開けて砂利の私道を玄関に向かって歩いた。ドアを開けたのは、薄緑色のカーディガンとツイードのスカートという不似合いな服に身を包んだ痩せた長身の女性だった。娘のヨーロッパ風のデザインの服と、妖精のような色白の顔と、大きな青い目をいっそう強調している真っ黒な髪をじろじろと眺めた。染めているのね。彼女は心のなかでつぶやき、非難していることがわかるように鼻を鳴らした。

「なにかご用かしら?」ウェールズ語のなまりがほとんどない上品な口調だった。

娘は信じられないといった顔で彼女を見つめた。「わたし――その――よくわからないんです」娘は口ごもった。「ここが正しい場所なのかどうか、わかっていなくて」お金をかけた教育も、ロンドン郊外のなまりを完全に消すことはできなかったようだ。

女性は薄緑色のカーディガンを着た腕を組んだ。「ベッド・アンド・ブレックファーストを探しているのなら、わたしたちは旅行者は泊めていませんからね。なにか主人に用があるのなら……」娘の表情が変わったことに気づいて、彼女は言葉を切った。「主人はいま忙しいんです。今度の日曜日の説教の準備をしているところですから」

「説教？」娘はオウムのように女性の言葉を繰り返した。

「主人は説教をとても真剣に考えていますからね。ウェールズ語と英語の両方でするんですから。大変なことですよ。通りの向かいのパリー・デイヴィスは、自分こそがこのあたりの吟遊詩人という名にふさわしいと思っているようですけれどね」

娘はぽかんと口を開け、なにひとつ理解できずにただ女性の顔を見つめていた。女性が、火星人の言葉か中国語を話している気がした。

「ごめんなさい」娘はあとずさりした。「間違えたみたいです。知り合いを探しているんですけれど、彼はここにはいないようです。お邪魔してすみませんでした」

「あなたと話をする時間があるかどうか、主人に訊いてきましょうか」女性の口調が和らいだ。「助けを求めてきた人を追い返すようなことは主人はしません。キリスト教徒としての義務をとても真剣に考えている人ですから」

「ご主人は牧師さまなんですか？」娘が訊いた。

「当たり前じゃないですか。いったいだれだと思っていたんです？　パウエル＝ジョーンズ牧師です。わたしはミセス・パウエル＝ジョーンズ。なにかお困りかしら？　わたしはこのあたりではいい相談相手だと思われて……」

娘はなんの前触れもなく笑い始めた。「パウエル＝ジョーンズ牧師？　ここはあなたのお宅なんですか？　ごめんなさい、やっぱり間違えたみたいです。それじゃあ、失礼します」

安全な車に一刻も早く戻りたくて、娘は月桂樹が植えられた私道を急ぎ足で進んだ。ゲートに手をかけたところで、茂みのあいだから若い男性が現われて彼女の前に立ちはだかった。

「いったいなにしに来た？」

娘は傲然として頭を振った。「ここは自由の国よ。わたしがどこへ行こうと勝手でしょう」

男は娘の腕をつかんだ。「ばかなことはやめるんだ、クリスティン。わからないのか？　おしまいなんだ。終わったんだ。きみはもう過去の人間なんだよ」

「放してよ！」娘は腕を振りほどこうとした。

「ロンドンに戻るんだ、クリッシー。頼むから。ばかな真似をして、だれかが傷つく前に」

「放してって言ったでしょう」娘の声は危険なほど大きくなった。「放っておいてよ。わたしは大人なのよ、ジャスティン。自分の面倒は自分で見られるから」

娘は男の手を振りほどいた。「わたしはききわけのいい女の子みたいにおとなしく家に帰って、すべてなかったことになんてしないんだから。そう簡単にわたしを追い払うことなんてできないわよ！」

娘は男の脇をすり抜けると、車に乗りこんで荒々しくドアを閉め、タイヤをきしらせながら走り去った。男は遠ざかる車を見つめていたが、やがてパウエル＝ジョーンズ家の門柱を怒ったように殴りつけてから、庭を横切って生垣の向こうに姿を消した。

ミセス・パウエル＝ジョーンズは居間の窓からそのすべてを眺めていた。

「エドワード！」その声は家じゅうに響いた。「エドワード！　妙なことが起きているんだけれど」

パウエル＝ジョーンズ牧師が書斎のドアから顔をのぞかせた。「何事だね？　わたしは忙しいんだ。永遠の業火と肉欲の罪について、ちょうど佳境に差しかかったところなんだよ」

「エドワード、大切なことなのよ。そうでなきゃ、説教を考えているあなたの邪魔をしようなんて思いませんよ。たったいま若い男性がうちの生垣を抜けて入ってきたし、その前には妙なことに若い女性が訪ねてきたんですよ。彼女はあなたに会いたがっているような感じだったのに、気が変わったみたいなの」ミセス・パウエル＝ジョーンズは、彼女にしかできないまなざしで夫をにらみつけた。この強烈な視線に射すくめられて、ボーイスカウトや日曜学校の生徒たちは罪を告白すると言われている。

「エドワード」彼女は優しげではあるけれど冷ややかな声で言った。「あなた、わたしになにか話したいことがあるんじゃない？」

「なにを話すというんだね？　なにについて？」

「あなたの説教についてですよ、エドワード。肉欲の罪とあなたは呼んだんじゃなかったかしら」

エドワード・パウエル＝ジョーンズはけげんそうな顔になった。「なにが言いたいのか、わたしにはよくわからないよ」

「それなら、はっきり言わせてもらいますよ。若い女性があなたに会いたがったり、ここはわたしの家なのかどうかをわざわざ尋ねたりするのはどうしてだろうと考えたんです。先月、あなたが出席したバンガーのキリスト教徒青少年会議でなにかあったのかもしれないってね」

「おまえはまさか……」パウエル＝ジョーンズ牧師は驚いて笑いだした。「よりによってこのわたしが……」

「ありえることです、エドワード。どんな立派な人にだって、獣は潜んでいるものですからね。たとえ聖人の胸であろうと。それにあなたはまだ魅力的だし」

五〇がらみで、白髪まじりで、弱々しくて、若い女性が絶対にセクシーとは思わないであろうエドワードはきまり悪そうに顔を赤らめた。「はっきり言っておくよ、おまえ。わたしの人生に女性はひとりしかいなかったし、これからもひとりしかいない」

「それなら、彼女はいったいなにをしに来たんです？」ミセス・パウエル＝ジョーンズは腹立たしげに訊いた。

「さっぱりわからない」

「それにあの若い男はひどく腹を立てて、まるで自分の家みたいにうちの庭を横切っていったんですよ」

なにか新たに心を悩ませるようなことを思い出したのか、エドワード・パウエル＝ジョーンズの表情が変わった。なにひとつ見逃すことのない彼の妻は、もちろん気づいた。「なんなんです？　なにか知っているのね」

「いま気づいたんだが、カナーボンの不動産業者と関係あるかもしれない」

「どの不動産業者です？」

「夏のあいだ、この家を貸してほしいとしつこく言ってきた業者だよ」

「だれがなにを言ってきたですって？」

「おまえに話したはずだ。今週おまえが母親の家に行っているあいだに、何度か電話をかけてきたんだ」

「いいえ、エドワード、聞いていませんよ」ミセス・パウエル＝ジョーンズの声は冷たいほどに落ち着いていた。

「そうかね？　わたしはてっきり……」パウエル＝ジョーンズ牧師は明らかに狼狽

していた。妻の冷たいほどの落ち着きは、憤怒の嵐よりも恐ろしい。「近頃、とみに記憶力が衰えているんだが、きっとたいしたことではないから話すのを忘れていたんだと……」

「その不動産業者はなんと言ってきたんです、エドワード？」

「夏のあいだ、どうしてもこの家を借りたいと言っている客がいると」

「この家を？」

パウエル＝ジョーンズ牧師は肩をすくめた。「その客は、スランフェア近くでプライバシーを保てる大きな家を探しているらしい。思い当たるのが我が家だけだったというわけだ。かなりの金額を払う用意があるようだ」

「ずいぶんとずうずうしい人ね」ミセス・パウエル＝ジョーンズはつぶやいた。

「わたしもそう思ったのだよ。突然の話だというだけでなく、ひらひらと顔の前で金をちらつかせれば、わたしたちが喜んで従うと思っているようだった。わたしはすぐにその思い違いを正してやった。わたしはスランフェアでもっとも重要な礼拝堂の牧師だから、村人たちに必要とされているし、どこにも行くつもりはないとね。それに、金はわたしたちにとって重要ではないとも言ってやった」

「ちょっと待って、エドワード……」ミセス・パウエル＝ジョーンズは考えこんだ。

「断るべきではなかったかもしれない。あなたは早まったかもしれないわね」

「どういうことだね？」

「これは、わたしの祈りに対する答えかもしれないと言っているんですよ」

「おまえの祈り？　この家を貸したいと祈っていたのかね？」

ミセス・パウエル＝ジョーンズは夫のばかばかしい言葉を聞いてため息をついた。

「わたしの母親のことですよ、エドワード。母のことを祈っていたの」彼女は色あせたソファの肘掛けに腰かけた。「母は人工股関節の手術が必要だってお医者さまに言われたことを覚えているでしょう？　ずっと先延ばしにしてきたせいで、足をひきずってよたよたと歩くのがせいいっぱいになってしまったんですよ。でもわたしはここにいなくてはならないから、母の看病に行くことはできなかった。こんな大きな家にあなたひとりを残していくわけにはいきませんからね。それが、いまこうして答えが向こうからやってきてくれた。わたしが看病しに行けるなら、母は手術が受けられるわ」

「わたしはどうなる？　おまえの母親の家にわたしがいる場所はないし、どちらにしろ、夏のあいだ礼拝堂を閉めて、パリー・デイヴィスにわたしの信徒を譲るようなことをするつもりはない」

「もちろんですとも。村のどこかであなたが滞在できる場所を探すんですよ。旅行客を受け入れている村人がいるじゃありませんか。わたしがあなたにふさわしいところを探しますから、心配いりませんよ」ミセス・パウエル＝ジョーンズは満足そうに部屋を見まわした。「絶好の機会だわ。まさに天からの贈り物に違いありませんよ。そのお金でなにができるか、考えてみて……」

牧師の顔が輝いた。「しばらく前から、オルガンの調子が悪かったのだ。『クム・ロンザ』の演奏の最中にペダルが動かなくなるのは、なんとも気まずくてね」

「オルガンなんて。この部屋にはちゃんとした応接三点セットが必要なんですよ」ミセス・パウエル＝ジョーンズは声を荒らげた。立ちあがり、たったいままで腰かけていたソファのすり切れた肘掛けを指さした。「見てごらんなさい、エドワード。礼拝堂の会合をここで開かなくてはならなかったとき、何度恥ずかしい思いをしたことか。コイルがクッションを突き破りそうになっているんですから。それにパリー・デイヴィスの家にはノーガハイド（アメリカの人工皮革のブランド）の巨大なセットがあるんですよ。偽物の革だし、牧師の家にはふさわしくないものだとは言え、ほぼ新品ですからね」

「そういうことなら、新しい三点セットがいいだろうね」パウエル＝ジョーンズ牧師はあきらめたようにため息をついた。「それが一番いい使い道だとおまえが思うのなら」

「ええ、エドワード。そう思いますとも。さあ、さっさとその不動産業者に電話してくださいな。気が変わった、この週末までには家を明け渡せると言うんですよ」

山道をのぼりきったところにある十字路にやってきたところで、若い娘は車の速度を落とした。一方の道はベズゲレルトと海岸に、もう一方はベトゥス・ア・コエドに通じている。どちらに行くべきか決めかねて、娘は車を止めた。涙がこみあげてきて、視界がにじんだ。これからどうすればいいのか、わからなかった。

2

エヴァン・エヴァンズ巡査はスランフェア警察署の外に出ると、新鮮な空気を吸った。今日は、海からの潮風のにおいがする。勢いよく流れていく雲を見あげた。よりによって週末に嵐がやってくる予兆でなければいいんだが。ブロンウェンと過ごせる一日をエヴァンは楽しみにしていた。

彼と若い学校教師との距離は縮まりつつあるところで、村人たちはすでにあれこれと詮索を始めていたが、ふたりはまだ数えるほどしかデートを重ねてはいない。エヴァンは、ウェディングベルについてはあえて一切考えないようにしていた。

翌日は、ふたりでゆっくりと山歩きをする予定だった——天気が持ちさえすれば。このあたりの山は雨の日に挑みたいような場所ではない。あちこちぬかるんでいるだろうし、雲のなかを歩くには高さがありすぎる。今日のような風が吹き続けてくれれば、それまでに危険な雲は吹き払われているだろう。

エヴァンは腕時計を見た。下宿の女主人ミセス・ウィリアムスが昼食を用意している頃だろう。彼の帰りが遅れて料理が冷めてしまうと、彼女はがっかりする。今日は金曜日だから、おそらく魚料理のはずだ。ミセス・ウィリアムスの作る料理は簡単に予想がついた。ニシンのグリルであることをエヴァンは願った。いまの時期のニシンは新鮮でおいしいし、ミセス・ウィリアムスは完璧にそれを調理してくれる。外はカリカリで身はしっとりしていて、ときにはお腹に卵を持っていることもある。ミセス・ウィリアムスの料理の腕前は確かなうえ、一日三度しっかりと食べさせないとエヴァンが飢え死にしてしまうと考えているふしがあった。そのうえ、彼が家にいるときにはお茶まで用意してくれるのだ。

エヴァンは警察署の入口に鍵をかけ、ミセス・ウィリアムスのコテージに向かって歩き始めた。すでに口のなかには唾が湧いていた。

「おはよう（ボレダ）、おまわりのエヴァンズ」ガソリン屋のロバーツが隣のガソリンスタンドから声をかけた。

「おはよう（ボレダ）。仕事はどうだい？」エヴァンは訊いた。

「まあまあさ。この時期は観光客が多いからな。文句を言っているやつは、ひとりいるけれどな。そうだろう？」彼は笑いながら、通りの向かいの精肉店を示した。「肉屋のエヴァンズは、自分の思い通りにできるのなら村をレンガの塀で囲うんだろうな。でもって、ウェールズ語ができる人間だけを入れるんだ。今朝、あいつがわめき散らしているのを聞かせてやりたかったぜ。どこかの若い男がやってきて、どこにだれが住んでいるのかをあれこれ訊いてきたんだそうだ」

エヴァンはにやりと笑った。ウェールズに外国人は必要ないと、肉屋のエヴァンズが固く信じていることはよくわかっている。

ちょうどそのとき、村の大通りをのぼったあたりから大きな声が聞こえてきた。エヴァンは耳を澄ました。ウェールズ語ではなく英語だ。おそらく観光客だろう。女性の声が悲鳴に変わった。エヴァンはしばしためらったあと、道をのぼり始めた。若い女性が、若い男性の腕を振りほどこうとしているのが見えた。

「おい」エヴァンが叫ぶのと同時に、娘は男の手を振りほどき、止めてあったえび茶色のボクスホール・ベクトラに乗りこみ、タイヤをきしらせながら走り去った。男は車に向かってなにかをわめくと、向きを変えて茂みのなかに姿を消した。恋人同士の痴話喧嘩だろうか、それとももっと深刻なものだろうかとエヴァンは考えた。一拍の間のあと、男が入っていった前庭がパウエル＝ジョーンズ家のものだったことに気づいて驚いた。

「なんだったんだ？」戻ってきたエヴァンにガソリン屋のロバーツが尋ねた。

エヴァンは肩をすくめた。「わからない。ぼくが行ったときには、ふたりともいなくなっていた。ぼくが口を出すことじゃないと思うね。スピード違反は別だが、走って追いかけるわけにもいかないし」

「あんたにもパトカーがあってもいいよな」ガソリン屋のロバーツが言った。「あんたが上のやつらを説得できるなら、おれが上等のフォード・グラナダの中古車を手に入れてやるんだが」

エヴァンはくすくす笑った。「新しいペーパークリップを買わせるのすら大変なんだぞ。それに、ぼくがここに配属されているのは、どこでも徒歩でパトロールできるという理由だからね」

「そして、スランフェアで起きているあらゆる物騒なことに目を光らせているわけだ」ガソリン屋のロバーツは笑って言った。「うまくやってるじゃないか、なあ、エヴァン・バック？」〝小さいエヴァン〟という呼びかけは、登山をし、ラグビーをする身長一八〇センチの男性にふさわしいものではなかった。

エヴァンは笑顔で歩き続けた。村人たちのほとんどが同じように――巡査というのはたいしてすることもない楽な仕事だと――考えていることはわかっている。一方で、彼がこの村にいることを歓迎していることも知っていた。

「あなたなの、ミスター・エヴァンズ？」ミセス・ウィリアムスの高い声が台所から聞こえた。鍵を持っているのが彼だけであることを知りながら、彼女はいつも同じ台詞(せりふ)を口にする。エヴァンは例によって、いいえ、殺人狂ですよと答えたくなるのをこらえた。

「ええ、ぼくです、ミセス・ウィリアムス」

「ああ、よかったこと(ディーオルフ・アム・ヒニー)」ミセス・ウィリアムスはエプロンを撫でつけながら暗い廊下を足早に近づいてきた。

「どうかしたんですか？」

「ディナーがぱさぱさになってしまう前にあなたが帰ってくるかどうか、心配していたんですよ」ミセス・ウィリアムスはランチをディナーと呼び、ディナーをサパーと呼ぶ昔ながらの労働者階級の伝統を受け継いでいた。「おいしいフィッシュ・パイを作ったんですよ」

フィッシュ・パイ――まったくの想定外だった。ミセス・ウィリアムスが普段作るものではない。それどころか、この家に来てからフィッシュ・パイを食べた記憶がなかった。

「今日はどうしてもフィッシュ・パイを作らなきゃいけなかったんですよ」ミセス・ウィリアムスは説明した。「魚屋のジョーンズの車には、今朝はまともなニシンが一匹もなかったんですから。海が荒れていたせいで、サバもなくて」ミセス・ウィリアムスはそう話しながら台所へと戻っていき、エヴァンはそのあとを追った。「なにもかもエルニーニョ現象のせいですよ」オーブンの扉を開けながら彼女は言った。「どれもこれもアメリカのせいなんです」

「エルニーニョ？　あれは自然現象ですよね？」

ミセス・ウィリアムスは鼻を鳴らした。「原子爆弾で始まったことなんですから。アメリカ人が原子爆弾の実験を始める前は、太平洋でエルニーニョなんてなかったんですよ」

エヴァンは賢明にもなにも言わなかった。フィッシュ・パイに取り組む覚悟を決めようとしていたからだ。それとも、礼儀正しく断るにはどう言えばいいかを考えていたと言ったほうがいいかもしれない。フィッシュ・パイが好きだったことはない。学校の給食を思い出した。学校で出るフィッシュ・パイの中身は、いくらか魚の風味があるというだけの水っぽいマッシュポテトのようなものだった。パイのなかに魚の身が入っていたためしがないが、いつも一、二本は骨が混じっていたから、どこかに魚の身もあったはずだ。

エヴァンがそんなことを考えているあいだに、ミセス・ウィリアムスは表面がぱりぱりしたチーズ入りポテトで覆われたパイをオーブンから取りだした。おいしそうなにおいがした。ミセス・ウィリアムスはエヴァンのお皿に山盛りよそった。「さあ、召しあがれ、そうすれば、なにもかもうまくいきますよ」誇らしげに言う。

エヴァンはフォークでパイをつついた。下半分はクリームソースをからめた白身魚の身で、そのうえに片ゆで卵、さらに外がカリカリでなかは軟らかいポテトを載せてある。全体にかけられたチーズがぶくぶくと泡立っていた。ひと口食べると、見た目どおりおいしいことがわかった。

「とてもおいしい」エヴァンは驚いて言った。

ミセス・ウィリアムスは満足そうにうなずいた。「男の人のための食べ物ですからね。腹持ちがよくて、体にいいんですよ」そう言うと、サヤマメとマローを切ったものをエヴァンの皿によそい始めた。

これ以上腹持ちのいい食べ物は必要ないんだが、とエヴァンは心のなかでつぶやいた。ミセス・ウィリアムスが気前よくよそってくれる結果が、ウェストまわりに表われ始めている。

ほんのふた口ばかり食べたところで、玄関をノックする音がした。

「いったいだれかしら？」いらだちまじりにミセス・ウィリアムスが言った。彼のことを霊能者だと思っているのか、それとも答えを求めているわけではなくただそう口にしているだけなのかどちらだろうと、エヴァンはしばしば考えた。

「ぼくが出ましょうか？」エヴァンは立ちあがったが、すぐに椅子に押し戻された。

「あなたは食べていればいいんですよ。わたしが行きますから」ミセス・ウィリアムスがきっぱりと告げた。

「台所にいますよ」彼女の声が聞こえた。「でもいま食事を始めたところなのよ」

やがて台所のドアが開いて、チャーリー・ホプキンスが入ってきた。薄くなりかかった髪をした、痩せて小柄な初老の男性だ。いつも、その体には大きすぎるブーツを履いている。スレートの採石場で働いていた頃の名残だ。弱々しく見えるが、公園を散歩するような足取りで山をのぼっていく彼をエヴァンは見たことがあった。

「食事の邪魔をしてすまないね、エヴァン・バック」彼が言った。

「いいんだよ、チャーリー。いっしょにどうだい？　ミセス・ウィリアムスはいつものごとく、軍隊にでも食べさせられそうなくらい作ってくれたからね」

「せっかくだが遠慮しておくよ。すぐ帰らなきゃならないんだ。スランディドゥノに届けるものがあるんでね」チャーリーは地元で運送業を営んでいた。「今日は公務できたんだ」

エヴァンは思わず顔をあげ、フォークを持った手が宙で止まった。「公務？」チャーリーはベテル礼拝堂の案内係だが、それ以外の官職にはついていない。

チャーリーは咳払いをした。

「『スランフェアと地域の男性聖歌隊』の秘書という公式の立場から、あんたと話をするように頼まれて来たんだ」

「そうなのか？　聖歌隊でなにか問題が起きたんだな？」

チャーリーはうなずいた。「実はかなり大きな問題なんだ。バリトンに関して」

「ぼくの助言が必要なのかい？　それとも警察の手助けがいりそうか？」

「手助けがいる。バリトンがもうひとり必要なんだよ」チャーリーはずばりと言った。

「来月にはアイステズヴォッドがあるというのに、歌がひどいんだ。そこであんたと話をしてきてほしいと、オースティン・モスティンがおれに頼んだというわけだ」

聖歌隊の指揮者であるモスティン・フィリップスは、カナーボンの中学校でも音楽を教えている。年代もののオースティン・ミニに乗っているのが、あだ名の由来だ。

「どうしてぼくに会いにきたのか、よくわからないな、チャーリー……」

「あんたはいい声をしていると聞いた」

「ぼくが？　いい声？　だれに聞いたんだ？」エヴァンは笑いだした。

「ミセス・ウィリアムスだ」チャーリーは、ドアのそばにそっと立っているミセス・ウィリアムスの顔を見た。「バスルームであんたが歌っているのを聞いたそうだ」

「じっと耳を澄ましていたわけじゃないんですよ、ミスター・エヴァンズ」ミセス・ウィリアムスはすまなそうに言い訳した。「でも聞かずにはいられなくて。とても素敵な歌声だったんですもの」

「タイルを貼った部屋のなかやラグビーの試合のあとなら、まあそこそこ聞けるかもしれない」エヴァンは恥ずかしそうに笑った。「だがぼくはこれまで、ちゃんと歌ったことは一度もないんだ——子供の頃の聖歌隊が最後だ」

「いまいるやつらより下手なはずがないさ」チャーリーが言った。「まったく悲惨なんだよ、エヴァン・バック。それなのにハーレフで開かれるアイステズヴォッドまでひと月もない。助けてくれないか？」

「ぼくが助けになれるとは思えないよ、チャーリー。楽譜さえ読めないんだぞ」

「それは大丈夫だ。オースティン・モスティンは何度も繰り返させるから、いやでも頭に入るさ。こだわる男なんだよ——自分の仕事をすごく真剣に考えている。おれたちのことをウェールズ・ナショナル・オペラかなにかにしようと思っているみたいだ」チャーリーがそう言ってにやりと笑うと、歯が二か所欠けているのが見えた。「とりあえず、今夜の練習に来てくれないか。連れていくと約束したんだ。終わったら〈ドラゴン〉でビールをおごるから」

エヴァンはため息をついた。「まあ、今夜はほかに予定もないし……」

チャーリーはくすりと笑った。「学校の先生と熱いデートはないのかい？」

「やめてくれよ、チャーリー。ブロンウェンとぼくは――」

「わかってるさ、ただの友だちなんだろう。セクシーなフランス女とカリブ海で過ごしているところを見つかった政治家が、《デイリー・ミラー》で言っているみたいに」チャーリーはエヴァンの肩を小突いた。「パブのベッツィにしたらどうだ？　彼女とならバード・ウォッチング以上のことができるぞ！」

「そうだろうな」エヴァンは素っ気なく応じた。村中の人々が彼とだれかをくっつけようとするのには、いいかげんうんざりしていた。

「パブのベッツィ？」ミセス・ウィリアムスが口をはさんだ。「彼女はだめですよ。ミスター・エヴァンズは真面目で上品な人なんですからね。太ももが半分見えているようなスカートや、スカートまで届きそうなくらい大きく襟ぐりのあいた服を着ているような人がふさわしいはずがないでしょう？　彼にはちゃんと料理のできるきちんとした娘さんがいいんです。たとえば、孫のシャロンとか――」

「わかりましたよ、おっと、もうこんな時間だ」チャーリーがさえぎってくれたおかげで、ミセス・ウィリアムスのＬサイズの孫娘の話をそれ以上聞かずにすんだ。

「ぼくもそろそろ行かないと」エヴァンは食器戸棚の上の時計を見ながら言った。

「それじゃあ、今夜は来るんだな？」チャーリーは戸口で足を止めて尋ねた。

「行くよ」エヴァンは答えた。「だがなにも約束はしないからな」

3

「本当に感謝していますよ、エヴァンズ巡査」村の集会所を出たところで、モスティン・フィリップスはエヴァンと握手をかわした。あたりはすでに暗くなりかかっていて、銀色の空にスノードン山の頂が黒く浮かびあがるなか、ふたりは〈レッド・ドラゴン〉への近道をたどった。

「あなたがわたしたちといっしょに奮闘してくれることを期待していますよ」モスティンが言った。「いずれあなたにもわかるでしょうが、わたしたちには新しい声がぜひとも必要なんです」

かろうじて音程が合っている程度の彼の声が加わっても、スランフェア・コール・メイビオンは賞を取れるような聖歌隊にはならないだろうとエヴァンは思ったが、口には出さなかった。自分の仕事をごく真面目に受け止め、年よりたちの聖歌隊をなんとかしようと必死になっているモスティン・フィリップスが気の毒だった。隊員のほとんどはチャーリー・ホプキンスより年上だ――かつて採石場で働いていた者たちで、当時はスランフェアで生きていくためには必ず聖歌隊に入らなければならなかったのだ。いま、村には若者はほんのわずかしかおらず、無理やり連れてこられたティーンエージャーの孫や甥たちは、聖歌隊などジョークとしか考えていなかった。

「かつては見事な聖歌隊だったのですよ」エヴァンの心の内を読んだかのように、モスティンが言った。「採石場が稼働していた頃は、このあたりの男性はみんな聖歌隊で歌うことを誇りにしていた。当時、わたしたちが取った優勝カップを見ましたか？　それも地元のじゃなくて、ナショナル・アイステズヴォッドだったんですからね」

　エヴァンはモスティン・フィリップスをちらりと見た。ヒトラーのような口ひげを生やして眼鏡をかけた、小柄でおしゃれな男だ。いつもブレザーにストライプのネクタイか、あるいはツイードのジャケットにクラバットというきちんとした格好をしている。けれどその服装も物腰も、まったく違う時代のもののようだったし、自分が学校教師であることを常に意識しているらしかった。罰を与えると言って脅すことのできない行儀の悪い男たちを見かけると、ひどくいらだたしい気分になるようだ。

「時々考えるのですよ」モスティンが言った。「またアイステズヴォッドに出るのは正しいことなんだろうかとね。わたしの評判はすべてこれにかかっているんです。わたしの聖歌隊のレベルは高いことで知られていますからね」

「それなら、今回のアイステズヴォッドは考え直したらどうですか。ひと月できちんと仕上がるとは思えない」

「だが競い合うのはいいことです。目的ができるし、それに今回は百声以下の小さな聖歌隊部門ですしね」モスティンは内緒話をするかのようにエヴァンに顔を寄せた。「わたしが選んだ曲で審査員を驚かせたいと思っているんですよ」

エヴァンはそれについてもなにも言わなかった。ぼくに音楽のなにがわかる？　けれど今夜聖歌隊が歌った曲はどれもエヴァンには聞き慣れないものばかりだった。『ハーレフの男たち』や『小さな鍋』といった、自信に満ちて歌うことのできる古い曲はひとつもなく、どれも現代的で変わった曲だった。

彼らは村のふたりの女性とほぼ同時に〈レッド・ドラゴン〉にたどり着き、モスティンは急いで前に出てドアを開けた。

「お先にどうぞ」モスティンが小さくお辞儀をしながら言ったので、ふっくらした女性たちはくすくす笑った。

「ありがとうございます（ディオルフ・アン・ヴァウル）」女性たちが礼を言った。

「昔ながらの騎士道精神がまだ生きていることがわかってうれしいわね、シオネッド？」ひとりがモスティンをちらりと振り返りながら言った。

「そのままドアを開けておいてくれるか、オースティン・モスティン？」ガソリン屋のロバーツがドアをくぐりながら、チャーリー・ホプキンスを軽くつついた。「昔ながらの騎士道精神がまだ生きていることがわかってうれしいよ、なあ、チャーリー？」

モスティンは顔を赤らめ、冗談を理解していることを伝えようとして曖昧に笑った。

「あきらめませんよ、エヴァンズ巡査。なにがなんでも、わたしはやり続けるつもりです」モスティンは、ロバーツたちのあとを追いながら言った。「わたしは楽観主義者なんです。常に奇跡を期待しています」

「奇跡はそうそう起こるものじゃないと思いますけれどね、ミスター・フィリップス」エヴァンは言った。

「ほら、彼が来たわ！」ベッツィの甲高い声が混み合ったパブのざわめきを切り裂いた。エヴァンが入口の大きなオーク材の梁（はり）の下を通って、人々のあいだを進んでくるのを見て、ベッツィの顔が輝いた。「あなたのためにブレインズを注ぐようにってチャーリーに言われたところよ。聖歌隊に入ったお祝いにチャーリーがおごるんですってね」ベッツィはエヴァンに笑いかけると、ぴったりしたタンクトップの裾を引っ張って、それでなくても大きく開いた襟ぐりをさらに広げた。エヴァンはカウンターに近づきながら、ウェストから一〇センチ上までしかない蛍光グリーンのトップスとひらひらした白いエプロンとのあいだからのぞいている、彼女の魅力的な腹部に目をやらずにはいられなかった。

「入るとは言っていないぞ」エヴァンはチャーリーと肉屋のエヴァンズのあいだに割って入った。「行って歌を聴くと約束したから、行って歌を聴いた。これでただでビールが飲めるというものだ……」

ほかの男たちはそれが冗談だとわかっていたが、モスティン・フィリップスはぎょっとしたようにエヴァンを見た。「だめですよ、エヴァンズ巡査、わたしたちを見捨てないでください。あなたが必要なんです。あなたなしではどうにもならない」

「いいじゃないの、エヴァン。あなたはスターになるのよ」ベッツィは黒い液体をなみなみと注いだグラスをエヴァンに手渡しながら、微笑んだ。「あなたには隠れた才能があるって、前から思っていたの。あとはそれを引き出す人がいさえすればいいんだって」ベッツィは意味ありげにそう言うと、あからさまに見つめてきたので、エヴァンはごくりとビールを飲んだ。

ぼくはどうしてきみに興味はないとベッツィに言わないんだろう？　そうすれば彼女もこんなばかげた振る舞いはやめるかもしれないのに。実は心の奥底ではやめてほしくないと思っているんだろうかと、エヴァンは考えた。

「ねえ、エヴァン、明日カナーボンの埠頭で音楽イベントがあるって聞いた?」ベッツィはスランフェア中の人々がまわりにいるにもかかわらず、まるでふたりきりであるかのように声をかけた。「バンドの生演奏やダンスがあるの」

「わたしの生徒の半分はその手のバンドで演奏していますよ」オースティン・モスティンが口をはさんだ。「本当の音楽がどういうものかを教えようとしているんですけれどね。子供たちはヘビーメタルだかなんだかそういうものが好きらしい」

ベッツィは声をあげて笑った。「ヘビーメタル? そんなもの、もう何年も前にすたれたわよ、ミスター・フィリップス。時代に遅れないようにしないと。音楽イベントに行って、近頃の若い人がどんなものを好きなのかを知らなきゃだめよ。あたしも行こうかと思っているの。いとこのエディのバンドが出るのよ。『ザ・グルーヴィン・ドルイド』っていう名前なの。すごくいいのよ」ベッツィの視線がエヴァンに向けられた。「あなたもいっしょにどう、エヴァン? 最新のダンスステップを教えるって約束したでしょう? あなたったら、マカレナすらまだ覚えていないんだから」

「なにを言っても無駄さ、ベッツィ」どう答えようかとエヴァンが悩んでいるあいだに、チャーリー・ホプキンスが言った。「エヴァンは明日、本好きのブロンウェンとまた出かけるんだから」

「また彼女と？　ばかみたいなバード・ウォッチングをするわけね」ベッツィは優しいとは言えない手つきで別の客の前にグラスを置いた。「それってさぞ楽しいんでしょうね」ベッツィはエヴァンを無視し、チャーリーに向かって言った。「彼があたしとデートしてくれたら、人生には鳥を眺めるよりもっと面白いことがあるって教えてあげられるのに。あたしといっしょにいれば、ばかげた鳥を見る時間もエネルギーもなくなるはずよ」

ベッツィの言葉にけたたましい笑い声があがった。パブのなかが暗くてよかったとエヴァンは思った。すぐに顔が赤くなることを常々恥ずかしく感じていたのだ。ケルト人の白い肌の欠点だ。エヴァンは勢いよくビールをあおり、一気にグラスを空にした。

「あたしはあきらめないわよ」ベッツィは彼からグラスを受け取ると、頼まれるより先にお代わりを注ぎ始めた。「エヴァン・エヴァンズ、あたしはいずれ、あなたをダンスに連れていくつもりだから。そうしたらあなたは、これはいったいなんだって思うでしょうね」

「自分の足につまずいて、倒れこんだ先にあった床じゃないかな」エヴァンはそう言うと、チャーリーに向かってにやりとした。

不意に冷たい風が吹きこんできて、全員が入口に視線を向けた。

「牧師だ」チャーリーがつぶやき、エヴァンのあばらをつついた。「このあとは言葉に気をつけたほうがよさそうだな。こんばんは、牧師さま」人々が道を開け、ふたりの牧師のうち、より世俗的なパリー・デイヴィス牧師がカウンターに近づいてくるのを眺めながら、チャーリーが挨拶した。

「こんばんは、みなさん」パリー・デイヴィス牧師はまわりの人々ににこやかに挨拶をした。「一番いいブレインズを一パイントもらえるかな。今夜は、スリン・スラダウ湖を飲み干せそうなくらい、喉が渇いているよ」

「日曜日の説教の練習をしていたのかい？」肉屋のエヴァンズが訊いた。彼がもうひとつの礼拝堂に通っていて、そこの牧師のミスター・パウエル＝ジョーンズのほうがはるかに優れていると考えていることは、だれもが知っていた。「いつになったら、ウェールズ語で説教をするんだ？　おれたちの母国語は、あんたにはふさわしくないとでも？」

「わたしはすべての人に応えなければならないのですよ、ガレス」パリー・デイヴィス牧師はにこやかな笑みを浮かべたまま答えた。「だれもが、あなたやわたしのようにこの言葉を流暢に話せるわけではありませんからね」誇らしげにあたりを見まわす。「実を言うと、このうえなく美しいウェールズ語の言葉を朗読していたところです。アイステズヴォッドの吟遊詩人コンテストのために。今年は、『マビノギオン』のレディ・リアンノンの物語を基にした詩を朗読するつもりですよ」

「なんだって？」地元でブルドーザーの運転手をしているおんぼろ車のバリーが小声で訊いた。

「『マビノギオン』だよ」肉屋のエヴァンズがやはり小声で答えた。「世界でもっとも古い本のひとつで、ウェールズの英雄がたくさん出てくるんだ。近頃の学校はいったいなにを教えているんだ？」

牧師はうなずいた。「素晴らしい作品です！　幼い息子が奪われ、あてもなく捜す彼女のその哀愁といったら。聴衆たちはみな涙することでしょう」

「どうしてです？　玉ねぎでも持っていくんですか？」おんぼろ車のバリーが冗談を言った。

「黙ってなさいよ、おんぼろ車のバリー」ベッツィがぴしゃりと叱りつけた。「あなたには芸術なんてこれっぽっちもわからないんだから。牧師さまはきっと素晴らしい結果を残すと思うわ。あたしたちの誇りよ」

「わたしを信じてくれてうれしく思いますよ」パリー・デイヴィス牧師は言った。「実のところ、今年は賞を取れるのではないかと期待しているのです」

「がんばってくださいよ」チャーリー・ホプキンスが言った。「だが、ミスター・パウエル＝ジョーンズはどうなんです？ 彼もアイステズヴォッドに出るんですかね？」

「彼は、宗教的ではない吟唱をよしとしませんからね」

「は？」おんぼろ車のバリーが訊き返した。

「コンテストに出るのは罪だと思ってるってことだ」肉屋のエヴァンズが説明した。

「コンテストに出られるほどうまくないだけのことさ」牛乳屋のエヴァンズが肉屋のエヴァンズに聞こえるような声でつぶやいた。

「なんて言った？」肉屋のエヴァンズが問いただした。「またいつもみたいにくだらないことを言ってるな。パウエル＝ジョーンズ牧師は、山のこっち側で一番いい声の持ち主だ。だれがなんと言おうと、おれはそう思っているね」

「そのとおりです」パリー・デイヴィス牧師がさらりと言った。「彼はとてもいい声をしている。わたしと同じくらいに」

笑い声があがった。

「ですが、アイステズヴォッドの頃に彼がここにいるのかどうかもわかりませんからね」

店内が静まりかえった。

「ここにいない？　どこに行くっていうんだ？」肉屋のエヴァンズが訊いた。

「聞いていないのですか？」パリー・デイヴィス牧師はひとりひとり順番に顔を眺めた。「彼はこの夏、家を人に貸すのですよ。奥さんは自分の母親の世話をするために、バーマスに行くそうです」

くぐもった歓声があがり、うしろのほうでだれかがつぶやいた。「せいせいするな」

「家を貸すって？」パブのハリーがエプロンで手を拭きながら、ベッツィの隣に立った。「パウエル＝ジョーンズが夏のあいだ、どこかに行くんですか？　どこでその話を？」

「我が家の通いの家政婦のエレンが、彼のところの家政婦のグラディスと親しくしていましてね。彼女から直接聞いたと言っていました。今日の午後、彼は電話であれこれと手配をしていて、この週末に荷造りと掃除をする手伝いに来てくれないかとグラディスに頼んだんだそうです。五〇ポンド払うと言ったらしい」

「五〇ポンド？　らしくないわね」ベッツィが声をあげた。「ものすごくケチな人なのに」パブのハリーが顔をしかめたのを見て、さらに言った。「だって、本当だもの。村の人はみんな知っているわよ。このあいだのお祭りであたしがココナッツ落としを担当していたときも、一回しかやらなかったんだから」

「きみは、キス・ブースの担当をすればよかったんだよ、ベッツィ」おんぼろ車のバリーが言った。「そうすれば、ひと儲けできたのに」

「一〇〇ポンドもらっても、あなたとはしないけれどね」ベッツィがすかさず言い返した。

「ちょっと待ってくれ」肉屋のエヴァンズが口をはさんだ。「夏のあいだ、だれがあの家を借りるのかグラディスはなにか言っていたか？　ミセス・パウエル＝ジョーンズが見知らぬ人間に自分の家を貸すとは思えないな。まったく彼女らしくない」

「わかりませんね」パリー・デイヴィス牧師が答えた。「だれか重要人物のような印象は受けましたが」

「知っているよ」人混みのうしろから声があがった。全員が声の主を振り返った。〈エヴェレスト・イン〉の維持管理をしている、最近この村にやってきたトレフォー・ドーソンという若い男だ。「知っていると思う」注目を集めたことに気づいて、彼は言い添えた。

「それなら、さっさと教えてくれ」チャーリー・ホプキンスが言った。

「おれのいとこが〈ジェンキンス・アンド・ジェンキンス〉で働いているんだ。知っているだろう？　カナーボンの高級不動産会社さ」数人がうなずいた。「スランフェアで家を見つけてくれと頼んだのがだれなのか、想像もつかないと思うぞ」彼は満足そうに人々の顔を見まわした。「アイヴァー・スウェリンだ」

「アイヴァー・スウェリン？」モスティン・フィリップスが訊き返した。

「あのアイヴァー・スウェリン？」ベッツィが金切り声をあげた。「あの有名なオペラ歌手？」

今回ばかりは、スランフェアの住人たちも言葉を失った。牛乳屋のエヴァンズの言葉が全員の心の内を語っていた。「よりによって、なんだってスランフェアで夏を過ごそうなんて思うんだ？」

「スランフェアのどこが悪い？」肉屋のエヴァンズが声を荒らげた。「おまえはこの村をきれいだとは思わないのか？　あのいまいましい観光客どもがいない、平和で静かなところだろうが？」

「それはそうだが……」牛乳屋のエヴァンズが応じた。「だが特別なところじゃないだろう？　もしおれが有名人だったら、ニースやモンテカルロやカリフォルニアで夏を過ごすぞ。スランフェアには来ない」

「アイヴァー・スウェリンのような男なら、とりわけそうだろうな」おんぼろ車のバリーが言い添えた。「新聞に書いてあることが本当なら、どこかの映画女優のヨットで過ごすはずだ」

「スランフェアのささやかな愛の巣に女友だちを連れてくるのかもしれない」チャーリー・ホプキンスはくすくす笑いながら言った。「あのイタリア人のカーラなんとかを」

「いったいどうやっているんだろうな」おんぼろ車のバリーがつぶやいた。

「なんのこと?」ベッツィが訊いた。

「どうやってあんなきれいな女性たちをつかまえてるのかっていうことさ。ほら、彼は若くないし、かなりでっぷりしているからね」

「あら、彼ってすごくセクシーだと思うわよ。大柄な男の人って、どこかセクシーじゃない?」ベッツィはまたもや、臆面もなくエヴァンを見つめた。エヴァンは、自分がアイヴァー・スウェリンほどでっぷりして見えていないことを祈った。

「スランフェアに愛の巣!」おんぼろ車のバリーは首を振った。「そうは思えないな」

「違いますよ、彼は家族を連れてくるんです。グラディスがそう言っていました」牧師が言った。「夏のあいだ家族とここで過ごすんです」

「ニースやモンテカルロに飽きたんだろうな」肉屋のエヴァンズが言った。「そもそも彼はグウィネズの人間だし。故郷に帰ってくるってわけだ」

「そうなのか?」エヴァンが訊いた。「アイヴァー・スウェリンはこのあたりの出身なのかい?」

数人がうなずいた。「しばらくスランフェアに住んでいたことがあったはずだ。子供の頃に」

「彼の母親があの大きな家のメイドだったときだな」チャーリー・ホプキンスが告げた。

「大きな家?」エヴァンは訊き返した。「パウエル=ジョーンズの家のことか?」

「あそこは以前、ミセス・パウエル=ジョーンズの実家のものだったんだ。ロイド家だ。スレートの採石場のオーナーだった。彼女は、パッツィ・ロイドという名前だったんだよ」チャーリーは笑った。「よく覚えているよ。あの頃でさえ、高慢ちきな子供だった。イギリスの寄宿学校に入ったんだが、ますます高慢ちきになって戻ってきた。その後採石場が閉鎖されて、彼女があの家を相続したというわけだ」

「ミスター・パウエル=ジョーンズにとっては都合がよかったんだな。礼拝堂のすぐ隣なんだから」牛乳屋のエヴァンズが言った。

「どうして彼があの礼拝堂の牧師になったと思うんだ？」肉屋のエヴァンズが訊いた。

「あそこの土地の持ち主が、彼女の実家だったからじゃないか」

「それで、アイヴァー・スウェリンの母親はあの家のメイドだったの？」カウンターにぐっと身を乗り出したベッツィの胸元が危険なほど大きく開き、その場にいた男たち全員の動きが一瞬止まった。「それなら、あそこを借りたいと思うのも当然ね。子供の頃のミセス・パウエル＝ジョーンズは、きっと偉そうにしていたでしょうからね。彼はぺこぺこしなきゃいけなかったかもしれない」

肉屋のエヴァンズは笑って言った。「故郷に凱旋（がいせん）するのはさぞいい気分だろうな。どうやってふたりを追い出したんだろう？」

「相当な額を提示したと聞いていますよ」パリー・デイヴィス牧師が言った。

「彼女が以前のメイドの子供に自分の家を使わせるくらいだから、かなりの大金だろうな」チャーリー・ホプキンスが口をはさんだ。「どちらにしても、思いがけない事態だ」

「スランフェアにとっては名誉なことだ」肉屋のエヴァンズが重々しい口調で言った。

「いまいましい観光客が彼を見に来たりしなければな」

「聖歌隊に入って、アイステズヴォッドでいっしょに歌ってくれないものかね」チャーリーが冗談を言った。

「そいつはいい考えだ。きっとそうしたがるぞ。たまには、スカラ座じゃないところもいいものだからな。ここの聖歌隊に入れるくらい、うまいんだろうか？」だれかが言い、天井の低い店内はやじと笑い声であふれた。

「行って、頼んできたらどうだ、チャーリー？」パブのハリーがにやにやしながら言った。「巡査を連れてくることはできたじゃないか」

モスティン・フィリップスが咳払いをした。「実はアイヴァー・スウェリンとは知り合いです。ロンドンの王立音楽院の奨学金を同時期にもらっていたんですよ」

「本当に？」全員の視線がモスティンに集まった。

「本当にアイヴァー・スウェリンと知り合いなの？」ベッツィは目を丸くした。

「ロンドンでの一年目、ルームシェアをしていました」モスティンが答えた。「それに――彼の妻になった女性も知っている。それどころか、ふたりを引き合わせたのがわたしなんです」

「それって、ほとんど家族みたいなものじゃないか」おんぼろ車のバリーに背中を叩かれ、モスティンはカウンターにつんのめりそうになった。「すごいな、オースティン・モスティン」

「そういうことなら」肉屋のエヴァンズが重々しく告げた。「おれたちの聖歌隊に入るように頼みに行くのは、あんたの仕事だな」

モスティンは気まずそうに身じろぎした。「考えてもみてくださいよ。世界でも指折りのテノール歌手に、スランフェア・コール・メイビオンで歌ってくれとはとても頼めない」

「だめな理由がわからないね」肉屋のエヴァンズは譲らなかった。「古い友人の頼みなんだから」

「ソロのパートを歌ってもらうように頼んだらいいんじゃないか――おれたちの歌声をかき消すみたいに」牛乳屋のエヴァンズが提案した。「そうすれば審査員もはっとして、おれたちに注目するぞ」

「あんたが本当に自分で言っているくらい、彼のことを知っているんならな」おんぼろ車のバリーが付け加えた。

エヴァンはモスティンの肩に手を置いた。「数分前、奇跡が起きることを祈っていましたよね。起きたみたいじゃないですか」

4

「今日みたいな日にこんなルートを選んでよかったんだろうか」エヴァンは踏み越し段を越えようとするブロンウェンに手を貸しながら言った。「ほとんど雲のなかを歩くことになりそうだ」

ブロンウェンは彼の手につかまり、きびきびと踏み越し段を越えた。今日はいつもの長いスカートではなくカーキ色のハイキング用ズボンをはいている。青みがかった緑色のジャケットのせいで、青い目が緑っぽく見えた。淡い色の髪を長い三つ編みに結い、エヴァンに微笑みかける顔のまわりでほつれ毛が風に揺れていた。

「わたしは雲のなかを歩くのが好きよ。現実じゃないみたいな感じがして。現実とは遠く離れた、魔法の世界にいるみたいな気がするもの」

ふわふわした芝土とヘザーが広がる荒れ地まで、ふたりは霧のなかを着実にのぼってきた。目の前の草地から二羽のアカライチョウが飛び立ったかと思うと、まるで悪夢に目を覚ました子供が怯えてだれかを呼んでいるような物悲しい鳴き声が霧に覆われた空から聞こえてきた。見えない崖に反響して、ひどく不気味だ。ふたりは思わず足を止め、一瞬耳をそばだてたあと、同時に言った。「カラス」

ふたりは笑って歩き続けたが、その不気味な鳴き声が耳から消えることはなかった。エヴァンは鳥肌が立つのを感じていた。

「スリン・クラヴナントまでおりたところで昼食にしないか？」エヴァンは言った。

「あそこなら、太陽が出ているかもしれない」

「いいわね」ブロンウェンが応じた。

霧に隠れた湖から風が吹きあげてくる峠の頂上から、水蒸気と苔のせいで滑る岩の上を慎重におりていく。不意に目の前に湖が現われた。太陽に温められた湖面にもやがかかっている。

「いいぞ。湖までおりる頃には、青空が出ているはずだ。帰りはスノードンの素晴らしい景色が見られるな」

地衣に覆われた岩をおりるときには、エヴァンはブロンウェンの手を取った。ブロンウェンは不意に足を止めた。「あら」がっかりした声だ。「わたしたちだけじゃないわ。見て、向こう側に車が止まっている」

「車？」エヴァンは、彼女が指さした先に目を向けた。はるか眼下、湖岸の険しい斜面にえび茶色のセダンが止まっている。木々のまだらな影にまぎれてはいるが、車のうしろに立つ人影があった。ジーンズと革のジャケット姿の若い男性のようだ。「どうやってここまで車で来たんだろう？」エヴァンがつぶやいた。

「トレヴリューからあがってくる林業用の道路があったんじゃない？」

「だが車が走れるようなものじゃなかったはずだ。とりわけ、今年のような雨の多い春のあとでは。ひどくでこぼこになっているだろうな。車の通行は禁止されていると思ったが」

「歩きたくない一部の人がそういうことをするのよ」ブロンウェンが軽蔑したように言った。「景色は見たいし、人のいないところにも行きたいけれど、車で楽をして行こうとするのね」

「妙だな」エヴァンはじっと車を見つめていた。「昨日見かけた車のようだ。あまりない色だろう？」彼は眉間にしわを寄せたが、やがて肩をすくめた。「まあ、いいさ。彼らは彼らで楽しめばいいし、ぼくらはぼくらで楽しもう。そうだろう、ブロンウェン？　ここは充分に広い」

ふたりは霧に包まれた老いたサンザシとオークの木立を進んだ。なにひとつ聞こえない。朽葉の分厚い絨毯を踏みしめる足音すらしなかった。頭上でまたカラスが鳴き、その不気味な鳴き声がひどく大きく聞こえた。やがて小道は木立を抜け、湖岸に向けてジグザグにくだり始めた。

「もう車のことは心配しなくていいみたい」ブロンウェンは湖を見おろしながら言った。「いなくなっているわ」

「ずいぶん早いな」

「湖までやってきて、そこで子供の写真を撮ったらさっさと帰っていくような観光客だったんじゃない?」

そのまま進もうとしたところで、エヴァンは湖面の泡に気づいた。一度そうと気づけば、車の輪郭を見逃すことはなかった。

「水のなかだ、ブロン」エヴァンは叫んだ。「車は湖に落ちたんだ! なんてこった。間に合わない」

エヴァンは気が狂ったように細い道をくだり始めた。腕を振りまわしてバランスを取りながら、不安定な岩から岩へと飛び移っていく。「エヴァン、気をつけて。落ちるわよ!」ブロンウェンの叫び声が聞こえたが、速度を緩めるわけにはいかなかった。頭に浮かぶのは、水に沈んだ車のイメージだけだ。走りながらジャケットを脱ぎ捨てた。一番近いコテージはどこだ？　カペル・キリグの上の農家を見たのが最後だ。助けを求めるとしたら、どちらがいいだろう？　来た道を戻る？　それとも森を抜けてトレヴリューに向かう？　だがどちらにしても三キロ以上はある。

間に合わない！　その言葉が頭のなかで反響し、こめかみがどくどくと脈打った。足の下の地面も湖岸へと続く斜面も、エヴァンはまったく意識していなかった。永遠にくだり続けている気がした。夢のなかでだれかから、あるいは野獣から逃げているときのように、スローモーションで走っているみたいだ。

ようやく湖岸にたどり着いた。泡はまだ出ていて、車が沈んだ箇所を教えていたが、だれもそこから出てきてはいなかった。何人を助けなくてはいけないのだろう？　車が動きだしたときに、なかの人間はどうして逃げ出さなかったのだろう？

エヴァンはかろうじてブーツを脱ぐと、湖に足を踏み入れた。水の冷たさに息を呑む。大きく息を吸い、緑色の湖面に飛びこんだ。水は澄んでいたから、ゆっくりと沈んでいく車の輪郭を見て取ることができた。湖底は急に深くなっている。急がなければ、届かないくらい深い場所まで沈んでしまうだろう。エヴァンは一度水面に顔を出し、さらに息を吸ってからもう一度潜った。ドアに手が届いた。どうかロックされていませんようにと祈った。ドアを引っ張った。水の重みで開かない。車のなかには、運転席にぐったりともたれかかる人影があった。エヴァンはセンターピラーに足を踏ん張り、全力でドアを引いた。わずかに開いた隙間から、水が勢いよく流れこんでいく。肺は燃えるようだったし、耳鳴りもしていたが、車のなかの圧力が外と同じになるのを必死の思いで待った。

ようやくのことで車内に水がいっぱいになり、ドアを開くことができた。エヴァンはなかの人物のジャケットの袖をつかんで引っ張り出すと、ありったけの力で水を蹴った。その人物を引きずりながら、水面を目指す。

ブロンウェンが岸辺に立っていた。エヴァンのジャケットを握りしめ、顔は真っ青だ。

「助けてくれ……彼女を……」エヴァンが言いかけたときには、ブロンウェンはすでに浅い水のなかに足を踏み入れ、その人物のもう一方の腕をつかんでいた。

「死んでいるの?」ブロンウェンが訊いた。

「わからない」エヴァンはまだあえいでいた。「溺れてはいないはずだ。車のなかに水はなかった」

ふたりは草の生えているところに、ぐったりした体を横たえた。真っ黒な髪とは対照的に、顔は不気味なほど白い。

「心肺蘇生をしなきゃいけないんじゃない？」ブロンウェンが言い、エヴァンは脈を確かめた。「生きている」

娘が身じろぎして、うめいた。その目が開き、驚いたようにふたりを見つめた。

「ここはどこ？　なにがあったの？」おそるおそる体を動かす。「びしょ濡れだわ」

「泳いだからね」エヴァンが言った。「きみの車は湖に落ちたんだ」

「湖に？」娘は体を起こし、けげんそうにあたりを見まわした。「そうだわ、思い出した。湖岸に車を止めたの。きっと寝てしまったのね」

エヴァンはまじまじと彼女を見つめた。「寝てしまった？　それじゃあ、どうして車が湖に落ちたんだ？」

「わからない」その声は幼くて、怯えているようだった。「ブレーキがちゃんと利いていなかったのかもしれない。それとも眠っているあいだに、脚ではずしてしまったのかも」

「いっしょにいた男の人はどうしたの？」ブロンウェンがふたりの横にしゃがみこんだ。

「男の人？　いっしょにいた？　わたしだけよ。わたしひとり」娘は落ち着いた口調で答えた。

「だが、男性を見たぞ。きみはどうだい、ブロンウェン？」

「ええ、見たと思うわ。車のうしろに男の人がいた。木立のはずれに」

娘はぼんやりとした目つきでふたりを見つめた。「わからない。わたしはだれも見ていない」

「これからどうする？」ブロンウェンが訊いた。

「彼女を病院に連れていって、診てもらおう」

娘は立ちあがろうとした。「病院？　病院なんて行かない。わたしは大丈夫。ちょっと動揺しているだけ」

「きみは湖に落ちた車のなかで気を失っていたんだ。大丈夫じゃないよ」エヴァンが言った。

「言ったでしょう、眠ってしまっただけなの。でも、もう本当に大丈夫だから。病院には行きたくないの――お願いだから」

エヴァンは肩をすくめ、手を貸して彼女を立たせた。「無理強いはできないが、どうやってきみを麓まで連れていけばいい？　一番簡単なのは、救急車を呼ぶことだ」

「わたしはなんでもないんだってば」彼女の声が険しくなった。「来た道を歩いて帰るから。そこからバスに乗ればいいし」

「ひとりで歩かせるわけにはいかない」エヴァンが言った。「だがぼくの車まで歩けるとも思えないな。かなりののぼりだ」彼は、娘が履いている黒いエナメルのバックベルトの靴を眺め、それからブロンウェンを見た。

ブロンウェンは立ちあがった。「わたしが車を取って来るわ、エヴァン。それほど長くはかからない」

「知らない男の人とふたりきりになるのはいやなんだけど」

「彼は警察官よ」ブロンウェンが言った。「とても信頼できる人。女性の弱みにつけこんだりは絶対にしないから」彼女はちらりと横目でエヴァンを見てから、ジャケットを差し出した。「ほら、あなたはこれを着て。彼女はわたしのレインウェアを着ているといいわ。できるだけ早く戻るから」ブロンウェンはジグザグの急斜面をのぼり始めた。

「ありがとう」エヴァンがレインウェアを着せてやると、娘は礼を言った。

「きみの名前は？」

「クリスティン」エヴァンと目を合わせたくないのか、娘は視線を逸らした。

「きみを見たことがあるよ」エヴァンは言った。「昨日、スランフェアにいたね。だれかに叫んでいた。車に乗りこみ、猛スピードで走り去った」

「だから？」クリスティンは挑むようなまなざしをエヴァンに向けた。「法を犯したわけじゃないでしょう？」

「おそらくスピード違反だったと思うね。だがそれを証明するすべはない。ただ興味を引かれただけなんだ。きみは恋人と喧嘩をした。そしてきみの車が、遠く離れた湖に落ちたわけだ」

「彼はわたしの恋人なんかじゃないから」娘はきっぱりと否定した。「いったいなにが言いたいの？」

「ブレーキがはずれたのが本当に事故だったのだろうかと思ってね。もしそうじゃないとしたら、考えられるシナリオはふたつだ。きみがブレーキをはずしたか、あるいは彼の仕業か。自殺か、あるいは殺人未遂ということになる。どちらにしても、あまりいいものじゃないね。違うかい？」

娘は身震いした。「言ったでしょう、わたしはひとりだったの。なにがあったのかはわからない。目が覚めたら、わたしを見おろすあなたの顔があったわ。覚えているのはそれだけ」

娘は両膝をさらに強く抱えこんだ。体を震わせている。

「時代遅れの人間みたいに聞こえるのを承知で言うが、自殺するだけの価値のあるもち直るものなんだよ」いまのきみは深く傷ついているのかもしれないが、いずれ必ず立ち直るものなんだよ」

娘は軽蔑の色を浮かべた目でエヴァンを見た。「あなたになにがわかるの？　なにを知っているっていうの？」

「無駄にするには人生はあまりに素晴らしいし、それを味わうチャンスは一度しかないということさ」エヴァンは手を差し出した。「さあ、ブロンウェンに会えるところまで歩いていこうか。じっとここに座って凍えている理由はない」

「戻ったあとはどうなるの？」ぴしゃぴしゃと音を立てる靴で慎重に歩きながら、娘は尋ねた。「車のことだけれど。レンタカーなの」

「ぼくがきみをスランフェアまで送っていくから、そこで警察に届け出るといい」

彼女は熱いものに触ったみたいにぎくりとした。「警察に？　ちょっと待って。わたしはなにも悪いことなんてしていないから」

「数千ポンドする車が湖の底に眠っているんだ。説明が必要なんじゃないかい？」

「事故だったら、わたしに払わせようとはしないわよね？」ひどく幼い口調だった。

「引きあげられると思う？」

「そのために保険をかけているだろうね。どうしてきみが林道を走っていたのかを知りたがるんじゃないかな」

「道に迷ったの。違う道を曲がってしまって、引き返せる場所を見つけられないうちに湖まで来てしまったのよ」供述書を作っているような口ぶりだった。

その後しばらく、ふたりは黙って歩いた。「スランフェアに戻らなきゃいけない？できたら、戻りたくないんだけれど」娘が言った。

「届け出るのはどこの警察署でもいいと思う。どこで車を借りたんだい？」

「ヒースロー」

「泊まっているのは？」

「どこでもない。ゆうべは車で寝たの」

「それじゃあ、住んでいるのはどこ？」

「まだ決まっていない」

「ご両親は？」

「サリーに住んでいる。心配しないで、大丈夫だから。ロンドンでいいの。ロンドンには知り合いがいるから」

「バンガーまで送っていくよ」エヴァンは言った。「乾いた服を用意するから、きみはそこで警察署に届け出るといい。それからロンドンに向かう列車に乗せてあげよう」

「お金がないの。ハンドバッグは車のなかなんだもの」

「電車代は貸すよ。あとで返してくれればいい」

「どうしてそんなに親切にしてくれるの？」娘は不意に尋ねた。

「それがぼくの仕事だからね」エヴァンは答えた。「きみを見つけたのがぼくだったことを感謝したほうがいい。そうでなければ精神科病院に連れていかれて、あれこれ調べられているところだ。自殺しようとした人間にはそうするんだよ。だが、疑わしきは罰せずだ。事故ということにしておこう。ただし、きみが二度とばかなことはしないと約束したらの話だよ」

5

「正しいことをしたと思う？」娘をロンドン行きの列車に乗せたあと、スランフェアに戻る車のなかでブロンウェンが訊いた。

「彼女を行かせたこと？」エヴァンは肩をすくめた。

「本当に事故だと思っているわけじゃないでしょう？」

「かけらも思っていないよ。だが彼女を病院に連れていっても、なにも解決はしないだろうからね。若い娘が恋人に捨てられて感情的になっているんだと思う。明日になれば、きっと気持ちも落ち着くだろう」

「それにしては、恋人をかばっているのが妙よね」ブロンウェンが言った。「車のうしろに立っている男の人を確かに見た気がするのに」

「ぼくもだよ。だから、あれが本当に自殺未遂だったのかどうかも疑問なんだ。彼にはブレーキに細工をする機会があっただろうか？　それに彼女を車から助け出したとき、どうして気を失っていたんだろう？　車が湖に落ちたのに気づかないほど、ぐっすり眠っていたなんていうことがあるものだろうか？」

「彼が、恋人を都合よく追い払おうとしたと考えているの？」ブロンウェンは顔にかかった髪をかきあげながら言った。

「それならどうして彼女は、彼があの場にいたことを否定するんだ？　同じ疑問を抱いたはずなのに」

「彼を愛しているからよ、おばかさん。恋をしている女はばかなことをするものなの」

エヴァンは長いあいだブロンウェンを見つめていたが、やがて口を開いた。「結局、ピクニックはできなかったね」

「仕方がないわ。それに、今月分の善行はしたし」

「埋め合わせに、どこかに食事に行こうか」エヴァンが言った。

ブロンウェンの顔が輝いた。「素敵。でもまずは家に帰って、着替えないといけないわね。あなたはまだ濡れているし、わたしはハイキング用の格好ですもの」

「埠頭近くのフィッシュ・アンド・チップスなら、どんな格好でも大丈夫だ」エヴァンが何気なさそうに言うと、ブロンウェンの表情が曇った。エヴァンは彼女の肩に手をまわして、自分のほうに引き寄せた。「もちろん着替えに戻ろう。あのイタリア料理店がいいんじゃないかな。どうだい？」

ブロンウェンは笑顔になり、車はスランフェアに向けて山道をのぼっていった。


エヴァンは部屋の中央で不意に足を止めた。見慣れない白いシャツがベッドの上に広げてある。

「これは……」

たちまちミセス・ウィリアムスが背後に現われた。「ああ、帰ってきたんですね、ミスター・エヴァンズ。本当にごめんなさいね。あなたがもっと早く帰ってきてくれることを祈っていたんですよ。彼が――彼女がって言うべきでしょうね――どうしてもって言うものだから」

「だれのことです、ミセス・ウィリアムス？」

ミセス・ウィリアムスはちらりとうしろを振り返り、ささやくような声で言った。「パウエル＝ジョーンズ夫妻ですよ。奥さんが年を取った自分の母親の世話をしに行くあいだ、牧師さまがここに滞在することになったんです。そうしたら、夫はこの部屋じゃなくちゃだめだとミセス・パウエル＝ジョーンズが言うんですよ。裏側の部屋はじめじめしていて、牧師さまは湿気やカビや菌にアレルギーがあるからって」ミセス・ウィリアムスはどうしようもないというように両手を広げた。「あなたの持ち物には触りたくなかったんです。ミセス・パウエル＝ジョーンズは片付けたがったんですけどね、それだけはさせませんでしたよ。わかってもらえるといいんですけれど。ほんのしばらくのことですから」

「かまいませんよ、ミセス・ウィリアムス」カビや菌だらけに違いない裏側の部屋に移るのは正直言って気が進まなかったが、エヴァンはそう答えた。ミセス・パウエル＝ジョーンズがまわりの人間をどんな気持ちにさせるのかは知っている。エヴァンも同じような気持ちになったことがある。彼女に向かってノーと言うのは難しい。

「ああ、ありがとう、デイーオルフ・アム・ヒニー肩の荷がおりましたよ」ミセス・ウィリアムスは豊かな胸に手を当てた。「あなたがどう受け止めるだろうと思って、ひどく心配していたんですよ。あなたに優先権があると言ったのに、聞く耳を持たなくて」

「ふたりはいまどこにいるんです？」エヴァンはドアに目を向けた。

「新しい人たちが明日来る前に、家の最後の片付けをしていますよ。牧師さまは夕食の時間までに戻ってくることになっています」

「ぼくは出かけます」エヴァンは言った。「ブロンウェンと食事に行くので」

「あら、いいですね」ミセス・ウィリアムスが顔を輝かせた。「それを聞いてうれしいですよ。素敵な娘さんですからね――ちょっとばかり真面目すぎる気はしますけれどね。バード・ウォッチングばかりで、ダンスはあまりしないみたいじゃないですか。でもなにもかも手に入れることはできませんからね。孫娘のシャロンはとてもダンスが上手なんですよ……軽々と舞うのよ……あの子が踊るところを見たことがないでしょう？」

「ぼくの荷物を移動させますよ、ミセス・ウィリアムス」エヴァンは急いで言った。

日曜日の朝、エヴァンは裏側の部屋の慣れない暗さのなかで目を覚まし、鼻をひくつかせた。日曜日の朝食は、彼の楽しみのひとつだった。時計を見た。いつもならこの時間には、ソーセージとベーコンを調理するおいしそうなにおいが台所から漂ってきているはずだ。ミセス・ウィリアムスが寝過ごしたのかもしれない。それともパウエル＝ジョーンズ牧師は、朝食をもっと遅い時間にしてほしいと言ったのだろうか――説教が一〇時からだから、それは考えにくい。

バスルームのドアには鍵がかかっていた。エヴァンはため息をつきながら、コーデュロイのズボンにセーターを着て、階下におりた。

「朝食にしますか、ミスター・エヴァンズ？」ミセス・ウィリアムスが訊いた。

「用意できているんですか？　いいにおいがしていませんが」エヴァンは期待に満ちた笑みを浮かべ、食卓についた。ミセス・ウィリアムスが、どろどろした茶色い果肉をかけた茶色い小枝のようなものが入ったボウルを彼の前に置くと、その笑みも消えた。

「これはなんです、ミセス・ウィリアムス？」エヴァンが尋ねた。

ミセス・ウィリアムスはちらりとドアを見た。「牧師さまにはこれをって言われているんですよ。プルーンのピューレをかけたブランです」

「彼にはそれでいいかもしれませんが、ぼくはどうなるんです？」気立てのいい彼だが、さすがにうんざりしていた。「ぼくはいつもの日曜日の朝食が好きなんです」

ミセス・ウィリアムスは緊張した面持ちで、エプロンをねじった。「ええ、実はそれなんですよ。それが問題なんです。牧師さまは揚げ物が我慢できないんだそうです。においを嗅いだだけで気分が悪くなるって、ミセス・パウエル＝ジョーンズが言うんです。説教の前は特にそうなんだとか。神に仕える牧師さまの邪魔はできないじゃありませんか。違いますか、ミスター・エヴァンズ？」

「彼はいつまでここにいる予定なんです？」エヴァンはむっつりして訊いた。

ミセス・ウィリアムスは肩をすくめた。「なにも言ってませんでしたよ。家を貸しているあいだってことなんでしょうね。いまは観光シーズンの真っただなかなので、空いている部屋があるのはうちだけだったんですよ」

ほかの家がパウエル＝ジョーンズ夫妻を断ったのは、観光客のせいではないだろうとエヴァンは思った。どういうことになるかをわかっていたに違いない。エヴァンはため息をついた。「トーストだけいただきますよ、ミセス・ウィリアムス」

二階の自分の部屋に戻ろうとしたところで、表側の寝室から恐ろしい叫び声が聞こえた。「助けてくれ、死んでしまう！」エヴァンは階段の最後の数段を駆けあがり、寝室に飛びこんだ。ベッドの足元に立っていた長ズボン下に白い肌着姿のパウエル＝ジョーンズ牧師が、部屋に駆けこんできたエヴァンにぎょっとした顔を向けた。

「いったいどういうことだね？」牧師が言った。

「あなたが助けを求めていたので」エヴァンは戸惑ったように答えた。

「わたしはただ説教のために発声練習をしていただけだ」牧師は素っ気なく言った。「喉を温める必要があるのだ。アイステズヴォッドの吟遊詩人コンテストでやるつもりでいる『レイ・オブ・オルウェン』の一部を吟唱していたところだ」

「あなたもコンテストに出るとは知りませんでしたよ」エヴァンは言った。「もうひとりの牧師さまは吟遊詩人を自任していますが……」

「そのとおり。彼はそう思いこんでいるのだ。本物の演説者がどういうものかを、彼に教えてやるいい機会だと思ってね。これから数週間、練習をする時間がたっぷりあるから、コンテストに出たらどうだと妻に勧められたのだよ」

「素晴らしい」エヴァンは階段をおりていきながら、ぼそりとつぶやいた。じめじめした部屋とプルーンと吟唱の夏が、彼を待ち受けているらしい。


その日の午後、エヴァンはいつものように村をぐるりと巡回した。今日は休みだが、問題がないかどうかを確かめておきたかった。学校の庭で作業をしているブロンウェンに会った。彼がことの次第を語ると、腹だたしいことにブロンウェンは声をあげて笑った。

「プルーンのピューレで数週間過ごすのもいいかもしれないわよ。スタイルがよくなるわ!」

「笑いごとじゃないよ、ブロン。きみもあそこで暮らしてみるといい」

「あなたはいつだって出ていけるのよ」ブロンウェンはセイヨウスグリの畝のあいだの雑草を抜きながら言った。

エヴァンは驚いて彼女を見た。「どこへ行くっていうんだ？　ミセス・ウィリアムスの家が村で一番の下宿屋だっていうことは、だれだって知っている」

「ひとり暮らしをすることだってできるでしょう？」ブロンウェンは大きなたんぽぽを手に取った。「いずれはみんなすることよ。巣立ちって言うじゃない？」

「それはそうだが、いまはなにかと好都合だからね――家に帰れば料理ができているし、シャツは洗濯してアイロンまでかけてある。ひとり暮らしをすると、そういうもの全部をあきらめなきゃいけない」

ブロンウェンは鼻を鳴らした。「自分のシャツも洗濯できないようじゃ、あなたはどんな夫になるのかしらね？」

「妻はそのためにいるんだろう？」

「そんなふうに考えているあいだは、結婚相手を見つけるのは難しいでしょうね」ブロンウェンはセイヨウスグリの入ったボウルを抱えあげると、家へと戻っていった。

「ブロン、待ってくれ。ただの冗談だ」エヴァンはそう声をかけたが、やがてため息をついて歩き始めた。女性を理解するのは本当に難しい。

日曜日の夜遅く、大きな黒い車がパウエル＝ジョーンズ家の私道に入っていった。

スランフェアの村人たちは、パブが表向きは閉まっていることになっている日曜日はもちろんのこと、たいてい夜の九時には家のカーテンを閉じているから、新たな住人の到着を見ていた者はだれもいなかった。けれど月曜日の早朝には、村じゅうに噂は伝わっていた。偉大な人物がやってきた！

朝九時に警察署にやってきたエヴァンが最初に目にしたのは、建物の外に止まっているパトカーだった。

エヴァンが近づいていくと、車の窓からだれかが顔を出した。「ようやく来てくれて、ほっとしたよ。紅茶が飲みたくてたまらないんだ」本部のジム・アボットだった。エヴァンはあまり彼が好きではなかった。なぜかは知らないが、彼はいつもひつじに囲まれた場所での暮らしをばかにするのだ。

「ここでなにをしているんだ？」エヴァンは無礼に聞こえないように気をつけた。

「これから、おれをちょくちょく見ることになるよ」ジム・アボットが言った。「極秘任務についているんだ。きみはおそらく知らないだろうが、いま有名人がこの村に滞在している」

「ぼくが知らないって？」エヴァンはばかにしたように鼻を鳴らした。「村じゅうのだれもが、金曜日から知っているよ。ゆうべ、到着した」

「本当に?」ジム・アボットは驚いたようだ。「彼は、ここに来ることをだれにも知られたくないという話だったのに」

「村ではなにひとつ秘密にはできないよ」エヴァンは言った。

「とにかくだ、彼に目を配り、マスコミに対処するためにパトロールを増やすことになったんだ。彼はパパラッチを心配していてね。平安と静けさが欲しいらしい」

「どうしてぼくに言ってくれなかったんだろう?」エヴァンはいらだちを表に出すまいとしながら言った。

「ふむ」ジム・アボットはわざとらしく間を置いた。「こういったことに経験のある人間が欲しかったんだと思うね。いや、きみは確かにいいやつだが、この仕事は迷い猫を捜すようなわけにはいかないからな。そうだろう?」彼はきれいに並んだ白い歯を見せて笑った。どこかいらつく笑い方だ。エヴァンは歯並びのいい人間は信用しないことにしていた。

「それじゃあきみは、カナーボンでこういう仕事をたくさんしてきたんだね?」エヴァンは愛想よく尋ねた。「あの町には世界的な有名人が毎日のように来るんだろうな」

皮肉は通じたようだ。「ラグビーの試合で何度も群衆整理をしたよ。それに去年はロック・コンサートがあった」

エヴァンはなにも言わなかったが、ひと泡吹かせたことはわかっていた。ジム・アボットもそう感じていたようだ。「ボスが、現場にもうひとり置きたがったんだ。群衆整理が必要になったときに応援に行けるように。それだけだ」

「いまのところ、整理が必要なほどの群衆はいないようだな」エヴァンは、橋に腰かけて朝の郵便物を読んでいる郵便屋のエヴァンズ以外、人気のない通りを眺めた。

「あいつはなにをしているんだ？」アボットが訊いた。「まさか郵便物を読んでいるんじゃないだろうな？」

エヴァンはひょろりとした郵便配達人に再び目を向けた。彼らの存在にもまったく気づかず、一心に手紙を読み続けている。「いつも読んでいるよ」エヴァンはにやりと笑った。「害のない男だし、だれも気にしていないらしい」

「ここには変なやつらが大勢いるんだな。さてと、紅茶をいれてもらえるか？」

アイヴァー・スウェリンはその日一日、家の外に出てくることはなかったが、発声練習をする大きな声が聞こえていたから、彼がいることは確かだった。あんな声の持ち主はほかにはいない。パパラッチも現われなかった。ジム・アボットは、紅茶を飲みながらクロスワードパズルをして一日を過ごすことになったので、エヴァンはほっとした。帰り際には、どうして自分がここに来なければいけなかったのかわからないとアボットはつぶやいた。ちゃんとした電話があるのだから、一五分で応援を呼ぶことができるのに。

夜になると、エヴァンは開店を待ちかねたように〈レッド・ドラゴン〉に向かった。

「今夜は早いな、ミスター・エヴァンズ」パブのハリーが言った。「喉が渇いたのか？」

「ビールを断るつもりはないが、まずは食べるものが欲しい」

ハリーは申し訳なさそうに肩をすくめた。「いつものやつしかないぞ――ミートパイ、ソーセージ、フィッシュ・フィンガーの類だ」

「いいね。ミートパイとソーセージを二本、おまけとしてフライドポテトをつけてくれ」

「ミセス・ウィリアムスは具合でも悪いのか？」

「具合が悪いのはぼくだよ、ハリー」エヴァンは応じた。「パウエル＝ジョーンズ牧師がいまうちに滞在していて、彼がメニューを決めるんだ。朝はミューズリーとプルーン、今夜は蒸した魚とほうれん草だ。彼は揚げ物すべてにアレルギーがあるうえ、夜にはペストリーもでんぷんも食べない。消化に悪いんだそうだ。そういうわけで、ぼくも同じものを食べることになった――だれにとっても健康にいいと、彼がミセス・ウィリアムスを説得したんだ」

ハリーは天を仰いだ。「心配しなくていいさ、ミスター・エヴァンズ。おれたちがあんたを飢えさせるようなことはしないから」ハリーはベッツィに呼びかけた。「ベッツィ、おまえのお気に入りの若者が飢え死にしそうになっている。ソーセージを焼いて、ミートパイを電子レンジに入れてくれないか?」

三〇分後、パブが混み合い始める頃にはエヴァンはぐっと気分がよくなっていた。

「彼女があなたにまともなものを食べさせないなんて」ベッツィはサーチライトのような青い瞳をエヴァンに向けた。「いつでもここに来てくれていいのよ、エヴァン・バック。あたしがちゃんと面倒を見てあげるから。あなたが欲しいものはちゃんとわかって――」

ベッツィは唐突に言葉を切り、入口を見つめた。まるで聖人の幻を見ているような顔だ。

「彼よ」ささやくように言った。

パブのバースペースにいた人々は、一斉にベッツィの視線の先に顔を向けた。アイヴァー・スウェリンが存在感もたっぷりに入口をふさいでいる。大柄な男だった。太っているのではなく、とにかく大きい。癖のある黒い顎ひげとやはり癖のある肩までの長さの黒髪のせいで、その姿はいっそう印象的なものになっていた。聖書に登場するゴリアテかサムソンを連想させた。

「こんばんは（ノスワイス・ザー）、みなさん（ガヴェイシオン）」彼は言った。満面に笑みを浮かべている。彼が店内に入ってくると、客たちは道を開けた。「みなさんはいまもウェールズ語を話しますか？（アディヒン・シャラド・カムラエグ・アマ）」

「ええ、もちろんよ」ベッツィは畏敬のまなざしを向けながら答えた。「このあたりでは、ほとんどみんな話すわ」

「わたしは下手になったが、なんとか話してみよう」アイヴァー・スウェリンが言った。「しどろもどろになっても、我慢してもらわないとね」

「あら、とんでもない。あなたの声は素晴らしいわ」

確かに素晴らしいとエヴァンは思った。豊かに響くその声が、彼の歌を独特なものにしているのだ。

「それできみはどなたかな、お嬢さん？」アイヴァーがベッツィに訊いた。

「あたしはベッツィ・エドワーズ……サー。ここで……働いているの」ベッツィには珍しく、しどろもどろだった。

「サーなんて呼ばないでほしいね。まだナイトの称号をもらっていないからね」アイヴァーはくすりと笑った。「それは引退してからの話だし、まだ何年か先のことだからね、ミス・ベッツィ」彼はカウンターに手を伸ばし、ベッツィの手を握った。「ベッツィ。美しい人にふさわしい美しい名前だ。だが、教えてくれないか。どうして髪をその色に染めているんだ？」

「あたしの髪は、サー……ええと、ミスター・スウェリン」ベッツィは口ごもった。「染めているわけじゃなくて、ちょっと明るくしているだけなの。金色のハイライトを入れて……」

「きみたち女性ときたら」アイヴァーは首を振った。「こげ茶色の髪は金髪よりはるかに魅惑的だということが、どうしてわからないのだろうね。黒髪のイタリア人女性は……女性らしさを醸し出している。退屈な淡い色の髪のイギリス人やウェールズ人とは違う。きみは髪をこげ茶色にしたら、素晴らしくなるよ、ベッツィ」

「本当に？」ベッツィはふんわりカールする金色の髪に手を触れ、エヴァンが知るかぎり初めて言葉を失っていた。

「このうえなく素晴らしくなる」アイヴァーは彼女の手を握ったまま言った。「この夏は、きみがわたしの面倒を見てくれるとうれしいね、ベッツィ。頼りにしているよ。このあたりの古いところを案内してほしいな。わたしにはウェールズ語のレッスンも必要だしね」

「喜んで。なんでも。いつでも」ベッツィはうれしさと当惑に顔を紅潮させていた。

なかなか要領のいい男だとエヴァンは思った。ヨーロッパじゅうで大勢の女性の心を奪ってきたに違いない。

アイヴァーは店内にいる男たちに視線を向けた。「友人たちのところに帰ってくることができて、本当にうれしく思っているんだ。休みを取ってゆっくりするように医者に言われたとき、まっさきに思い浮かんだのがここだった。妻のマーガレットに言ったんだ、故郷に帰ろうってね。そして帰ってきた。本当にいい気分だよ」

アイヴァーは言葉を切り、拍手喝さいを期待しているかのように店内を見まわした。けれどそこにいたのは、笑顔でうなずく人々だった。

「あんたが来てくれて光栄だよ、アイヴァー」肉屋のエヴァンズが言った。「スランフェアにとってすごく名誉なことだ」

「いやいや、そんな大ごとにしないでくれないか。わたしはただ、ごく普通にここに溶けこみたいだけなんだ。ほかの人たちと同じ、ひとりの隣人だと思ってほしい。ダーツでもなんでも、きみたちがやっていることをいっしょにやりたいんだ」アイヴァーは感情のこもった黒い目を再びベッツィに向けた。「きみへの最初のお願いだ。ウイスキーをダブルで頼むよ。もしあれば、ジェムソン・アイリッシュ・ウィスキーを。氷はいらない。それから、ここにいる人たちにはなんでも好きなものを。一杯めはわたしのおごりだ」

　客たちから大きな歓声があがった。ベッツィとハリーはビールを注ぎ始め、アイヴァーはグラスを手に取った。「乾杯（イャク・ダー）」中身を一気に空ける。

「それじゃあ、ここにはのんびりしに来たってことかい、ミスター・スウェリン？」ガソリン屋のロバーツが訊いた。

「アイヴァーと呼んでくれ。堅苦しいのはなしだ。そう、医者の指示で来たんだ。《デイリー・ミラー》紙でなにを読んだか知らないが、マフィアやだれかの夫から逃げてきたわけじゃないぞ」彼の大きな笑い声が店いっぱいに広がった。「だがなにもせずにぼんやりしているようなタイプでもない」アイヴァーは思わせぶりに人々を見まわした。「自叙伝を書くつもりだ。年を取って、記憶があやふやになって、楽しかったことを忘れてしまうまで待つ意味はないだろう？　すべてが頭のなかではっきりしているあいだに、書いておこうと思ってね」

「面白い話がさぞたくさんあるんだろうな、アイヴァー」パブのハリーが言った。

「きみをぎょっとさせるような話がね」アイヴァーはいわくありげにウィンクをした。

「なにもかも書いたりしたら、本三冊分くらいになるし、読者は頭を冷やす氷枕が必要になる」アイヴァーは高らかに笑った。「そのうえ、死ぬまで訴訟を抱えることになるだろうな。だがわたしに手を触れることはできない——わたしが書くことは全部事実なんだから。それが一部の人にとってはどれほど恥ずかしいことであってもね」アイヴァーは空のグラスをベッツィに向かって振った。「お代わりを頼むよ、お嬢さん」

アイヴァーはさらに三杯、四杯とグラスを重ねたが、一段と人懐っこくなるばかりで悪酔いしている様子はなかった。「教えてくれないか」肉屋のエヴァンズの肩に太い腕をまわした。「ここ最近はなにをして楽しんでいるんだ？　この時期ならクリケットか？　実を言うと、わたしは速球投手なんだ」

「地元のクリケットチームは立ち消えみたいになっちまってね」肉屋のエヴァンズが言った。「村にはもうチームを作れるだけの若い男がいないんだ」

「わたしが子供の頃は、スランフェアに素晴らしいクリケットチームがあったものだが」アイヴァーが言った。「サッカーもラグビーも。みんなスレート鉱山で働く男たちだった。みんなたくましかったな？　それにコール・メイビオン——見事な聖歌隊だった。わたしはあれを聴いて歌い始めたんだ。あんなふうに歌いたかった。まさか、聖歌隊までなくなったわけではないだろう？」

「ああ、聖歌隊はいまも活動している」肉屋のエヴァンズが答えた。「だが昔どおりとは言えないな。オースティン・モスティンはできるかぎりのことをしてはいるが……」

「オースティン・モスティン？」アイヴァーは面白そうに訊き返した。

「聖歌隊の指揮者のモスティン・フィリップスをそう呼んでいるんだ」

「モスティン・フィリップス？」アイヴァーは大声をあげた。「彼は元気でやっているのかい？　ロンドンでいっしょに学校に通っていたんだ――変わり者のモスティン・フィリップスは健在なのか。ぜひ会わなければ」

「あんたに会いに行くことになっている」肉屋のエヴァンズが言った。「彼に頼んでもらおうと……」気まずそうな笑い声をあげた。「よければあんたに……」

「わたしになにを頼むんだ？」アイヴァーが訊いた。

ばつが悪そうにだれもが黙りこんだ。

「聖歌隊に手を貸してもらいたいと」エヴァンがあとを引き取って言った。「もうすぐアイステズヴォッドがあるんですが、聖歌隊は助けを必要としているんです」

「アイステズヴォッドが？」アイヴァーの顔がまたぱっと輝いた。ここが〈レッド・

ドラゴン〉のバースペースではなく、スカラ座の舞台の上であるかのように、彼の表情はどれも大げさだった。「それは素晴らしい知らせだ。ここにいるあいだに、アイステズヴォッドに行きたいと思っていたんだ。初めて歌唱コンテストで優勝したのが、クリッキエスのこぢんまりしたアイステズヴォッドだった。それだろうか？」

「ハーレフの地方アイステズヴォッドです」パリー・デイヴィス牧師が答えた。「国のアイステズヴォッドに次いで評判の高いものですよ」

「素晴らしい」アイヴァーはうなずいた。「聖歌隊の次の練習はいつだね？　わたしも出よう」

肉屋のエヴァンズはアイヴァーの大きな背中をぴしゃりと叩いた。「あんたが来てくれて、今日はスランフェアにとっていい日になったよ、アイヴァー・バック。これからなにもかもがよくなっていくぞ。間違いない」

6

「こんばんは、みなさん（ノスワイス・ザー）」モスティン・フィリップスは楽譜の束を抱え、あわただしく集会所に現われた。いつもはひと筋の乱れもなく整えられている髪は、ここまで歩いてくるあいだに風で乱れてしまっていた。「お待たせしたなら、申し訳ない。選曲をようやく終えて、コピーを取っていたんです」

　モスティンは楽譜立てに楽譜を置いた。「それに、おおいに反省していました。かつて親しかったからといって、アイヴァー・スウェリンほどの歌い手に、わたしたちのささやかな聖歌隊に加わってほしいなどとはとても頼むことはできません。そんな厚かましいことはできない。そもそも、世界的に有名な人間がこんな――」

「こんな――なんだい、モスティン？」戸口で太い声が響いた。

　モスティンはあんぐりと口を開けた。「アイヴァー。本当にきみなのか？」

「本物のわたしだよ」アイヴァーはつかつかと集会所に入ってきたので、がたの来ている床板が抗議の声をあげた。「見たとおり、本物だ。それもたっぷりと中身がつまった」楽譜立てと楽譜をはじき飛ばしながら、モスティンをがっしりとした腕でハグした。「見てのとおり、ここにいるぞ。喜んで歌わせてもらうよ」

「アイヴァー、なんて言えばいいのか。言葉もないよ」モスティンは膝をついて、楽譜を拾い始めた。「どれほど感謝してもし足りない。エヴァンズ巡査が言ったとおり、まさに奇跡だ」

「それなら、さっそく始めよう」アイヴァーが言った。「そこに突っ立ってるだけじゃなくて、さっさと取り掛かろうじゃないか。アイステズヴォッドでなにを歌うつもりなのか、教えてくれないか」

モスティンはかろうじて楽譜立てに楽譜を載せた。明らかに動揺している。「ふむ、まずこれから始めるつもりだ」

モスティンはピアノの前に座っているミス・ジョンズに向かってうなずき、指揮棒を振りあげた。曲が終わるまで、アイヴァーはじっと座ったままだった。

「で、それはいったいなんなんだ?」アイヴァーが尋ねた。

「ウィリアム・バードのモテット（声楽曲のジャンルのひとつ）だ。音楽への賛歌として」

「バードのモテット!」アイヴァーが声を張りあげた。「はっきり言わせてもらうが、鳥（バード）の群れのように聞こえたぞ。それとも、ルートンの少女聖歌隊か。これほど退屈な曲を聴いたのは生まれて初めてだ。もっと人を惹きつける曲から始めなくてはだめだ。観客が姿勢を正して、じっと耳を澄ますような。たとえば『ハーレフの男たち』とか」

　モスティンの顔が真っ赤になった。小さな口ひげがぴくぴくと震えている。「歌う場所がハーレフで観客の半分がハーレフの男だというのに、『ハーレフの男たち』を歌うわけにはいかないだろう？　観客はわたしたちの味方になってはくれない。それにどの聖歌隊もその手の曲を歌うはずだ。印象づけたければ、もっと違うものを歌う必要があるんだ」

「たわごとだ」アイヴァーが大声で言った。「観客がよく知っているものがいいんだ。『夜もすがら』とか『我が父祖の国』とか。それとも人気のミュージカルの曲でもいい。『オクラホマ！』は……」

「『オクラホマ！』？」モスティンはぞっとしたような顔になった。

「確かに、少しばかり時代遅れかもしれないな。それなら、『レ・ミゼラブル』でもいい」アイヴァーは〝戦う者の歌が聴こえるか〟（ミュージカル『レ・ミゼラブル』劇中歌『民衆の歌』より）と歌い始めた。彼の大きな声が部屋いっぱいにあふれ、聖歌隊の面々はじきに首を振って拍子を取りだした。

「わかっただろう？　合唱っていうのはこうでなきゃいけない。あんなへなへなしたものじゃだめだ。〝娘たちの聖歌隊〟っていう名前じゃないんだろう？　それなら、男らしい歌じゃなきゃだめだ。確か、『ローエングリン』（ワーグナーのオペラ）の楽譜が手元にあると思う。それとも『アンヴィル・コーラス』（ヴェルディのオペラ『イル・トロヴァトーレ』のなかのコーラス曲）でもいいし、『ファウスト』の『兵士の合唱』（グノーのオペラのなかのコーラス曲）はどうだ？」

「『兵士の合唱』はだれもが歌う」モスティンは食いしばった歯のあいだから言葉をしぼり出した。「わたしたちには、それだけの声量が出せる人数がいないんだ。だからわたしは違う音を狙ってみた」

「もっともだ。だが、あんな弱々しい嘆きの声はいただけないね」顔に浮かべた親しげな笑みはそのままにアイヴァーは言った。モスティンをからかって楽しんでいるようだとエヴァンは感じた。「きみは昔からわかっていなかったからな、そうだろう？大学にいた頃、きみが発表したあの中世のリュート音楽を覚えているかい？　観客の半分は眠ってしまったし、椅子から転げ落ちた教授もいたじゃないか！」アイヴァーは木の幹のような太ももをぴしゃぴしゃと叩きながら、大声で笑った。「ともかくだ、そんなくだらない曲は全部忘れることだ。それだけの声量が出せるようになったんだから。わたしがいるんだからな！」彼は聖歌隊のメンバーに向き直った。「きみたちのなかで、『我が父祖の国』を歌えるものはいるか？」

その夜の練習が終わる頃には、歌声はぐっとよくなったことをエヴァンも認めざるを得なくなっていた。正確に言えば、アイヴァーの歌声と背景の雑音と言うべきだろうか。とはいえ、以前のものよりはこちらのほうがずっと好ましい。少なくとも、調子はずれのバリトンは聞こえなくなっていた。けれど練習が終わると、モスティンは楽譜をあわただしくかき集め、ほかの者たちと言葉を交わすこともなく、急ぎ足で自分の車へと向かった。車に乗りこもうとしたところに、アイヴァーがやってきて言った。「これがきみの車なのかい、モスティン・バック？」彼の声が丘にこだました。「これはオースティン？　どうやって動くんだ？　ぜんまい式モーター？　それともペダルをこぐのか？」

「おやおや」モスティンの車が走り去るのを眺めながら、アイヴァーはまわりの男たちに向かって言った。「どうも機嫌を損ねたらしい。昔から、あいつはすぐに怒るんだ。あいにく、あいつを見ているとすぐにからかいたくなるんだよ。まるで、からかってくれって頼まれているみたいでね。真面目すぎるんだな。もしもわたしがマスコミに叩かれるたびにムッとして車で走り去ったりしたら、いったいどういうことになるやら。わたしは好きに書けと言って、あとは笑い飛ばすことにしているんだ」アイヴァーは一番近くにいた男の肩に手をまわした。「さてと、一杯やる準備はいいかな？」

アイヴァーはいいやつで、アイステズヴォッドを救うためにまさにどんぴしゃのタイミングでやってきてくれたというのが、おおかたの村人たちの意見だったが、エヴァンはそれほど確信が持てずにいた。全員で『我が父祖の国』を練習し、聖歌隊のコーラスをベースにアイヴァーが『椿姫』の『乾杯の歌』を歌っているあいだに、モスティンは唇を引き結び、次第にいらだちを見せ始めていたからだ。だが日々の暮らしが始まると、エヴァン以外の村人たちもアイヴァーがここにいるのは果たしていいことなのだろうかと、いぶかるようになっていった。

「ちょっと聞いてくださいよ、エヴァンズ巡査」食料雑貨店を出たところで、パウエル＝ジョーンズ牧師の家の通いの家政婦であるグラディスが、エヴァンを見つけて話しかけた。「隣の部屋からあの声が聞こえるところで、わたしは掃除をしているんですよ」

スケールを練習するアイヴァーの大きな歌声が、狭い谷間に反響していた。

「あの人はいつだって歌っているんですよ、ミスター・エヴァンズ。朝も昼も夜も」グラディスは首を振った。「喉を休めるためにここに来たんだとばかり思っていたのに。休めていないときは、いったいどんな声を出しているんだか」

エヴァンは笑って応じた。「彼の歌を聴くために何百ポンドも払って、夜通し並ぶ人もいるんだよ、グラディス。ただで聴けてきみは運がいいと、そういう人たちは思うだろうね」

「いつだって替わってあげますよ。ミセス・パウエル＝ジョーンズに手紙を書いて、やめさせてもらおうかと思っているんです。牧師夫妻は全然問題ないんですよ——まあ、奥さんは口やかましいし、わたしが掃除をしていないところを目ざとく見つけたりはしますけれど、静かに仕事をさせてくれますからね。でもあの人たちときたら、時間の概念がないんです。朝は一一時に起きてきて、わたしが掃除しようとしているときにバスルームを使いたがるんですよ。そのうえ、昼食を三時にしてくれだなんて。ミスター・エヴァンズ、わたしはとてもやっていけません」

「それほど長いことではないよ、グラディス」エヴァンは言った。「それに、給金ははずんでくれているんだろう？」

グラディスはうっすらと微笑んだ。「そうでなければ、初日にやめていますよ。それに、あの人たちの言葉遣いときたら。これまで聞いたこともないような言葉を口にするんです――テレビでも聞いたことのないような言葉を。近頃のテレビだって充分にひどいのに。それから喧嘩。ふたりはいつだって怒鳴り合っていますからね――互いに投げつけるひどい言葉がわたしには理解できなくてよかったと思いますよ」

エヴァンも喧嘩のことは知っていた。スランフェア村の住人全員が知っていた。スウェリン夫妻はほぼ毎晩喧嘩をし、その声は村じゅうに聞こえていた。この村では夜の九時以降に物音がすることはほとんどないので、スウェリン夫妻が初めて喧嘩をした夜には、隣人たちがすぐにエヴァンを呼びに来た。

「あそこで殺し合いが起きているみたいなんです、ミスター・エヴァンズ」パウエル＝ジョーンズの家の一番近くに住むチャーリーの妻メア・ホプキンスが息せき切ってやってきた。

エヴァンは急いで着替え、パウエル＝ジョーンズの家に駆けつけた。ガウンにスリッパという格好の人々が戸口に集まっているのが見えた。その家が視界に入ってくる前から、エヴァンにも音は聞こえていた。アイヴァーと同じくらい大きな女性の声と陶器が割れる音。そして、ぴしゃりと引っぱたくような音と悲鳴。

エヴァンはドアを激しく叩いた。「ドアを開けろ。警察だ」

数分後、ドアを開けたのは中国風のシルクのガウン姿のアイヴァーだった。「いったい何事です？」またもやジェムソンをきこしめしていたかのように、ろれつがまわっていなかった。

「ドメスティック・バイオレンスが行われているという通報があったんです」エヴァンは答えた。

「ドメスティック・バイオレンス？」アイヴァーは頭をのけぞらせて笑った。「聞いたかい、おまえ？　ドメスティック・バイオレンスが行われているらしいぞ」

ミセス・スウェリンがアイヴァーの背後から姿を見せた。てっきり殴られてあざができているだろうと思ったのに、青緑色のサテンのローブをまとった彼女は見るからにエレガントで落ち着いていた。顔にはクリームが塗られ、頭にはターバンを巻いている。「ちょっと言い争いをしていただけです」彼女は言った。「たいしたことじゃありません。わたしたちは時々、大声で言い争いをするんです。心配してくださって、ありがとうございます」

「だが、引っぱたくような音が聞こえた」エヴァンは言った。「なにかが壊れる音も」

アイヴァーは再び笑い声をあげた。「妻は怒ると物を投げる癖があるんですよ。残念ながら、パウエル＝ジョーンズ家の皿が二枚、犠牲になってしまった。新しく一セット買わなければいけないようですね。わたしがひらりとそれをかわして笑ったものので、妻は今度はわたしを引っぱたいてきたんです」

ミセス・スウェリンはいささかばつが悪そうだった。「引っぱたいただけです。いつもしていることです。アイヴァーのような大きな人を傷つけることなんてできませんから」

「ハエが止まったみたいなもんですよ」アイヴァーはそう言うと、妻の肩に腕をまわした。「そもそも、なんで喧嘩をしていたのかも覚えていないくらいだ。そうだろう、マイ・ラブ？」

「そのうち思い出すと思うわ」彼女は冷ややかに応じた。「来てくださってありがとうございます、エヴァンズ巡査」

「九時以降はお静かに願います」エヴァンは言った。「この村の人たちは早く眠りますから」

「まったくだわ」ミセス・スウェリンは苦々しく笑った。「本当にさびれたところよね。せっかく出ていけたのに、どうして戻ってきたがる人がいるのか、まったくわからないわ。わたしはコルウィン・ベイをあとにしたとき、二度と戻らないって誓ったのよ」

「妻にはケルト人の気質がないんですよ、エヴァンズ巡査」アイヴァーが言った。「とにかく、こんなにすぐに来てくれて感謝しますよ。妻がわたしを殺そうとしていたなら、あなたのおかげで命が助かっていたところだ」

アイヴァーはそう言うと、エヴァンを玄関から送り出した。

夜の喧嘩がやむことはなかったが、村人たちは次第に慣れていった。たいていは、アイヴァーが〈レッド・ドラゴン〉を訪れたあと――ほぼ毎晩だった――で喧嘩が起きる。エヴァンもまた、以前より頻繁に〈レッド・ドラゴン〉に足を運ぶようになっていた。ミセス・ウィリアムスの家はもう、静かで平和な憩いの場所ではなくなっていた。材料をとろとろに煮込んですりつぶした夕食のあとは、パウエル＝ジョーンズ牧師の部屋から大声で朗読する声が聞こえてくるか、もしくは居間でテレビニュースを見ようとしているエヴァンに向かって、現代社会の罪を彼があれこれ並べたてるのを我慢しなくてはならないのだ。

「近頃はここで暮らしているのですか？」一杯飲もうとしてやってきた、もうひとりの牧師パリー・デイヴィスがエヴァンに言った。「わたしが来るたびに、いつもいるようですが」

エヴァンはため息をついた。「部屋さえあれば、そうしたいところですよ。とてもミセス・ウィリアムスの家にはいられません。彼は毎晩、寝室で朗読しているんです――なにやら悲しい詩を」

「パウエル＝ジョーンズが朗読？　いったいどうして？」

「アイステズヴォッドに出るんですよ。聞いていませんか？」

「アイステズヴォッドに？　なんてずうずうしい！」パリー・デイヴィスは声をあげた。「わたしが賞を取りたがっていることを知っているから、出ようとしているだけですよ。まあ、幸運を祈りましょう。勝てるチャンスなどかけらもない新参者ですからね。それもあんな貧弱な声ときては」

「だれが貧弱な声だって？」店に入ってきたアイヴァーが訊き返した。「わたしのことじゃないだろうね？」大きな笑い声が轟き、棚に並べられていたグラスに反響した。

「あなたの歌が聴きたくてたまらないわ、ミスター・スウェリン」注文を聞くことなく、ベッツィはウィスキーを注ぎ始めた。「アイステズヴォッドがすごく楽しみよ。聖歌隊をバックに、独唱するんですってね」

「オペラを歌うところを聴いてほしいね。聖歌隊といっしょのときは、思いっきり歌うわけにはいかない。彼らの声を消してしまうし、テントがつぶれてしまうかもしれないからね」

「本物のオペラは見たことがないの」ベッツィはうらやましそうに言った。「とてもロマンチックなんですってね」

「ものすごくね。ほとんどがかなわない恋の物語で、恋人たちは互いの腕のなかで死んでいくんだ。わたしもそうやって死にたいものだね――美しい女性の腕のなかで。だがもちろん九八歳になるまで待ってからだが」アイヴァーはそう言いながらベッツィの手を取り、指をもてあそんでいたが、やがてその手を唇に持っていった。

「オペラを歌っているあなたをぜひ見てみたいわ」ベッツィの頬は赤らみ、うろたえている様子だった。「あなたが死ぬ場面では、見ている女性はみんな泣きだすんでしょうね」

アイヴァーは微笑んだ。「きみがいい子にしていたら、近いうちにオペラに連れていってあげよう。カーディフのフェスティバルに行く予定がある。そのうち、いっしょに行こう」

「カーディフのオペラに連れていってくれるの？　ぜひ行きたいわ、ミスター・スウエリン」

「アイヴァーと呼んでくれないか」彼はまだベッツィの指をいじり続けていた。「きみとわたしはいい友だちになれそうな気がする」

その夜エヴァンはあまり眠れなかった。おへそを出したり、誘惑するような言葉を口にしたりはしていても、ベッツィは世間知らずの子供だ。アイヴァーの言葉にあれほど簡単になびいてしまうとは。彼の評判を知らないんだろうか？　自分が口を出すことではないとわかってはいたものの、ベッツィがばかを見るのをただじっと眺めているわけにはいかないとエヴァンは思った。アイヴァーが彼女の体に触れることを思うと、我慢できなかった。

翌朝エヴァンは仕事に向かうベッツィを呼び止めた。

「ベッツィ、話がある」

「あら、なにかしら？」ベッツィは期待に満ちた顔でエヴァンを見た。

「アイヴァー・スウェリンのことだ。いっしょにカーディフに行くのはやめたほうがいい」

「オペラに連れていってくれるだけよ。とても親切だと思うわ」

「ベッツィ、目を覚ますんだ。アイヴァーは下心もなしに、若い女の子をオペラに連れていくような男じゃない。きみにはわかっているはずだ」

「下心があったからどうだっていうの？」ベッツィはふてくされたようにエヴァンをにらみつけた。「あたしは大人よ。彼をとても魅力的だって思ったし、彼もあたしに魅力を感じているみたいでうれしかったわ」

「だが彼は結婚しているし、普通の人間が図書館の本を借りてくるみたいに、次々に女性を乗り換えるんだ」エヴァンは声を荒らげた。

不意にベッツィの顔が輝いた。「わかったわ！　あなたったら妬いているのね、エヴァン・エヴァンズ。ようやく白状したのね。これまでは、恥ずかしくてあたしを誘えなかったんでしょう？　あの退屈なブロンウェンといっしょにいるほうがいいふりをしていたのね。まったく男の人って面白いんだから」ベッツィは金色の髪をかきあげた。「こういうのはどう？　あなたがあたしに興味を持っていることをきちんと示してくれたら、アイヴァーとカーディフに行くのはやめるわ。それでどう？」

エヴァンの頭のなかを様々な考えが駆け巡った。ベッツィの名誉を守るためにすることだと、ブロンウェンはきっとわかってくれる。そうだろう？　ブロンウェンは分別があって、親切で、思いやりのある人だ。ベッツィをアイヴァー・スウェリンといっしょにカーディフに行かせてはいけないと彼女も思うはずだから、エヴァンは自分のすべきことをしているだけだと、きっと理解してくれる。

「どうなの、エヴァン・エヴァンズ？　あたしをデートに誘うの、誘わないの？　土曜日の夜にあなたが誘ってくれないのなら、あたしはミスター・スウェリンにカーディフに連れていってくれるように頼むわ」

エヴァンは大きく息を吸った。「わかったよ、ベッツィ。土曜の夜に出かけよう」

7

「ほかにどうしようもなかったってこと、わかってくれるだろう、ブロン？」エヴァンは言った。

ブロンウェンは校舎のゲートに手を乗せ、じっとエヴァンを見つめている。宿題をしてこなかった言い訳をする生徒に向ける表情を練習しているのかもしれないと、エヴァンは思った。

「わかったわ」ブロンウェンは言った。生徒にも同じことを言っているのかもしれない。

「きみならどうしていた？」

「あなたはとても気高い犠牲を払ったということね。わくわくするようなパブでのひとときをあきらめて、露出の多い格好のベッツィといっしょにいけてるナイトクラブに行く人はそういないでしょうからね。あなたは勲章をもらえるかもしれない」

「ちゃんときみに話したじゃないか。きみの意見を訊いているんだ」

「わたしの意見なんてどうでもいいことなんじゃない？」ブロンウェンの口調は恐ろしいほど冷静だった。「あなたとわたしはただの友だちだもの。そうでしょう？　あなたはみんなにそう言っているわよね」

エヴァンは必死になって自分を抑えていた。ブロンウェンは理性的だと思っていたから、彼自身も理性的であろうとした。だが、理屈は役に立たなかった。「ブロンウェン、ぼくがベッツィとダンスをしたいなんて思っていないことはわかっているはずだ。だがあの子をウェールズのドン・ファンといっしょにカーディフに行かせるわけにはいかないだろう？　これが問題を解決する一番いい方法に思えたんだ。分別と思いやりのあるきみなら、きっと理解してくれると思った」

ブロンウェンはゲートを開けたり閉めたりしていたが、やがて曖昧な笑みを浮かべてエヴァンを見た。「理解していると思うわ。それにあなたは、ベッツィとひと晩出かけたからといって誘惑されるような人じゃない。でも、この村の噂話がどんなふうだか知っているでしょう？　ベッツィのお父さんが訪ねてきて、彼女と結婚して責任を取れって迫るかもしれない」

「それが問題を解決する一番いい方法かもしれないな」

「ベッツィとできちゃった婚（ショットガン・マリッジ）をさせられることが？」

「違うさ」エヴァンは苦笑いをした。「アイヴァーの件だよ。ベッツィのおやじさんのサム・エドワーズが、人の言っていることが理解できるくらい素面（しらふ）なときがあれば、話をしてくるんだが。そうすれば彼は、年代物の散弾銃（ショットガン）を手にアイヴァーのところに押しかけて、骨の髄まですくみあがらせるだろうからね」

「警察官が、問題を解決する方法として人を撃つことを勧めるとは思わなかったわ」

ブロンウェンは落ち着きを取り戻していた。もうゲートを握りしめてはいない。

「サム・エドワーズはあの銃でだれかを撃ったことは一度もないよ。そうでなければ、ぼくだってこんなことは言わないさ」

「どちらにしろ、もう手遅れね」

「とりあえず、アイステズヴォッドが終わるまでデートは延期してもらった。それまでは毎晩、練習があるからね」

「歌のほうはどんな感じ？　ちょっと聴いたところでは、悪くないみたいだけれど」

「きみが聴いたのはアイヴァーの歌声で、ぼくたちは口を開けているだけだよ」エヴァンは笑いながら言った。

「歌うのはいつなの？」

「土曜日の夜だ。金曜日の夕方には、ハーレフの会場でリハーサルをするんだ。そうすれば、大きさや雰囲気がわかるからね」

「土曜日にはぜひ聴きに行かなくちゃ。フォークダンスを見に連れていくって、生徒たちに約束したのよ。あなたたちの歌があまり遅い時間でなければ、そのあと残って聴いていくわ」

「ぼくならやめておくね」エヴァンは言った。ブロンウェンに自分の歌声は絶対に聴かれたくないと思った。

「あら、どうして？」ブロンウェンはがっかりした顔になった。「わたしに歌を聴かれたくないの？」

「ぼくたちはあんまりうまくないんだよ、ブロン。はっきり言って、早く終わってほしいと思っている。練習の雰囲気はどんどん悪くなっているしね」

「そうなの？どんなふうに？」

エヴァンはため息をついた。「モスティン・フィリップスは物事をとても真剣に受け止める。一方のアイヴァーはなにもかも冗談だと思っている。いずれ大爆発するんじゃないかと心配なんだ」

パブから戻ってきたエヴァンが自分の部屋で本を読んでいると、電話が鳴った。チャーリーの妻のメア・ホプキンスからだった。「またなんですよ、ミスター・エヴァンズ」メアが電話口で言った。「今夜は外で怒鳴りあっているんです。文句は言いたくないんですけれど、もう九時を過ぎていますからね」

「ご心配なく。ぼくがすぐに様子を見に行きますから、ミセス・ホプキンス」エヴァンは言った。「連絡していただいてありがとうございます」

エヴァンは制服の上着を着ると、急いでパウエル＝ジョーンズの家に向かった。礼拝堂に視界をさえぎられているせいで、声は聞こえるもののなにが起きているのかはわからない。けれど今夜は夫婦げんかでないことはすぐにわかった。聞こえてくるのは、どちらも男の声だ。

「覚えてろよ！」その声は英語でも、ウェールズ語でもない。

「おまえの脅しをわたしが怖がるとでも思うのか？」今度の声はアイヴァーだとすぐにわかった。「さっさと家に帰って、勝手にやっていろ。早く闘いたくて、わたしはうずうずしているよ。おまえと法廷で会いたいもんだ――最高の宣伝だね！」

エヴァンが礼拝堂に行き着くより早く、澄んだ夜気のなかに銃声のような音が響いた。思わず心臓がどきりとしたが、すぐにそれが車のドアが閉まる音にすぎないと気づいた。エンジンがうなり、車高の低い長い車が走り去っていった。外国のナンバープレートがついている。エヴァンがパウエル＝ジョーンズ家の私道にたどり着いたときには、アイヴァー・スウェリンはすでに家のなかで、あたりは静まりかえっていた。ドアをノックするべきだろうかとエヴァンはつかの間ためらったが、なにが起きているのであれ、彼が口をはさむことではないと心を決めた。

翌日の練習にアイヴァーは現われなかった。

「これは、よろしくありませんね」聖歌隊の準備はできているというのに、アイヴァーが姿を見せないことがわかると、モスティンが言った。「時間どおりに練習を始めることがどれほど大切なのかは、彼もわかっているはずなのに。わたしをいらだたせるために、わざとやっているに違いありませんよ。いいでしょう、彼抜きで始めましょう」

モスティンはピアノの前のミス・ジョンズにうなずいて見せた。プログラムを最後まで通しても、まだアイヴァーは現われない。エヴァンは落ち着かない気持ちで歌い、アイヴァーを探してくると言おうとしたちょうどそのとき、ドアが勢いよく開いて、アイヴァーその人がつかつかと入ってきた。「そいつはいったいなんだ？」その話し方を聞けば、〈レッド・ドラゴン〉を訪れていたことがよくわかった。「まるで大きな教会のなかで、ネズミたちがキーキーわめいているみたいじゃないか。もっと声を出すんだ。響かせないと」

「遅刻だぞ、アイヴァー」モスティンはぶっきらぼうな口調で言った。「ほかの者にしめしがつかないだろうが」

アイヴァーはにやりと笑った。「それが、面白い客が来ていたものでね」そう言うと、期待に満ちたまなざしで一同を眺めた。「だれだったのか、想像もつかないと思うね――ブラエナイ・フェスティニオグ聖歌隊の人間だったんだ！　いっしょに歌ってほしいと言ってきたんだよ。優れた聖歌隊らしいじゃないか。一流だ。金メダルを目指しているそうなんだが、わたしが加われば間違いなく取れると思わないか？」

モスティンの顔から血の気が引いた。「まさかこの期に及んで、わたしたちのところからライバルの聖歌隊に乗り換えるつもりじゃないだろうな？」

「キーキーわめくのはやめたほうがいい、モスティン。品がないぞ」アイヴァーの顔には笑みが浮かんだままだ。「きみと契約書を交わしたわけじゃないだろう？　わたしはただ親切心からやっていただけだ。それに、よく考えてみたんだ。わたしには、自分の評判というものがあるからね。観客の前で、このアイヴァー・スウェリンをばかみたいに見せるわけにはいかないんだ」

「いかにもきみらしい裏切り行為だよ」モスティンはわめいた。「昔のきみとは違うと考えたわたしがばかだった。きみはいつだって人を裏切るのが得意だったからな。だが、今回はそうはさせない。会場での最終リハーサルは明日の夜七時ちょうどから始まる。遅れずに来てもらおう！」

モスティンはアイヴァーを押しのけて出ていき、荒々しくドアを閉めた。アイヴァーは男たちの茫然とした顔を見まわし、肩をすくめた。「からかうべきじゃなかったのかもしれないが、我慢できなくてね。あいつはいつだって、からかってもらいたがっていると思わないか？」

「たまげたね」バンの後部座席から降りて、アイステズヴォッドの会場を初めて見たチャーリーの孫のビリー・ホプキンスがつぶやいた。エヴァンも同感だった。競技場だった場所に巨大なテントが三張り、立てられている。中央のものは、サーカスのテントほどの大きさがあった。そこを囲むようにして様々な大きさのテントが立てられ、その周辺には何百もの小さな屋台が出ていて、ケルトのアクセサリーからリンゴ飴まであ りとあらゆるものを売っている。どこもかしこも活気がみなぎっていた。紡ぎ車や花飾りや布の束や舞台の小道具の柱やペーパークリップの入った箱を持った人たちが、通りすぎていく。自分の体と同じくらいの大きさのウェルシュハープを抱えた若い娘が、よろめきながら歩いていった。クラクションを鳴らして歩行者たちをどかせながら、車が何台もゆっくりと出入りしていた。まるで包囲攻撃に備えようとしている軍隊のようだ。一番高いテントの支柱ではためく赤い竜のウェールズの国旗と、いまにも雨が降り出しそうな空を背景に黒くそびえるハーレフ城のおかげで、ますますその印象が強まっていた。

「こんなふうだとは、知らなかったよ」ガソリン屋のロバーツの年代もののリムジンから降り立ったエヴァンに向かって、ビリー・ホプキンスが言った。「なかなかのものじゃないか」

「で、オースティン・モスティンはどこだ？」ガソリン屋のロバーツがあたりを見まわした。

「何人か生徒を乗せて、学校から直接車でここに向かっている」肉屋のエヴァンズが説明した。「その子たちがボーイ・ソプラノのコンテストに出るそうだ。なんで、ここで落ち合うことになっている」

「ボーイ・ソプラノね、あんたはそっちに出るべきだったんじゃないのかい、エヴァン・バック」チャーリーはくすくす笑った。

「アイヴァーは？」ガソリン屋のロバーツは声を潜めて訊いた。

「訊かないでくれ」おんぼろ車のバリーがつぶやいた。「七時までに来ることを祈るんだな。でなきゃ、いつまでも文句を聞かされるぞ」

モスティンがせわしない足取りで近づいてきた。指揮棒を握りしめ、せいいっぱい偉そうな顔つきをしている。「ああ、ここにいたのですね。会場を見てきましたから、どのテントで歌うのかはわかっています。さあ、急いで向かいましょう。スケジュールにはひどく厳しいと聞いていますから」彼は一気にまくしたてると、聖歌隊の面々が走ってついていかなければならないほどの速さで歩きだした。

「テレビ局の車が並んでいるぞ」一番大きなテントの外までやってきたところで、ビリー・ホプキンスが言った。「母ちゃんは家のテレビでおれたちを見られるのかな？」

「全国放送になるかもしれませんよ」モスティンが誇らしげに言った。「わたしたちには偉大な歌い手がいますからね」

「その歌い手はどこにいるんだ？」牛乳屋のエヴァンズが不安そうにあたりを見まわした。

「自分の車で来ると言っていました」モスティンが答えた。「まあ、わかりますよね。有名人は相乗りなんてしないものですから」

それを聞いて、男たちはにやりとした。テントのなかからは、別のコール・メイビオンの歌声が聞こえてくる。『ハーレフの男たち』の旋律が、けたたましい車の警笛や足場を組み立てる音と競い合っていた。

モスティンは腕時計を確認した。「七時までにステージを空けてくれるといいんですが。わたしたちの練習時間は七時から七時半までなんです。わたしは七時きっかりになかに入りますよ。練習時間を無駄にするつもりはありません。アイヴァーが早く来てくれることを祈りましょう」

一行が巨大なテントに入っていくと、そこにいた聖歌隊はリハーサルを終えてステージをおりようとしているところだった。「ブラエナイ・フェスティニオグ聖歌隊」モスティンは非難まじりに鼻を鳴らした。「いっしょに歌うように、まだアイヴァーを説得してはいなかったようだ」

「やあ、モスティン」ステージをおりながら、指揮者が声をかけた。「われわれと張り合うつもりなんだって？　秘密兵器を手に入れたと聞いたぞ」

「あなたにはひどい目に遭わされましたけれどね」

「どういう意味だ？」

「よくわかっているはずだ」モスティンは、そこにだれもいないかのように指揮者の横をすり抜けると、楽譜立てに楽譜を載せた。指揮者はモスティンをじっと見つめていたが、やがて肩をすくめて歩き去った。スランフェア聖歌隊はステージに並んだ。

「七時五分だ」モスティンは再び腕時計を見た。「アイヴァーはまだ来ませんね。わたしはちゃんと言いましたよね？　七時ちょうどって？　まったく時間にルーズな男だ。三〇分しかないというのに」

「じきに来るさ」肉屋のエヴァンズが言った。「ハリーを迎えに行ったとき、発声練習をしているのが聞こえたからね」

「さっさと来てくれればいいのに。発声練習ね。ここはコベント・ガーデンじゃないんですよ。なんのためにそんなことをするんです？」

一〇分たっても、アイヴァーは現われなかった。モスティンは予定の三曲を聖歌隊に歌わせたものの、だれもが片方の目を入口に向けていたから、いいかげんな歌にしかならない。一秒ごとに、モスティンの怒りは募るばかりだった。自分たちの練習が終わるまで入ってくるなと、椅子を並べている男たちを怒鳴りつけたかと思うと、とうとう指揮棒を投げ捨てた。「お手上げだ。どうしようもない。あの男のせいで、なにもかも台無しだ。あいつが助けてくれると思うなんて、わたしがばかだったんだ。あいつが助けてくれたことがあったか？　あいつはいつだって自分のことしか考えないんだ」モスティンはブリーフケースに楽譜を片付け始めた。「もちろん、あいつがどういうつもりなのかはわかっている。わたしたちの歌がひどいから、いっしょに歌って恥をかくのがいやになったんだ。それはわからないでもない。だがそれならどうして、やると言ったんだ？　わたしたちの実力はわかっていたのに？」

「明日の夜はきっと来るさ」パブのハリーが言った。「彼はプロだ。自分のすべきことはわかっているよ」

「そのとおり」肉屋のエヴァンズが言い添えた。「アイヴァーのようなスターには、リハーサルは必要ない。明日は大丈夫さ」

「それが信じられればいいんですがね」モスティンが言った。「もしも彼が明日来なければ、ソリストなしで舞台にあがるわたしたちは、まるで間抜けの集団だ」足音も荒くステージをおりると、先頭を切ってテントを出ていく。それでもまだアイヴァーを探しているのか、その視線は右へ左へとさまよった。自分のミニの脇で足を止めた。

「決めましたよ。アイヴァーと話をします。彼はプロだし、これは許されないことです」

「彼の機嫌を損ねないほうがいいぞ、モスティン」パブのハリーが注意した。「おれたちとはもう歌わないなんて言い出しかねない。彼の言うとおり、契約を交わしたわけじゃないんだ。好意でやってくれているだけなんだから」

モスティンはため息をついた。「あなたの言うとおりですね、ハリー。だがそれでも話はしておきたい。こんなふうに期待を裏切られて、わたしたちがどう思っているかを伝えておかなくてはなりません。これは間違っている。公正じゃない」モスティンはエヴァンを見つめた。「いっしょに来てもらえますか、エヴァンズ巡査。あなたは人との付き合い方を知っているし、なにが正しいのかもわかっている。わたしがあとで後悔するようなことを言わないように見張っていてほしいんです。自分がカッとなりがちなことはわかっていますから」

「わかりました」エヴァンはためらいながら答えた。アイヴァーとモスティンの怒鳴り合いに立ち会いたくはなかったが、そうすることで土曜日のアイステズヴォッドにアイヴァーが時間どおりに来てくれるというのなら、断るわけにはいかないだろう。

「わたしが車で送っていきますよ」モスティンが言った。「乗ってください。直接、向かいましょう」

エヴァンは長い手足をなんとか折りたたんで、ミニの助手席に乗りこんだ。天井に頭がこすれていたし、膝は胸にくっつきそうだ。聖歌隊のメンバーが窮屈そうな彼を見てにやにや笑っていた。

「すぐに着きますよ」駐車場から車を出しながら、モスティンが言った。「古い車ですが、走りは昔のままですからね」

エヴァンは、スランフェア村の明かりが見えてこれほどうれしいと思ったのは初めてだった。モスティンがまるでレーシングドライバーのようにカーブを攻めるたびに、エヴァンは体を支えることもできず、右に左にと揺すぶられた。でこぼこの路面を走るときには天井に頭がぶつかったし、シートベルトに首を絞められそうになった。アイヴァーの家の前に車が止まると、エヴァンはようやくのことで縮めていた脚を伸ばし、よろよろと外に出た。

家には明かりが灯り、アイヴァーの黒のベンツが私道に止まっている。

「やっぱりだ。あいつは来るつもりなんかなかったんだ」モスティンは腹立たしげに家を指さした。「わたしがとんでもないことを口走らないように見張っていてくださいね。冷静でいるつもりですが、簡単なことじゃない」彼は玄関に近づき、ノッカーに手を伸ばした。

モスティンが触れた拍子に、ドアが開いた。

「妙だな」モスティンは不思議そうにエヴァンを見た。

エヴァンは半分開いたドアをノックした。「ミスター・スウェリン？　いますか？」

返事はない。エヴァンはドアを大きく開けた。

「入ってもいいものですかね、エヴァンズ巡査？　ほら、ひょっとしたらアイヴァーはパブでいつもみたいに飲んでいるのかもしれない。勝手に家に入る権利は……」けれどエヴァンはすでに暗い玄関ホールのなかにいた。

「ミスター・スウェリン？」エヴァンはもう一度呼びかけた。黒と白のタイルの床から階段の上の高い天井に、その声が反響した。「だれかいますか？」

聞こえるのは、玄関ホールに置かれている大きな振り子時計が時を刻む重々しい音だけだった。靴が片方落ちていることにエヴァンが気づいたのはそのときだ。爪先部分が開いている黒いエナメルのハイヒール。応接室のドアのすぐ外に落ちていた。

「帰ったほうがいい、ミスター・エヴァンズ」モスティンがエヴァンの袖をつかんだ。「アイヴァーは女性を連れてきているんですよ。だから来なかったんだ。なにをしているやらわからないところに、押しかけるわけにはいきませんよ」

エヴァンは応接室のドアをノックした。「ここにいるんですか、ミスター・スウェリン？」

そろそろとドアを開けた。とたんに二種類のにおいが鼻をついた。ひとつめはアルコールだ。閉め切った暖かい部屋のなかに充満している。もうひとつがなんなのかはわからなかった。

エヴァンはシャツの襟を引っ張った。「ここはずいぶん暑い」

「アイヴァーはイタリアの気温に慣れているんじゃないですかね。この家は寒すぎると思ったのかもしれない。きっと、夏の最中にセントラル・ヒーティングを入れているんだ！」

「だれもいないようだ……」エヴァンは言いながら、明かりのスイッチに手を伸ばした。厚手のベルベットのカーテンが引かれていて、部屋のなかは水槽のようだった。部屋の真ん中に、飲み物用の小さな丸いテーブルがひっくり返っていることに気づいた。エヴァンはテーブルに向かって歩き始めた。

モスティンは不法侵入を心配しているのか、部屋の端をそろそろと進んでいく。出窓にたどり着くと、厚いベルベットのカーテンを開けた。「ここのラジエーターはついていますね」

エヴァンは部屋のなかほどまで進んだところで、背もたれの高い花柄プリントのソファのうしろから突き出している足に気づいた。もうひとつのにおいがなんだったのかを、エヴァンは悟った。死のにおいだった。

8

アイヴァー・スウェリンはアクスミンスターの絨毯の上で両手を広げて倒れていた。伸ばした手の先に、空のグラスが転がっている。暖炉前の敷物の上には、ひっくり返ったエンドテーブルとほぼ空のジェムソンのボトルがあった。エヴァンが死体の脇に膝をつくと、モスティンはぞっとしたように息を吸った。

「それは……彼？」モスティンはかろうじて言葉を絞り出した。

エヴァンはうなずいた。死体を動かさずとも、アイヴァーの右側頭部にべっとりした黒いものがこびりついているのが見えた。頭のまわりの絨毯には黒っぽい染みが広がり、赤い模様が茶色に変わっていた。なにも触れないだろうと思いつつ、エヴァンは慎重に彼の首に指を当てて脈を探った。

「残念だが、死んでいる」エヴァンは言った。無意識のうちに、あたりを見まわして凶器を探していた。暖炉を囲っている、渦巻き形の飾りとつまみのついた年代物の真鍮(しん)

鍮の炉格子に目が留まった。アイヴァーのすぐそばにあるつまみには血のあとが残っているようだ。「転んで頭をぶつけたんだろう……」エヴァンはためらいがちに言った。

近づいてきたモスティンはソファのうしろにそれなりの距離を置いて立ち、死体を見やった。「酒で身を滅ぼすと彼には言っていたんです」喉をつまらせながら言う。「でもこんなことになるなんて、思ってもみなかった。それなのに、彼が時間どおりに来なかったと言ってわたしは彼を責めていたんだ。ひどい気分ですよ、ミスター・エヴァンズ」

エヴァンは立ちあがった。「だれもこんなことは想像できませんでしたよ」

「わたしは外で待っていることにします」モスティンは見るからに青い顔をしている。

「気分が悪い」

「わたしも出ますよ」エヴァンは言った。「犯罪捜査部(CID)が到着するまで、なにも触るわけにはいきませんからね」

「警察？　だがこれは事故でしょう？　あなたはまさか……」

「確かに事故のように見えますが、それでも連絡する必要はあります。わたしはただの村の巡査で、こういうことには専門家がいますから」エヴァンは動揺しているモスティンを部屋から連れ出した。

「わたしも残っていなきゃいけませんかね？」モスティンは夜のさわやかな空気のなかに出たところで尋ねた。

「そのほうがいいですね。あなたから供述を取りたがるはずです。ぼくたちはふたりで遺体を発見したわけですから」

「わかりました。あなたさえかまわなければ、車で待っています。気が遠くなりそうなんです」

「〈ドラゴン〉に行って、一杯やっていたらどうですか？　必要としているような顔ですよ」

「いや、やめておきます。あんなものを見たあとでは、もう二度と酒を飲む気にはなれない」モスティンは身震いした。「車にいることにします」

「わかりました」エヴァンは元気づけるように彼の肩に手を乗せた。「警察署から電話をかけます。それほど長くはかからないはずだ」

白いパトカーがパウエル＝ジョーンズの家の前に止まったのは、それから三〇分後だった。

「わざとこの時間にかけてきただろう？」車から降りながら、ワトキンス巡査部長が文句を言った。ベージュのトレンチコート姿の彼はいかにも刑事らしい風情だが、その下がジーンズとTシャツであることにエヴァンは気づいていた。「『ハートビート』（イギリスの田舎を舞台にした、巡査たちが主人公のテレビドラマ）を見ているところだったんだぞ」

「あなたがまさか、空いた時間に警察ドラマを見ているとは思いませんでしたよ」エヴァンは友人に手を差し出した。「よほど仕事が好きとみえる」

「妻が欠かさず見ているんだ。それにティファニーも好きでね。それで、わたしを呼び出したのはいったいどういう事故なんだ？」

「ひどいですよ。まるで――」バンからもうひとり降りてくるのを見て、エヴァンはその先の言葉を飲みこんだ。その男性は細身で、ダークスーツとネクタイを品よく着こなしている。エヴァンはちらりと彼に目をやると、ワトキンスに小声で言った。「上司を連れてくる必要はなかったのに」

「ごきげんよう、巡査。わたしが確かめておく必要があると署長に言われたのだよ。今後のことがあるのでね」エヴァンの言ったことが聞こえているはずもないのに、まるで彼の疑問に答えているかのようなヒューズ警部補の言葉だった。「これほどの有名人となれば、マスコミに対応する必要が出てくる。声明を出さなくてはならないだろう」

ヒューズ警部補がテレビカメラの前で声明を出すことを楽しみにしているのが、よくわかった。

「こちらです」エヴァンは先に立って、パウエル＝ジョーンズ邸の私道を歩き始めた。

「死体を発見したのはだれだね？」ヒューズ警部補がエヴァンと並んで歩き、ワトキンスはそのあとをついてくる。

「聖歌隊の指揮者のミスター・モスティン・フィリップスとわたしです、サー」

「きみは死体を見つける習慣があるらしいな」ヒューズ警部補は冷ややかに言った。自分たちではどうにもできなかった二件の殺人事件をあっさり解決したエヴァンを、彼は許していなかった。「きみが今回の死体を発見することになったいきさつを話してくれたまえ」

「アイヴァー・スウェリンは、ハーレフのアイステズヴォッドでぼくたちの聖歌隊とリハーサルをすることになっていたんです。ですが現われなかったので、様子を見に行くからいっしょに来てほしいとミスター・フィリップスから頼まれたんです」

「アイヴァー・スウェリンが、地元の聖歌隊で歌うって？」ヒューズ警部補は驚きを隠そうとはしなかった。それともあきれていたのかもしれない。「いったいどうして？」

「彼は、モスティンの古い友人だったんです。好意で歌ってくれることになっていました」

「なるほど。そのモスティン・フィリップスという男に話を聞く必要があるな」

「外に止めた車のなかにいます」エヴァンは少しだけ点数を稼げたことにほっとした。

「あなたを待つように言っておきました」

「よろしい。死体を調べよう。ワトキンス、そのあとできみはその男から話を聞くように」ヒューズ警部補は手袋をした手で玄関のドアを開けた。「きみがなにも触っていないといいのだがね、巡査」

「もちろんです、サー。応接室のドアを開けて、脈を確認するのに死体に触りましたがそれだけです。あとはすべてそのままにしてあります」

エヴァンは左手にあるドアを示した。「このなかです」

ヒューズ警部補は転がっているハイヒールをまたごうとして、よろめきながらドアを開けた。「なんだこれは。彼はアルコールの風呂にでも入っていたのか？」

「倒れるときに、ボトルを倒したみたいです」エヴァンはひっくり返ったテーブルの脇の空になったボトルを指さした。

「ここはひどく暑いな」ヒューズ警部補がつぶやいた。

「セントラル・ヒーティングを入れていたようです。彼は、イタリアから来たばかりでしたから」

「それならすぐに切って、窓を開けたまえ。ここはとにかく不快だ。とてもじゃないが、こんなところでは仕事ができん」

警部補は死体の脇にかがみこんだ。「ひどいな」手袋をした手で死体を少し動かし、傷がよく見えるようにした。「気の毒に。こんな死に方をするとは。彼は酒飲みだったのかね、巡査?」

「それなりに飲んではいましたが」エヴァンは窓の掛け金と格闘しつつ答えた。「へべれけになっているのは見たことがありません。いつも、ちゃんと自分を保っていました」

「だがどれくらい飲んだのかは、知る由もない。たまに羽目をはずすタイプだったのかもしれない。この家にはほかにだれかいるのか?」

「ほかの部屋には入っていませんが、だれも見ていませんし、なにも聞こえませんでした。警部補がいらっしゃるまで待ったほうがいいだろうと思ったので」

「そのとおりだ、巡査。だが今回は、結論は明らかだとは思わないかね? 気の毒なこの男は少しばかり飲みすぎて転び、あの炉格子に頭をぶつけた――なんとまあ、物騒な代物じゃないか。あんなものはとっくの昔に片付けておくべきだったのだ。セントラル・ヒーティングがあるのだからなおさらだ」

「わたしの家なら、物置行きですね」ワトキンスが口をはさんだ。

「パウエル＝ジョーンズ夫妻には子供がいませんし、この家のなかを走りまわることのできた人間はいなかったでしょうから」エヴァンが言った。

ヒューズ警部補は炉格子の横にしゃがみこんだ。「ふむ――このつまみに髪と血痕が残っている。かわいそうに。ほかにいくらでも倒れる場所はあるのに、よりによってこの方向に倒れるとは」警部補は立ちあがり、アイヴァーの死体を冷静なまなざしで眺めた。「もちろん、オーウェンズ医師と鑑識に死因を確認してもらわなければならないが、まあ、まず間違いないだろう。今夜はこれ以上わたしにできることはなさそうだ。本部に電話をかけたら、ディナー・パーティーが終わるまでに戻れるかもしれないな」警部補は両手をこすり合わせると、部屋を出ていこうとした。

「彼はひとりで暮らしていたのかね？」警部補が振り返ってエヴァンに尋ねた。「家族を連れてくることになっていたと思ったが」

「奥さんはいます」エヴァンは答えた。「息子と娘がひとりずついると聞いていますが、どこにいるのかはわかりません。ふたりともまだここには姿を見せていません」

「妻がいまどこにいるのかはわからないのか？」ヒューズ警部補はワトキンスに向き直った。「すぐに連絡せねばならん。家じゅうを探して、彼女と連絡が取れないかを調べるんだ。エヴァンズ、わたしたちは警察署に行こう。そこから電話をかけたい。ドーソンを呼んで写真を撮らせる必要があるし、ヨットクラブにいるオーウェンズ医師にも連絡を取らなくてはいけない。金曜の夜は、先生はいつもあそこで食事をしているんだ。それに、応援を派遣してもらうように警部に進言しなくてはいけない。情報が伝わったとたんに、マスコミが押しかけてくるだろうからな。遺体を安置所に運ぶまでは、情報が漏れないようにしよう。いいな、悲惨な写真が新聞の一面を飾るような事態は避けたい」

エヴァンはアイヴァーの遺体を最後にもう一度振り返ってから、警部補について部屋を出た。

「まずはほかの部屋を調べるんだ、巡査部長」ヒューズ警部補は玄関の前で足を止めた。「ひょっとしたら――」

家の外の砂利を踏む軽やかな足音が聞こえたかと思うとドアが開いた。そこに立っていたのは、レインコートを着てスカーフを巻き、旅行鞄を手にしたミセス・スウェリンだった。髪に真珠のような雨粒が散っているところを見ると、雨が降り始めたらしい。顔は赤みを帯び、目は明るく輝いていた。

「いったいなにごとです?」玄関ホールに立つ三人の男たちに彼女が訊いた。「外にパトカーが止まっていますけれど、泥棒ですか? いったいなにを盗んでいったのかしら。なにも価値のあるものはないのに。ここにあるのはがらくたばかりだし、高価なものはみんなイタリアに置いてきたのよ。ただ――」

「残念ですが、泥棒よりもっと深刻な事態なんです、ミセス・スウェリン」ヒューズ警部補が彼女に歩み寄った。「恐ろしい事故があったことをご報告しなければなりません」

「アイヴァーが怪我をしたの?」彼女の表情がいらだちから不安に変わった。「交通事故? いいえ、そんなはずないわ。外に車があったもの」

「ご主人は転倒して頭を打ったんです」ヒューズ警部補は彼女と応接室のドアのあいだに立った。「あの部屋で」部屋に向かおうとした彼女を押しとどめる。「残念ですが、亡くなりました。まだお入りにならないほうがいいと思います」

「アイヴァーが? 死んだ?」彼女は口に手を当てて、こみあげてくる声を抑えこんだ。戸惑っているように見える。「彼のところに行かないと」再び歩きだそうとした。

ヒューズ警部補がその前に立ちはだかった。「よろしければ、警察医が遺体を確認しに来るのを待ちたいのですが」

ミセス・スウェリンは閉じたままのドアを見つめた。「信じられない」静かな声でつぶやく。「本当とは思えないわ。アイヴァーが……」

「お留守だったんですか、ミセス・スウェリン?」エヴァンは、彼女が片手に握りしめたままの鞄を受け取りながら尋ねた。

「え? ああ、そうです。四日ほどロンドンに行っていました」彼女はまだドアを見つめている。「彼はまた飲んでいたんですか? いまいましいお酒——やめてと言ったのに……」彼女はまた手で口を押さえ、気持ちを立て直そうとした。「事故なんですよね?」唐突に尋ねた。

「どういう意味です?」ヒューズ警部補がさっと顔をあげた。

ミセス・スウェリンはつかの間ためらったように見えた。「主人は自殺じゃないですよね? わたしは弱くはありません。すべて話してくださって大丈夫です」

ヒューズ警部補は驚いた顔になった。「ご主人は、自らの命を絶つおそれがあったと言われるのですか?」

彼女は落ち着きを取り戻し、きっぱりと首を振った。「もちろんそんなことはありません。アイヴァーは人生を愛していました。だれもが知っていることです。ただ彼は、お酒を飲むと悲観的になることがある——あったので」

「自殺ではないと断言できますよ、ミセス・スウェリン」ヒューズ警部補が言った。「大変不運な、痛ましい事故です」

「せめてもの慰めですね」

「今夜はどこか泊まれるところがありますか？」今回ばかりは、ヒューズ警部補の口調にも温かみが感じられた。「近くに親戚か友人はいますか？」

「だれもいません」彼女は答えた。「このあたりには知り合いはもうだれもいません。どうして彼がここに戻ってきたかったのか、さっぱりわからないわ——こんなさびれたところに。頭がおかしくなったんじゃないのって、彼には言ったんです。もちろんただの気まぐれに決まっています。アイヴァーはいつだって気まぐれで行動するんです。大きな子供みたいに。彼がここのなにを気に入ったのか、わたしにはまったくわかりません」

「お子さんがいらっしゃいますよね？」ヒューズ警部補が穏やかに尋ねた。「ここにはいらしていないんですか？」

「ええ、来ていません。ふたりともイタリアにいます」あたかもここが見慣れない場所で、自分がどこにいるのかわからないとでも言うように、彼女はあたりを見まわした。「すぐに電話をしないと。なんて言えばいいのかしら？　きっと信じないわ」彼女は首を振った。「わたしだってそうよ。とても信じられない。アイヴァーは不死身だって思っていたんです。お医者さまにはあんなことを言われていたけれど、だれよりも長生きするって豪語していたのに……」さすがの彼女も今度は涙をこらえることはできなかった。「ごめんなさい」ややあってから言葉を継いだ。「子供たちに電話をしないと」

「ぼくならもう少し待ってからにしますね、ミセス・スウェリン」エヴァンはそっと手を伸ばした。「気持ちを落ち着けてからにしませんか？　どう伝えるかを考えてみてください。お子さんたちを必要以上に動揺させたくはないでしょう？」

彼女はうなずいた。「そうですね。いまは筋の通った話ができるとは思えません。それどころか、どうすればいいのか……」

「しばらく横になっていてはどうですか？」ワトキンスが提案した。「さぞショックだったでしょうから」

「夫の遺体がある家のなかで、横になんてなれると思いますか？」つかの間彼女は冷静さを失った。

ヒューズ警部補はエヴァンに尋ねた。「このあたりに、彼女が夜を過ごせるような場所はあるかね、エヴァンズ？　ここではだめだ。警察官が出たり入ったりするから。いまはゆっくり休んでもらうことが必要だ。オーウェンズ医師に鎮静剤を処方してもらおう」

「〈エヴェレスト・イン〉があります、サー。山の上のほうにある新しいホテルです。とてもいいホテルだと聞いています」

「よろしい。女性警官を呼んで、彼女を連れていってもらおう」

「その前にぼくが紅茶をいれましょうか？」エヴァンが言った。

「いい考えだ。警察署の鍵を貸してくれたまえ。わたしたちはそこから電話をかけることにする。そうすればミセス・スウェリンをこれ以上動揺させずにすむ。それからわたしは家に帰ることにする」

「モスティン・フィリップスがいます、サー。赤いミニのなかで待っています」

「その車なら、ここに来るときに見かけたよ」ヒューズ警部補は素っ気なく笑った。「まだあの手の車が走っているとは思わなかった。では、巡査部長、ミスター・フィリップスを警察署に連れて行くんだ。そこで供述を取るように」

「わかりました、サー」ワトキンスは答え、あきらめの表情でエヴァンを見た。

エヴァンはためらいがちにミセス・スウェリンの肩に手を乗せた。「台所の場所を教えてくれれば、ぼくが紅茶をいれますよ。ショックを受けたときには、紅茶が一番だ」

彼女はエヴァンを見あげて、微笑んだ。「親切なのね」そう言うと、広々としたタイル張りの台所に続く両開きドアを開いた。エヴァンは彼女を食卓の椅子に座らせた。人形のようにされるがままだ。エヴァンはケトルのスイッチを入れた。

「それじゃあ、あなたもこのあたりの出身なんですね、ミセス・スウェリン？」エヴァンは、紅茶缶と砂糖を見つけだした。

「生まれはコルウィン・ベイです。大嫌いだったわ。ロンドンの大学に行くためにあそこを出たときには、二度と帰らないって誓ったのよ」彼女は身震いした。「本能に従うべきだったんだわ」

「普段はイタリアにお住まいですか？」

「ええ。アイヴァーは時々スカラ座に出ているんですけれど、それ以外はいつも客演のためにあちこち飛びまわっているんです。わたしはいつもいっしょに行くというわけではなくて……」最後の言葉には重い含みがあった。エヴァンは彼女が気の毒になった。イタリアの歌姫やデンマークの王女とヨットに乗っている夫の写真を見るのは、家で待つ妻にとっては辛いことに違いない。

エヴァンはカップに牛乳と紅茶を注ぎ、砂糖を入れた。ブランデーがあれば、それも加えていたところだが、たとえ薬用としてであれ、パウエル＝ジョーンズの家ではそんなものが歓迎されないことはわかっていたし、アイヴァーの薬用ジェムソンは、すっかり絨毯にこぼれてしまっている。紅茶をかきまぜるエヴァンの手が止まった。ウィスキーと絨毯……なにかがおかしい。エヴァンは現場の様子をもう一度思い浮かべたが、やがて首を振って、ミセス・スウェリンにカップを手渡した。

「さあ、どうぞ。紅茶を飲めば、少しは気分がよくなりますよ」

カップを受け取ったミセス・スウェリンは、弱々しい笑みを浮かべた。

エヴァンは食卓の縁に腰かけた。「ミセス・スウェリン――どうしてご主人が自殺したかもしれないと思ったんですか？」

彼女はまた催眠状態から目覚めたように見えた。「どうしてあんなことを言ったのか、自分でもわかりません。ショックのせいでしょうね。ひどいショックを受けたときって、わけのわからないことを言うものじゃないですか？　アイヴァーはなにがあろうと、自分を傷つけるような人じゃなかった。自分のことが大好きだったんです」

「だが、ああ言ったのにはなにか理由があるはずだ」

「ロンドンに行く前にわたしが言ったことに、彼が腹を立てていたからかもしれません」彼女は曇りのない灰色がかった緑色の目で、まっすぐにエヴァンを見つめた。あたかも挑んでいるかのように。「別れることを考えていると言ったんです。ロンドンで弁護士に会うつもりだと」彼女は言葉を切り、紅茶をかきまぜた。スプーンがボーンチャイナのカップに当たって、リズミカルな音を立てた。「アイヴァーは激怒しました。寝耳に水だったみたいです。これだけの歳月がたったあとで、わたしが出ていくなんて夢にも思っていなかったみたいです」

「あなたはそのつもりだったんですか？」

「わかりません。実際にそういう話になったら、きっとわたしはまた彼に、説得されていたんでしょうね。最後には彼はいつも、自分の思うとおりにするんですもの――今回だけは別ですけれど」ミセス・スウェリンは再び顔をあげた。「あなたはいろいろとゴシップを読まれているんでしょうけれど、夫はわたしを必要としていたと思っています。彼なりにわたしを愛していたと」

彼女は紅茶をひと口飲んでから、立ちあがった。「子供たちに電話をしてきます。知らない人から妙な話を聞かされる前に。二階のわたしの部屋からかけたいんですけれど、かまいませんか？」

「もちろんです。ひとりで大丈夫ですか？」

「ええ」彼女はすかさず答えた。「そのほうがいいんです。ありがとうございます。長くはかかりません。娘はひどく悲しむでしょうね。かわいそうに。父親を崇拝していたんです。もちろん、アイヴァーも同じでした。娘を溺愛していました。彼の愛を受け止めるのは簡単ではありませんでしたけれど——でもアイヴァーはそういう人だったんです。愛するか憎むかどちらかでした。そのあいだはなかったんです」

「息子さんは？」エヴァンは静かに尋ねた。

「ジャスティンは、父親の死を聞いてわたしと同じくらいショックを受けると思います」エヴァンを見つめる彼女の視線が揺らぐことはなかった。

9

階段をおりてきたミセス・スウェリンは、さっきよりも落ち着いているように見えた。それどころか、ほっとしているようだ。「息子が朝一番の飛行機でミラノから来てくれます。できるだけ早く来ると言ってくれて。あの子はいつも……わたしを気にかけてくれるんです。娘もかなうかぎり早く来ると言っていました。いつになるかはわからないようです。仕事があるので」

彼女は再び腰をおろし、紅茶カップを口に運んで顔をしかめた。

「冷めているでしょう。いれ直しますよ」

エヴァンがいれ直した紅茶を彼女に渡したちょうどそのとき、ドアをノックする音がして、ほっそりした赤毛の若い女性警官を連れたワトキンス巡査部長がやってきた。

「ミセス・スウェリン、こちらはコニー・ジョーンズ巡査です」ワトキンスが紹介した。「用意ができたら、彼女があなたを〈エヴェレスト・イン〉までお連れします。

今夜はあそこで過ごしてください」

ミセス・スウェリンは、あやつり人形のようなぎくしゃくした動きで立ちあがった。

「わかりました。用意してきます」

「お手伝いしましょうか？」ジョーンズ巡査が彼女の腕を取った。「いまはこの家がひどく大きくて、空っぽのように感じられると思います」

「ありがとう。でも大丈夫」ミセス・スウェリンは硬い声で応じた。「長くはかかりません」

「お気の毒に。心ここにあらずという感じですね」ジョーンズ巡査が言った。「家に帰ってきたらご主人が亡くなっていたなんて、さぞかしショックでしょうね」彼女は廊下を歩きだした。「様子を見てきますね。わたしだったら、こんな大きな家でひとりで二階にいたくはありませんから」そう言って、ワトキンスを見た。「怯えた女性はどうだとかああだとか言わないでくださいね。この家にはぞっとするって、ご自分でも車のなかでおっしゃっていましたよね？」

ワトキンスはにやりとした。「わたしはなにも言っていないよ」

ジョーンズ巡査はワトキンスとエヴァンを台所に残して、二階にあがっていった。

「きみは聖歌隊の一員なのか」ワトキンスはにやにやしながら言った。「知らなかったよ。才能を隠していたんだな。パートはなんだ？　ボーイ・ソプラノとか？」

「勘弁してくださいよ」エヴァンは恥ずかしさのあまり、顔をしかめた。「音程をはずさないバリトンがいないからと言って、引きずりこまれただけなんです。それに、今度のアイステズヴォッドまでの話です。この週末が終わったら、あとはシャワーのなかでしか歌いませんから」

リノリウムの階段をおりてくるハイヒールの音が聞こえたので、エヴァンは口をつぐんだ。「それじゃあ、行きますね」ジョーンズ巡査が声をかけた。「なにかあったら、〈エヴェレスト・イン〉にいますから。オーウェンズ医師が到着したら、ミセス・スウェリンのために鎮静剤を処方してもらうことになっているんです。確認してもらえますか？」

「わかった」エヴァンがカップとソーサーを流しに運んで洗っているあいだに、ワトキンスが応じた。

「ずいぶんと家庭的だな」ワトキンスがくすくす笑った。「きみはいずれ、いい夫になるだろうな。だが、アドバイスしておくよ。皿洗いをする最初の何度かで、上等の陶器をいくつか割るんだ。そうしたら、二度と頼まれなくなる。わたしのときは、それが魔法のようにうまくいったよ」

エヴァンは笑みを浮かべ、食器棚にカップを戻した。「モスティン・フィリップスの供述は取ったんですか?」

「ああ、すべて終わった。彼は帰したよ。ひどい顔色だった。いまにも気を失うんじゃないかと思ったほどだ。あまりに動揺がひどかったので時間はかかったが、きみの話を裏付けてくれたよ。死体を発見したのがきみで運がよかった。そうでなければ、どこかの間抜けが動かしていたかもしれない」

半分開いた玄関のドアをノックする音がして、警察の撮影係であるドーソン巡査が顔をのぞかせた。「入って写真を撮ってもいいですか?」そう言ってから、にやりと笑った。「無神経な言葉でしたかね?」

「まったくそのとおりだ。きみときたら」ワトキンスは応接室のドアを開けた。「このなかだ」

「ここはひどく寒いですね」ドーソンが文句を言った。「窓を全部開ける必要があったんですか?」

エヴァンはワトキンスを見た。「全員を満足させるのは難しいですね」そう言いながら、窓を閉めていく。「オーウェンズ医師はいつ来るんです?」

「すぐ来てくれることを願うよ。警部補がディナー・パーティーに戻ってしまったから、あとはわたしがやらなければいけない。明日の朝一番に、応援の人員を呼ぶつもりだ。このニュースが広まれば、ヨーロッパ中のマスコミがスランフェアに押しかけてくるだろうから、週末は休めないと思っておいたほうがいい」

「それはかまいません」エヴァンは応じた。「アイヴァーがいなくなったいま、聖歌隊が歌うことはないでしょうから。そのほうがいいでしょうね。ぼくたちの歌はひどいものなんですよ。気の毒なモスティン――アイヴァーがソリストとして歌ってくれるなら、今回は勝つチャンスがあると本気で思っていたんですよ」

ドーソンがフラッシュをたいて、あらゆる角度から死体を撮影している。エヴァンはその様子を眺めながら、なにがこんなに気にかかるのだろうと考えていた。なにかがおかしいのに、それがなんなのかがわからない。

「ジェムソンか」ドーソンが言った。「がぶ飲みして、意識をなくしたんですかね?」

エヴァンの頭のなかに映像が浮かんだ――カウンターの脇に立つアイヴァーが、アイリッシュ・ウィスキーを次々とあおっている。彼の姿をはっきりと思い浮かべることができた。生き生きした表情と明るく輝く目。頭をのけぞらせてあの大声で笑い、そして……右手に持ったグラス!

目の前では、伸ばした左手の数センチ先にグラスが転がっている。エヴァンはもう一度記憶をたどった。アイヴァーが左手にグラスを持っているところを見たことがあったただろうか？　ないと確信があった。

「よしと。終わりましたよ」ドーソンが言った。「急いでこれを現像すれば、閉まる前に〈プリンス・オブ・ウェールズ〉に行けそうだ」

「わたしもきみといっしょに帰るとしよう」ワトキンスが言った。「エヴァンズがいるから、先生が来ても大丈夫だ。ここにいても、もうわたしにできることはない。ジョーンズ巡査とミセス・スウェリンの様子を確かめて、それから帰るとしよう」

「ちょっと待ってください、巡査部長」エヴァンはまだ死体を見つめていた。黙っているんだ。なにも言うな。頭のなかで声がした。また賢ぶっていると思われたくはなかったし、この件を実際以上に重大なものにしたいわけでもない。けれどこれは大切なことだ。黙っているわけにはいかなかった。

「どうした？」ワトキンスが戸口から尋ねた。

「ここにはおかしなことがあります」

「冗談だろう？」ワトキンスは天を仰いだ。「これは事故ではないなんて言い出すんじゃないだろうな。耳から飛び出た珍しい花が、彼が実は山で殺されてここに運ばれたことを証明しているとか。もうスランフェアで殺人はごめんだよ、エヴァンズ」

「すみません、巡査部長。なんでもないことかもしれないんですが、言っておいたほうがいいと思うんです。どうも妙なので」

「いいだろう。あえて餌に食いつくことにしよう。後悔するんだろうが。なにが妙なんだ？」

「ぼくはパブで何度か彼の隣にいました。彼はいつも右手でグラスを持っていた。それなのに、どうしてそのグラスはいま左手の先に落ちているんでしょうか？」

ワトキンスは鼻を鳴らした。「それはたいした問題ではないだろう。理由ならいくつも考えられる。右手にボトルを持っていたから、左手でグラスを取ったのかもしれない」

「ですが、ボトルはテーブルに載っていたんだと思います。倒れた拍子に、彼が落としたんでしょう」

「彼はおそらく、かなり酔っていた」ワトキンスは言った。「ベロンベロンに酔っているときには、近くにあるほうの手でグラスをつかむんじゃないか？」

エヴァンは肩をすくめた。「そうかもしれません。ぼくはただ、妙だと思っただけなんです」

「わたしが家に帰るのを思いとどまるほど妙ではないね。今週はずっと遅くまで仕事だったんだ。金曜の夜が台無しだと妻に文句を言われるだろうな。少なくともいま帰れば、ココアを作ってやれるだけの時間はある」

「とても家庭的ですね」エヴァンは思わず微笑んだ。

ワトキンスとドーソンが帰ったあとも、エヴァンはその部屋に残って死体を見つめていた。右利きの人間は、なんであれ無意識のうちに右手で物をつかもうとするのではないだろうか？　事故の状況を頭のなかで再現してみた。アイヴァーはどうして暖炉に向かって倒れたりしたのだろう？　よろめいてソファにぶつかったのだとしたら、あの方向に倒れることはありえない。なにかにつまずいたのなら、つまずいたものがあるはずだ——それが暖炉前の敷物にしろソファの脚にしろ、暖炉のほうに倒れこむのではなく、暖炉と平行に倒れただろう。意識を失ったのであれば、それまで立っていたとは考えにくい。座ったまま、崩れ落ちたはずだ。つまり、なにか別の原因があったことになる。

エヴァンの脳みそはフルスピードで回転していた。なにか医学的な理由があったのかもしれない。〝お医者さまにはあんなことを言われていたけれど〟とミセス・スウエリンは言っていたのではなかったか？　アイヴァーはぼくらが知らない健康上の重大な問題を抱えていたのかもしれない。心臓発作だろうか？　アイヴァーは、小さな飲み物用テーブルを前にしてソファに座っていた。胸の痛みを感じて立ちあがり、そのまま前に倒れこんだ。これなら筋が通る。利き手ではないほうの手にグラスがあったことを除けば。オーウェンズ医師が来れば、すべてがはっきりするだろう。

内務省の法医学者は、薄くなりつつある白髪といつも悲しそうな表情の顔色の悪い中年の男性だった。死んで間もない人間の検査ばかりしていたら、こんな顔になるのだろうとエヴァンは思った。

「エヴァンズかね？」彼はエヴァンの前をすたすたと通り過ぎ、家のなかへと入っていった。

「そうです。こちらです、サー」

「ここでなにが起きたのだ？」エヴァンに案内されて応接室へと足を踏み入れながら、彼は尋ねた。「ふむ、ひどいね。すいぶんと物騒な炉格子じゃないか。朝になったら鑑識を呼んで、あのつまみからサンプルを取らせよう。念のためだ」彼はひざをついて、死体を調べ始めた。小さなノートになにかを書きつけていく。

「右耳のうしろに重度の外傷。頭蓋骨骨折……。死後二時間から二時間半というところだろう」顔をあげてエヴァンを見た。「死体を発見したのはきみなのだね、エヴァン？」

「そうです。八時一五分頃でした」

「そのときはどんな様子だった？」

「必要以上に死体には触りませんでしたが、死んでからそれほど時間がたっているようには見えませんでした」エヴァンは答えた。「肌はいまみたいに白くなくて、まだピンクがかっていましたし、腕も簡単に動きました」

「わたしの所見と一致する。見たかぎりではあるが、死亡したのは七時から七時半というところだろう。それより早くはないはずだ」

オーウェンズ医師は立ちあがり、ポケットにノートをしまった。「遺体は安置所に運ばせるから、きみはここに鍵をかけるといい。朝になるまでわたしたちにできることはない」

「よろしいでしょうか、先生」エヴァンはためらいがちに切りだした。

オーウェンズ医師は顔をあげた。

「これは間違いなく事故だと断言できますか？」

「どういう意味だ？」

「彼の転倒の仕方に不可解なところがあるんです。その様子を思い浮かべることができない。彼がつまずいたものが見当たらないこともあります。なにかほかの要素――たとえば心臓発作とか――のせいで、あんなふうに倒れることになったのかもしれないと思ったものですから」

「なるほど。それはすぐにわかることだ」オーウェンズ医師が答えた。「こういう事故の場合は、必ず解剖を行うことになっているのだ。彼は麻薬とアルコールを併用していたのかもしれないし、それともきみの言うようになにか肉体的に問題があったのかもしれない。その答えを知る必要があるからね。被害者が一般人であれば月曜まで冷蔵庫に入れておくところだが、すみやかに死因を特定しろと上から命令を受けている。明日の朝一番に取り掛かるつもりだよ。週末はヨット遊びをする予定だったが、それもだめになってしまった。まあ、仕事とはそんなものだろう？　明日の昼までには、死因が判明しているはずだ」

「わかりました。それを聞いて、安心しましたよ」

医師はエヴァンの背中を叩いた。「きみは村の巡査だ。そんなことを気にかける必要はない。遺体安置所の車を呼ぶから、きみは家に帰ってぐっすり眠るのだね」

エヴァンがようやくミセス・ウィリアムスの家の玄関に帰りついたのは、午後一一時を少しまわった頃だった。夕食を食べそこねたので、ひどく空腹だ。ミセス・ウィリアムスはもう床についているだろうが、オーブンになにかを入れておいてくれたかもしれない。だが干からびた野菜のピューレには食欲をそそられなかった。エヴァンは台所に入ると、パンとケアフィリー・チーズを少し切り、牛乳をグラスに注いだ。ビールが欲しいところだったが、ミセス・ウィリアムスは先祖代々酒を飲まない。

かなり人間らしい気分になったところで、エヴァンは足音を忍ばせて階段をあがった。踏板がきしむたびに足を止める。わたしは眠りが浅く、一度起こされるともう眠れないのだと、一度ならずパウエル＝ジョーンズ牧師から釘を刺されていたからだ。

階段をあがりきったちょうどそのとき、廊下の正面にある部屋のドアが開いた。白く長い寝間着姿の牧師が、報復をたくらむ幽霊のように立っていて、エヴァンは『クリスマス・キャロル』のなかに迷いこんだような気分になった。

「きみに話がある」パウエル＝ジョーンズ牧師は朗々と告げた。ミセス・ウィリアムスを起こすかもしれないなどと一切考えていないことは明らかだった。

「なんの話です？」エヴァンは用心深く牧師を眺めた。寝間着の下から骨ばった膝をのぞかせた牧師の姿は、今日の死体以上に見ていて気分のいいものだとは言えなかった。

「ぼくのなんですって？」これほど驚いたことはなかった。「ぼくに飲酒問題があるなんて、なんだってそう思ったんです？」

「わかりきったことだと思うがね」パウエル＝ジョーンズは言った。「きみは毎晩パブに行っている。ふらつく足で階段をのぼっているのは――」彼は腕時計を見た。「夜中の一一時二五分だ。そのうえ、飲酒問題を抱えていることを否定している。勇気を持ちたまえ。事実と向き合うのだ。そうすれば気分がよくなる」

エヴァンは彼を殴りたいという衝動をこらえた。「ミスター・パウエル＝ジョーンズ」いつも以上に冷静な口調で言おうとした。「ぼくが毎晩パブに行っているのは、あなたに家を乗っ取られたうえ、説教や味のない食事にうんざりしているからだと考えたことはないんですか？　それから今夜ですが、ぼくは事故死があった現場で二〇分前まで勤務についていたんです。夕食も食べそこねたし、パブにも行けなかった。疲労困憊でひどく機嫌も悪いので、寝かせてもらいます」

エヴァンは自分の寝室へと歩きだした。パウエル＝ジョーンズが「考えたことなどない！」とつぶやくのが聞こえた。あることを思い出し、部屋の前で足を止めた。「ああ、言い忘れていましたよ。死人が出たのはあなたの家でした。あなたも従犯者として話を訊かれるかもしれませんね」

エヴァンはそう言い残すと、部屋に入ってドアを閉めた。ひとりになるとにんまりした。

「ぐっと気分がよくなったぞ」そうつぶやきながら、まだパブが開いていればよかったのにと考えた。

10

「忌まわしいことですよね？　本当に忌まわしい」朝の紅茶を手にしたミセス・ウィリアムスが、エヴァンのベッド脇に立っていた。「忌まわしいったら」再び繰り返す。それは、彼女が使う数少ない英語の言葉だった。こういう状況では、その言葉はウェールズ語よりもずっと多くを伝えられる。「お気の毒に。人生の真っ盛りに死んでしまうなんて」

エヴァンは時々、政府はどうしてスランフェア村の住人を国際スパイとして雇わないのだろうと不思議に思うことがあった。当局が突き止めるより早く、彼らはなにが起きたのかを不可思議な方法で知ることができるのだ。

エヴァンは紅茶カップを受け取った。「だれに聞いたんです？」

「牛乳屋のエヴァンズですよ。彼はミセス・ホプキンスに聞いたんですって。なにもかも目撃していたらしいですよ」

「なにもかも目撃していた?」エヴァンは体を起こした。目撃者がいたということだろうか?

「あれだけのパトカーが来ていたんですから、見ないわけにはいかないでしょう?そのあと、気の毒なあの人が救急車に乗せられるところも見たそうですよ」ミセス・ウィリアムスが説明した。「それから奥さんが帰ってきて、ご主人が亡くなっていることを知ったそうじゃありませんか」

エヴァンはうなずいた。それ以上の情報をミセス・ウィリアムスに与えるつもりはなかった。

「見物人の整理をするのに、今日は早く行かなきゃいけないんでしょうね」

「もう集まっているんですか?」エヴァンは立ちあがろうとした。

「地元の住人だけですけれどね。記者はまだだけれど、時間の問題でしょう。彼はとても有名な人でしたから。転んで頭を打ったそうじゃないですか。牧師さまの家のあの炉格子は、前から気に入らなかったんですよ」

エヴァンは立ちあがると、ひげそり道具を手に取った。今朝はなんとしても、ミスター・パウエル＝ジョーンズより先にバスルームにたどり着かなくては。

「ここに埋葬してくれるといいんですけれどねえ」ミセス・ウィリアムスは、廊下を急ぎ足で歩くエヴァンのあとを追いながら言った。「もう長いあいだ、ちゃんとしたお葬式なんてしていませんからね。あの人たちなら豪華で立派なお葬式ができるはずですよ。あの有名なイタリア人女性が来て、歌ってくれるかもしれないし」

アイヴァーの未亡人が、夫の葬式に愛人を呼んで歌わせることはないだろうとエヴァンは思った。それどころか、あれほど嫌っているこの地に夫を埋葬するとも思えない。

バスルームから出てきたエヴァンの前に、パウエル＝ジョーンズが立ちはだかった。「わたしの家でだれが死んだというのだね？　わたしには知る権利がある」ゆうべ、しつこく部屋のドアをノックする彼をエヴァンは無視していた。「気になって、ひと晩中寝られなかったのだ。よくないことだ。明日、目覚ましい結果を出すにはいい目覚めが必要なのだ」

「大丈夫ですよ、あなたはきっとコンテストでうまくやれます」エヴァンは言った。「もうちゃんと韻を踏んでいるじゃないですか。目覚ましい結果にはいい目覚め。滑り出しにはいいですよ」

「ふざけた冗談を言っている場合ではない」牧師は無表情に言い返した。「だれがわたしの家で死んだのだね？　まさかわたしのベッドのなかではないだろうね？　妻は、だれかが殺されたベッドでは絶対に眠れないだろう」

「だれが殺されたと言ったんです？」エヴァンは穏やかに答えた。「不運な事故でした。あなたのベッドでもありません。応接室でミスター・スウェリンが転んで、頭を打ったんです。炉格子にぶつけたようです」

「なんという恐ろしい悲劇だ」牧師の顔は見るからに明るくなった。「すぐに妻に電話をしなくては。くわしいことがわかるまでは、妻にいらぬ心配をかけたくなかったのだ。だが彼女のことだ、すぐに帰ってきたがるだろう。それにわたしもいますぐ用意をしなければ。悲嘆にくれる未亡人には、慰めてくれる人間が必要だ」

牧師は巨大なカニのような足取りで自分の部屋へと大急ぎで戻っていった。ミセス・スウェリンがいま一番会いたくないのは、聖書の言葉を持ち出し、プルーンを勧めてくるパウエル＝ジョーンズ牧師だろうとエヴァンは思った。

エヴァンは自分の部屋に戻って急いで着替えをした。パウエル＝ジョーンズより先に、彼の家に着いていたかった。

「朝食の準備ができていますよ、ミスター・エヴァンズ」階段をおりるエヴァンにミセス・ウィリアムスが声をかけた。

「すみません、ミセス・ウィリアムス、ゆっくりしていられないんです。バラブリス

（ドライフルーツを使ったウェールズのお菓子）をひと切れいただいていきますよ」

「朝食にバラブリス？　まったく世の中はどうなるのかしら？」

「ブランとプルーンばかりにならないといいんですけれどね」エヴァンは台所を出ていきながら言った。

アイステズヴォッドにふさわしい気持ちのいい日だと、エヴァンは玄関を出たところで思い出した。ゆうべあんなことがあったせいで、今日は初めてのアイステズヴォッドで、スランフェア聖歌隊の一員として歌うはずだったことをすっかり忘れていたのだ。

海からのさわやかな風が、丘の斜面にいるひつじたちの毛をそよがせながら吹き抜けていった。散歩にはうってつけの日だ。エヴァンの視線は思わず灰色の石造りの学校に流れた。ベッツィとのデートを誤解されて以来、ブロンウェンとは話をしていなかったが、生徒たちを連れてアイステズヴォッドに行くことはわかっていた。それなのに彼女の顔を見ることすらできないのだ。今日は、厚かましい記者たちを追い払うだけで手いっぱいになるだろう。

郵便屋のエヴァンズがこちらに歩いてくるのが見えた。興奮に目を見開き、ひょろ長い手足を大きく振っているので、まるで特大のぬいぐるみのようだ。「死体が見つかったそうですね、おまわりさん」エヴァンに呼びかける。「頭がぺしゃんこだって言うじゃないですか。見ようと思ったのに、入れてくれないんですよ」

「死体はもう運び出されたよ」エヴァンは言った。

「で、だれがやったんです？」興奮を隠そうとしているのか、郵便屋のエヴァンズの手はピクピク動いている。「また殺人？」

「単なる事故だよ。転んで頭を打った、それだけだ」

「なんだ、それだけ？」彼の顔から笑みが消えた。「トモス兄さんが転んで頭を打ったことがあるんですよ。二度と元通りにはなりませんでしたね」

郵便屋のエヴァンズは、局長のミス・ロバーツに見つからなければ読むつもりでいる手紙をもてあそびながら、遠ざかっていった。彼も転んで頭を打ったことがあるのかもしれないと、エヴァンは考えた。

礼拝堂の外に人々が集まっていた。〝そのように、あなたがたの光を人々の前に輝かしなさい〟（マタイによる福音書5―16）という今日の聖句が貼り出されているあたりだ。通りの反対側の掲示板には、〝柔和な人々は、幸いである〟（マタイによる福音書5―5）と記されている。

パウエル＝ジョーンズ邸の私道には、黒いベンツの隣にすでにパトカーが止まっていた。ゆうべミセス・スウェリンは、バンガーの駅からどうやって戻ってきたのだろうとエヴァンはふと考えた。タクシーだろう。彼女のようにお金のある人間は、タクシーを使うことをためらったりはしないものだ。

ジム・アボットともうひとりの警察官がパトカーの横に立っていた。

「やあ、エヴァンズ」ジム・アボットが声をかけた。「あんたはいつもこんな時間にのこのことやってくるのか？　楽な仕事だな」そう言って、パートナーに笑いかける。

「今日は一日、来る必要なんてなかったんだ。土曜日だからな」エヴァンは答えた。

ジム・アボットはうなずいた。「このあたりでは、週末には犯罪も起きないんだろうな。酔っぱらって騒ぎを起こすときも、あんたの勤務時間を思いやってくれるんだろう？」

「それで、どうなっている？」エヴァンは家を示しながら尋ねた。「ミセス・スウェリンはもう戻ってきたのか？」

「いいや。ここは空っぽだよ。被害者が頭をぶつけたところのサンプルを鑑識が取りにくることになっているが、あとはだれも入れちゃいけないんだ。ミセス・スウェリンがなかに入りたがったら、だれかがいっしょに行って、死体のあった部屋には入らせない」

「ああ、そうそう」アボットの同僚の警察官が言った。砂色の髪をした痩せた若い男だ。たしかハリスという名前だったとエヴァンは思い出した。「質問には一切答えないことになっている。マスコミが来たら、ぼくたちはくわしいことはわからないから、本部のヒューズ警部補に訊いてくれと言うんだ」

「わかった」エヴァンは答えた。「ぼくもここに立って、群衆の整理を手伝おうか?」

数メートルほどのところにおとなしく立っている一〇人から一二人の村人たちを示しながら、エヴァンは真面目な声で訊いた。

「心配しなくても、すぐに大勢になるさ。ニュースが広まったらじきに、ヨーロッパ中から人が集まってくる」

エヴァンは村人たちに近づいた。チャーリーの妻のメアが、何度目かの話をしている最中だった。「それで窓の外を見てみたら、気の毒なあの人がストレッチャーで運び出されるところだったの。ものすごく重たいみたいでねえ。あんまりよろよろしているもんだから、彼が落とされるんじゃないかと思って、チャーリーに言ったのよ。手伝ってきたらって……」

肉屋のエヴァンズが店から出てきて話の輪に加わり、やがてスランフェア聖歌隊の団員のほとんどが顔をそろえた。

「あいつらの言っていることは本当なのかい？」肉屋のエヴァンズがエヴァンに訊いた。「アイヴァー・スウェリンが死んだって？」

エヴァンはうなずいた。「残念だが本当だよ、ガレス」

「どうなると思う、ミスター・エヴァンズ？」パブのハリーが尋ねた。「アイステズヴォッドのことだよ。こんなことのあとで、歌うわけにはいかない。正しいことじゃない」

「いや、歌うべきだとおれは思うね」肉屋のエヴァンズが言った。「我が村の出身の彼に哀悼の意を表するために。彼がなんて言ったか覚えているだろう？　アイステズヴォッドで歌うのは、ウェールズ人にとってもっとも名誉あることだと言っていたんだ」

「アイステズヴォッドで勝つことがそうだと言っていたと思ったぞ」ガソリン屋のロバーツが素っ気なく応じた。「アイヴァー抜きでそれができるとは思わないしな。違うか？」

「それでもできるだけのことをするべきだ」肉屋のエヴァンズが言った。

「モスティン次第だと思う」エヴァンが言った。「指揮者は彼だろう？　彼が、そんな気になれるかどうか。ゆうべはひどく動揺していたからね」

「確かに彼は意気地がないからな。オースティン・モスティンは」肉屋のエヴァンズが言った。「決してたくましいとは言えない——学生の頃、アイヴァー・スウェリンといっしょに住んでいたなんて、とても想像できないよ。互いにひどくいらついただろうに」

「アイヴァーはモスティンをからかうのを楽しんでいたな」ハリーはくすくす笑った。「ブラエナイ・フェスティニオグ聖歌隊の人間が会いにきたとアイヴァーが言っていた夜、実はだれも来ていなかったんだ。ただ、モスティンを怒らせようとしただけだったのさ——彼がそう言っていた」

「もう二度と、だれも怒らせることはできなくなったってわけだ」ガソリン屋のロバーツが素っ気なく言った。「よくわかっただろう？ 人間、いつ死ぬかなんてわからないのさ」

男たちはうなずいた。危険に満ちたスレート鉱山で働いていたことのある彼らには、よくわかっていた。山中の村での暮らしは簡単なものではない。

「で、アイステズヴォッドには行くのか、行かないのか、どっちなんだ？」パブのハリーが再び尋ねた。

「決めるのは、モスティンから連絡があってからにしないか？」エヴァンは言った。

「ぼくはおそらく行けないと思う。そのうちここには、人が押しかけてくるだろうから」

ちょうどそのとき、黒いディーゼルの煙を吐き出しつつ、急な傾斜をうなりながらのぼってきたバスがパブの前に止まった。降りてきた数人の登山客は、リュックサックを背負い直しながらスノードン山へとまっすぐに向かっていく。彼らのあとから降りてきたのは、着古した黒いコートをまとったスズメを思わせる小柄な女性で、彼女には大きすぎる買い物かごをさげていた。礼拝堂に向かって通りを歩きだしたところで人混みに気づき、足を速めた。

「これは――いったいなにごとです？」彼女は人々を押しのけるようにして礼拝堂に近づいた。

「あら、グラディスじゃないの」メア・ホプキンスが言った。「土曜日まで働いているとは知らなかったわ」

「いつもは休みなんですけど、奥さまがお留守なんで来てくれって言われたんです」彼女の視線は私道に止まったパトカーに吸い寄せられた。「いったいなにがあったんです？」

エヴァンはだれかが誤ったことを教える前に口を開いた。「事故があったんですよ、グラディス。残念ながら、ミスター・スウェリンは亡くなった」

グラディスはあんぐりと口を開けた。「ミスター・スウェリンが亡くなった？　嘘でしょう？　ありえない。ゆうべわたしが帰るときは、ぴんぴんしていたのに。なんの悩みもないみたいに、笑ったり話したりしていたんですよ」

エヴァンは耳をそばだてた。「ゆうべ？　ゆうべここにいたんですか？　何時まで？」

「遅くまで仕事をしていたんですよ」グラディスは眉間にしわを寄せて、記憶をたぐった。「奥さんがお留守なんでね。ちょっと残って夕食を作っておこうと思ったんです。戻っていらしたときにちゃんとした食事ができるように――いつも食べているような冷たいサラミなんかじゃなくてね。あの家を出たのは六時頃だったと思いますよ。そう、それくらいでした。六時一〇分のバスに乗ったんだから」

「そのとき、ミスター・スウェリンはだれかといっしょだったんですね？」

「そのはずですよ。応接室で話をしているのが聞こえましたから」

「それがだれだかわかりますか？」

グラディスは首を振った。「わかりません。わたしはドアを閉めて台所にいたんです。それにミスター・スウェリンはわたしが台所にいることを知らなかったと思います。いつもは四時には帰るんですけれど、ゆうべは温かいものをお腹に収められるように、おいしいシェファーズ・パイを作っておこうって思ったんですよ」彼女は言葉を切ると、そこにいる人々を見まわした。注目を集めていることを明らかに楽しんでいる。「で、オーブンからパイを出して、いつでもお腹が空いたら食事はできてますってミスター・スウェリンに言っておいたほうがいいだろうって考えたんです。でも応接室まで行ってみたら、ドアの向こうから話し声や笑い声が聞こえたんで、邪魔するのはやめたんです。あの人は邪魔されるのが好きじゃないんですよ。特に歌っているときには」

「それじゃあ、そこにいたのがだれなのかはわからないんですね?」エヴァンは訊いた。「男だった?　女だった?」

グラディスは顔をしかめた。「わかりません。女性の高い声ではなかったですけど、どっちでもおかしくないですね。ミスター・スウェリンの声ほど、よく聞こえなかったんです。あの人の声はものすごく大きいでしょう?　もうひとつの声はドア越しだとかすかにしか聞こえなかったし、話したり笑ったりしていたのはほとんどがあの人でしたから。でもなにを話しているのかまでは聞こえませんでした。それで、わたしはそのまま帰ったんです」

「ありがとう、グラディス。助かりましたよ」エヴァンは言った。

「なかに入って、掃除をしてもいいですか、サー？」グラディスが尋ねた。

「申し訳ないが、だれも入れるわけにはいかないんです」

「わざわざ来たのに。バス代が七〇ペンスもかかったし、帰りのバスは一〇時までないんですよ」

「警察署にいればいいですよ。紅茶をいれますから。あなたが話してくれたことを全部、書き留めておきたいんです。ひょっとしたら、重要になるかもしれませんからね」

「本当に？」グラディスはうれしそうだ。「まあまあ、考えてもみませんでしたよ」エヴァンと並んで歩きだしたグラディスだったが、細い鳥のような脚はエヴァンが一歩進むところを五歩必要とした。

「もう一度聞いたら、あの声がわかるかもしれません」人混みから遠ざかったところで彼女が言った。「なんていうか、独特な感じでしたから」

警察署にたどり着き、ドアの鍵を開けようとしたところで、背後から響いた甲高い声にエヴァンは動きを止めた。「エヴァンズ巡査！　いますぐどうにかしてください」

振り返ると、ミセス・パウエル＝ジョーンズが憤怒の表情でこちらに近づいてくるのが見えた。「エヴァンズ巡査、我が家の私道にパトカーを止めてそのまわりをうろついている生意気な若い男たちに、わたしがだれなのかを教えてやってくれませんか？　あの男たちときたら、わたしの家なのにわたしを入れてくれないんですよ。だれも入れないように命令を受けているって、ひどく無礼な態度で言うんです。わたしでもだめだって」

ジム・アボットと彼の同僚に対するエヴァンの評価がいくらかあがった。ミセス・パウエル＝ジョーンズを負かすことの——たとえそれがほんの一時的であっても——できる人間は、勲章に値する。

「残念ですが、彼らの言うとおりなんですよ、ミセス・パウエル＝ジョーンズ」エヴァンはなだめるように言った。「鑑識がサンプルを取り終えるまでは、だれもなかに入れることはできないんです」

ミセス・パウエル＝ジョーンズは疑わしそうな表情になった。「サンプルを取る？　不運な事故だと聞いていますけれど、そうじゃなかったっていうことですか？」

「いえ、そういうことではないんです。死亡事故の場合には、正確な原因を突き止める必要があって、そのためには部屋のいろいろなところからサンプルを取らなくてはならないんです」

「そんなくだらない話は聞いたことないわ」ミセス・パウエル＝ジョーンズがぴしゃりと言った。「すぐに自分の家に入れないようなら、友人の警察署長に電話しますからね。事故のせいで我が家の家具に傷がついていないかどうか、確かめなきゃいけないんです。とても古くて、価値のあるものなんですから」

「鑑識が到着したら、すぐに終わりますよ、ミセス・パウエル＝ジョーンズ。今日中にはすべてはっきりしますから。心配ありませんよ」

「大切な装飾品がひっくり返っているかもしれないじゃないですか。わたしは金銭的価値で判断したりはしませんけれど、家に飾ってあるものには思い入れがあるんです。代々我が家に伝わっているものもあるんですよ」

「ぼくが知るかぎり、壊れているものはありませんでしたよ」

ミセス・パウエル＝ジョーンズはすかさず反応した。「それじゃあ、あなたは死体を見たんですね？」

「ええ、発見したのはぼくですから」

「それで？」

「いまはなにも言えません。警部補が声明を発表することになっているんで、なにも話すなと言われているんです」

ミセス・パウエル＝ジョーンズはいらだたしげに首を振り、舌を鳴らした。「どれほどお金を積まれても、あの人に家を貸すのはよくないことだってわかっていたんですよ。彼が、石炭バケツをうちに運んでいたあのアイヴァー・スウェリンだと気づいていたなら……育ちは出るものですね。育ちの悪さって言うべきかしら」彼女はエヴァンに顔を寄せた。「彼は大酒飲みだったでしょう？」エヴァンはなにも言わなかった。「お酒は、この世の苦悩の大部分の原因なんです。だからわたしは――」ミセス・パウエル＝ジョーンズは、戸口の暗がりにグラディスが立っていることにようやく気づいた。「グラディス、ここでなにをしているの？」

「仕事をしに来たんです。今日来るように言われていたので」

「週末に？　その分は払ってくれていたんでしょうね？」

「はい、もちろんです。奥さまよりもかなり多めに」グラディスはしたり顔で答えた。

「まったくぜいたくなんだから」ミセス・パウエル＝ジョーンズはまた首を振った。

「とにかく、わたしは自分の務めを果たさなくてはいけないでしょうね。悲嘆にくれているミセス・スウェリンを慰めに行かなくては。家のなかにいるんでしょう？」

うまいやり方だとエヴァンは思った。ミセス・パウエル＝ジョーンズはばかではない。「いいえ、〈エヴェレスト・イン〉にいます」エヴァンの答えを聞いて、彼女の顔に落胆の表情が浮かんだ。「ご主人がもう彼女のところに行っていると思いますよ」

ミセス・パウエル＝ジョーンズを送り出したエヴァンがグラディスに椅子を勧め、紅茶をいれ、彼女の供述書を取っていると、開いたままのドアの外に警察の白いバンが止まった。

「すぐに戻りますよ、グラディス。待っていてください」エヴァンは言い、バンに向かって叫んだ。「通りの先の人混みができているところです。礼拝堂の近く」バンから降りてきたのが鑑識課員ではなく、ワトキンス巡査部長だったので、エヴァンは驚いた。

「あとからすぐに行く。場所はわかるな？」ワトキンスが運転手に声をかけると、バンはそのまま通りを走っていった。

「ここで会うとは驚きましたよ」エヴァンは言った。「てっきり今日は休みだと――」

ワトキンスは彼の言葉をさえぎった。「いったいきみはどうやっているんだ？　わたしはそれが知りたいね」つかつかと彼に近づきながら尋ねる。

「なんのことです？」

「鼻が特別なのか？　とりたてて大きいわけじゃないな。改めて見てもごくごく当たり前の鼻だから、きっとなにか別のものなんだろうな」

エヴァンは、ワトキンスが突然セルビア・クロアチア語を話しだしたかのように、ぽかんとして彼を見つめた。「ちょっと待ってください、巡査部長。なにを言っているんです？　ぼくの鼻がどうかしたんですか？　なにかと関係があるんですか？　ぼくは、なにかのにおいに気づかなきゃいけなかったんでしょうか？」

「わかっているはずだよ。きみはネズミみたいに鼻が利く」ワトキンスはエヴァンよりも大きな自分の鼻の横を叩きながら、訳知り顔でウィンクをして見せた。「きみは最初から気づいていたんだ。まずはグラスの話を持ちだした。それから、心臓発作について医師に遠回しに尋ねた。彼が心臓発作を起こしたなんて、実は一瞬たりとも疑っては――」

「ちょっと待ってください」エヴァンは彼をさえぎった。「あれは、事故じゃなかったと言っているんですか？」

「事故なもんか。何者かが彼の頭を殴りつけたんだ」

11

エヴァンはまじまじとワトキンス巡査部長を見つめた。「彼は殺されたんですか？

間違いないんですか？」ぼくは最初からそれを疑っていたんだろうか？　あの部屋に入ったとき、なにかぞわっとしたものを感じたんじゃなかったか？　息がつまりそうになったり、モスティン・フィリップスがいまにも気を失いそうになったのは、暑さのせいじゃなくて悪意が充満していたからだったんだろうか？

あたりにはだれもいないにもかかわらず、ワトキンスはエヴァンに顔を寄せた。

「まず間違いない。彼の体内からアルコールは検出されなかった。酒を飲んではいなかったということだ。飲んだように見せかけるために、犯人が酒を部屋に撒いただけだったんだ。それから、凶器がなんであれ、炉格子のつまみじゃない。凶器には少なくとも一か所とがったところがあるはずだ」

エヴァンは、自分の直感が当たっていたことを喜ぶまいとした。事故が悲劇であることは間違いないが、こうなると新たな厄介ごとがいろいろと起きるだろう。

「警部補はカナーボンで記者たちをもてなしているよ。おおいに楽しんでいるんだろうな。そういうわけで、自分が行くまでここでできることをしておけという命令を受けたんだ。きみは捜査を手伝う気はあるかい?」

エヴァンは笑顔になった。「いつでもいいですよ、巡査部長」

「よろしい。まずはきみのオフィスで、これまでの状況を教えてもらうことにしよう」

「いま家政婦が来ているんです。彼女に話を訊くといいと思います。アイヴァー・スウェリンを最後に見た人間のひとりなんですが、実は彼女の供述を取っていたところだったんですよ」

「最後に見た人間のひとり? それは助かる」

「ええ、本当に」エヴァンはうなずいた。「彼女によれば、昨日の夜アイヴァーには来客があったようです。死ぬ少し前に」

エヴァンはワトキンスをひと部屋きりの警察署に招き入れた。「グラディス、こちらはワトキンス巡査部長だ。きみの話を聞きたいそうだ」

「わかりました、サー」グラディスは恥ずかしそうな笑みを浮かべた。

「その前に訊いておきたいんだが、グラディス」ワトキンスが口を開いた。「ミスター・スウェリンが来てからずっと、きみはこの家で働いていたんだね？」

「はい、そうです。その前から何年も。一九七九年から牧師さまの家の家政婦をしています。あの家のことなら知り尽くしていますとも」

「なるほど」ワトキンスはうなずいた。「本部の人間が部屋の調べを終えたら、きみに家のなかを案内してもらうかもしれない。さてと、グラディス」ワトキンスはエヴァンの机の端に腰かけ、彼女に微笑みかけた。「スウェリン夫妻のところで働くのはどんな感じだった？」

「そうですね、簡単じゃなかったです。エヴァンズ巡査にも言いましたけど。いつ、なにをすればいいのか、全然わからなかったんですよ。牧師さまがいらしたときは、なにもかもが時間どおりでした。昼食はきっかり一二時半。四時においとまする前には、テーブルにお茶の用意をすることになっていました。洗濯は月曜日、火曜日はアイロン、水曜日は銀器を磨いて――」

「ふむ、そういうことだね」ワトキンスが口をはさんだ。「だが、ミスター・スウェリンはそうではなかったんだね？」

「そうなんです、サー。さっきも言いましたけど、なにが起きるのかまったく予測できなかったんですよ。朝九時に行ってみたら、おふたりはまだ眠っていたり、昼間掃除をしているときに朝食をとっていたり。昼食が午後三時なんてこともあったんですよ。それに……」グラディスは声を潜め、ふたりに顔を寄せた。「……にんにくを料理に使わせようとしたんです。あんな臭いものを使おうなんて思ったこともないし、そのつもりもないって言ってやりましたけど」

「つまり、生活が不規則だったわけだね。ほかには？　家のなかの雰囲気はどうだった？　幸せそうだったかね？」

「うるさかったです、サー。いつもうるさかった」

「怒鳴っていたということか？」

「いつも歌っていたんです、サー」

ワトキンスは緩みそうになる頰をこらえた。「その声が好きな人間もいるんだがね、グラディス。だがわたしもその一員だとは言えないな。わたしはビートルズのほうがいい。そうか、ミスター・スウェリンはよく歌っていたんだね。ミセス・スウェリンはどうだった？」

「彼女は気分屋でした、サー。口数は少なくて――まあ、ミスター・スウェリンが近くにいれば、なにか言うのは難しいですけれどね。本を手に一日中ベッドにいることも時々ありました。それからドライブに出かけたり。でも人生を楽しんでいるようには見えませんでしたね」

「友だちはいたんだろうか？」

「いいえ。わたしが知るかぎり、ここに来てからひとりも訪ねてきたことはありませんよ。でもよく電話はしていました。多分お子さんたちと話していたんだと思います。電話しているときの顔は、いつもとは全然違っていましたから」

「だが子供たちはここには来ていないんだね？」

「そうです。家族全員で来るっていう話でしたけれど、結局子供たちは来ていません。イタリアにいるってミセス・スウェリンは言っていました。まあどちらも大人ですし、自分の面倒は自分で見られるんでしょうからね」

「スウェリン夫妻だが——ふたりはうまくいっていたんだろうか？」

「いつもというわけじゃなかったですね」グラディスは、雇い主を裏切りたくないと思っているのか、気まずそうな顔になった。「実を言うと、ミスター・スウェリンは歌っていないときは、怒鳴っていました。あの家では、しょっちゅう怒鳴り合いをしていたんですよ、サー」

「頻繁に喧嘩をしていたということか。原因は？」

「なんてことを！」グラディスはショックを受けたらしかった。「わたしは人の話に聞き耳を立てたりしません。そもそもあの人たちはほとんど英語で話してましたし、それに使っている言葉ときたら！　女の人があんな言葉を使うのを初めて聞きましたよ。だからふたりが言い合いを始めたら、わたしは台所に閉じこもることにしていたんです」

ワトキンスはメモ帳になにかを書きつけた。「来客はどうだった？　多かったかね？」

「わたしが知るかぎり、ひとりもありませんでした。ミスター・フィリップスが楽譜を持って何度か来たくらいです。肉屋のエヴァンズが配達に来ましたけれど、玄関からじゃなくて勝手口からでした」

「それじゃあ、ひと月のあいだだれも訪ねてこなかったんだね？」

「静かなところでゆっくり休むようにってミスター・スウェリンはお医者さまに言われたそうなんです。ミセス・スウェリンがそう言っていました。働きすぎで、血圧がすごく高かったそうなんです。でもあの人は血圧にいいことはあまりしていなかったと思いますね。あんな暮らしをしていたんじゃ」

「電話は多かったかい、グラディス？」エヴァンが訊いた。「あなたが電話に出なくてはならなかった？」

「いいえ、サー。電話に出るのはわたしの仕事ではありません」グラディスはさらに顔を寄せた。「実は、わたしはいまでも電話が少しこわいんですよ。変じゃないですか？　線で声を伝えるなんて？」

「それではだれが電話をかけてきたのか、あなたは知らないわけだ」

グラディスはうなずいた。

「ゆうべ帰る前のことを巡査部長に話してもらえるかな」エヴァンは言った。

グラディスはエヴァンに話したことを、ほぼ一言一句変わりなく繰り返した。ワトキンスはメモを取った。「あなたが玄関を開けてその客を迎え入れたわけではないということだね、グラディス？　それがだれなのかはわからないと？」

「そうです、サー。エヴァンズ巡査にも言いましたけれど、わたしはドアを閉めて台所にこもってパイを作っていたんです。応接室の前まで行ってみたら、だれかもうひとりの声がかすかに聞こえました。話をしているのは、いつもみたいにほとんどがミスター・スウェリンでしたね。たくさん笑っていましたし。でももうひとつの声はとても小さくて――穏やかな感じでした」

「女性かね、それとも男性？」

「それがよくわからないんです、サー。エヴァンズ巡査にもそう言いました。甲高い女性の声じゃなかったですけど、でも男でも女でもどっちでもおかしくないです」

「バスに乗るために家を出たときだが、見たことのない車が近くに止まっていなかったかね？」

グラディスは眉間にしわを寄せたが、やがて首を振った。「バスに乗り損ねるおそれがあったんで急いでいたんですけれど、でも家の外に車が止まっていたら気づいていたはずです」

ワトキンスは再び立ちあがった。「ありがとう、グラディス。とても助かったよ。もうしばらくここにいてもらえるだろうか？　あとで殺――事故が起きた部屋を見てもらいたいんだ。なにか変わっているところがあったら、教えてほしい」

「喜んでお手伝いします」グラディスは応じた。「どっちにしろ、次のバスは一〇時まで来ませんから。紅茶を飲みながら待っています」

エヴァンはワトキンスのあとについて明るい陽射しのなかに歩み出た。「興味深いね。彼は妻と喧嘩をしていた。妻はひどく不満だった」

「ですが彼女はあそこにはいなかったんですよ」エヴァンは言った。「ぼくたちがいたときに、ロンドンから戻ってきたんですから」

「それは簡単に確かめられるだろう？　ロンドンというのは、ずいぶんと便利なアリバイだ。われわれが死因を疑っていることが耳に入る前に、いますぐ彼女に話を聞きに行くべきだと思うね」

ふたりは村の大通りを進んだ。「気持ちのいい日ですね」エヴァンが言った。

ワトキンスは顔をしかめた。「言わないでくれないか。妻と娘をアイステズヴォッドに連れていくと約束していたんだ。ティファニーがダンスのコンテストを見たがっていてね。まったくなんだってこういう事件は、天気がよくてわたしの休みの日にばかり起きるんだろう？　今夜きみの歌を聴くのを楽しみにしていたんだぞ！」

エヴァンは笑顔を消して、彼を見つめた。「こんなことになって、歌うかどうかはわかりませんよ。ぼくたちの歌がそこそこ聴けたのは、アイヴァーがいたからなんです。彼を追悼する意味でも歌うべきだと言っている者もいますが、最後はモスティン次第だと思いますね」

「ゆうべの彼はずいぶんと参っているみたいだったからな。中心となる歌い手が死んだいま、人前に立てるとは思えない」

「そうかもしれませんね」エヴァンはうなずいた。「ですがあのふたりは、あまりうまくいっていたわけじゃないんですよ。モスティンが、アイヴァー・スウェリンの死をそれほど悲しんでいるとは思えません」

ワトキンスは期待に満ちた顔でエヴァンを見た。「それは、なにかほのめかしているのか？」

エヴァンは声をあげて笑った。「まさか。モスティンが犯人かもしれないと言っているわけじゃありませんよ。事件の前の晩にアイヴァーが、別の聖歌隊で歌うと言いだしたときには確かに怒っていましたが、彼はだれかの頭を殴りつけるようなタイプじゃない。違いますか？」

ワトキンスも笑顔になった。「そのとおりだな。ゆうべの彼は気の毒なくらい真っ青だった。それに梯子(はしご)でも使わないかぎり、アイヴァーの頭は殴れまい！」

「中心となる歌い手をモスティンが殺すはずがありません。アイヴァーに独唱してもらえば、金メダルを取れるチャンスがあると考えていたくらいなんですから。なにかするにしても、アイステズヴォッドが終わるまで待ったでしょうね」

「もっともだ」ワトキンスはうなずいた。「きみだって、金メダルを取れるチャンスを逃したりはしないだろう？」

「それに、仮に殺したいと思っていたとしても、不可能でした」エヴァンが指摘した。

「ゆうべぼくたちがハーレフに着いたとき、モスティンはもうそこにいました。生徒といっしょにしばらく前に到着したそうです。聖歌隊の団員が村を出たときには、アイヴァーはまだ生きていて歌を歌っていたと言っていました」

「そうなのか？　歌声を聞いたんだな？」ワトキンスは現場の家のまわりにいまだにたむろしている村人たちを興味深そうに眺めた。「そのうちの何人かはいまここにいるのか？」

「ほとんどは」エヴァンは答えた。「パブのハリーと肉屋のエヴァンズが歌声を聞いたと言っていました」

「それなら、いまのうちに話を聞いておいたほうがいいだろう。ふたりがいっしょにいるあいだに。生きている彼を最後に見たか、歌声を聞いたかした時間を特定できるかもしれない。それになにか重要なことに気づいた人間がいるかもしれない」

「この村の人たちはよく気がつきますからね」

「よろしい。それじゃあきみが訊いてきてくれないか？」ワトキンスはエヴァンの腕をぽんぽんと叩いた。「わたしよりもきみのほうが話がしやすいだろうし、なによりわたしのウェールズ語はひどいものなんでね。わたしは鑑識の様子を見てくるよ」

ワトキンスは私道をさえぎっている警察の白いテープをくぐり、家の外に止まっているバンを通り過ぎて、建物のなかに姿を消した。スランフェア村の住人たちは期待に満ちた顔でエヴァンを取り囲んだ。

「どうなっているんだ、エヴァン・バック?」チャーリー・ホプキンスが家を頭で示しながら訊いた。「この騒ぎはどういうことだ?」

「マスコミに発表する前に、あらゆる事実を確認しようとしているんだよ」エヴァンは言葉を濁した。「新聞はよく間違ったことを報道するからね」

「確認しなきゃいけないのは、頭を打ったのか、そうじゃないのかってことだけじゃないか」肉屋のエヴァンズが喧嘩腰で言った。「税金を無駄遣いして、この国の専門家の半分をよこさなきゃならないほど、なにが難しいのかおれにはわからないね」

「こういう事件の場合は、決まった手続きっていうものがあるんだよ、ガレス」エヴァンは言った。「頭に大きな穴が開いて死んでいる人間がいたら、しっかり調べなきゃいけないんだ」エヴァンは、女性や子供たち、犬やバイクといった小さなグループから少し離れて立っている男たちに近づいた。

「まずはっきりさせなきゃいけないのが、彼が死んだ時刻だ」エヴァンは言った。

「ゆうべスランフェアを出たとき、彼が歌っているのを聞いたと言っていたね、ガレス?」

「そうだ。いつものように、喉を温めていた」

「聞き逃すはずもないさ」パブのハリーが言い添えた。「あれほどの大声だ」

「それは何時だった？」エヴァンは尋ねた。

男たちは顔を見合わせた。「六時のニュースが始まっていたのは確かだ」ハリーが言った。「ハーレフに着いて車を止めたのが七時少し前だった。ここから四五分かかるから、六時一〇分というところかな。どう思う？」

ハリーと同じ車に乗っていた男たちはうなずいた。「六時一〇分から一五分だな」肉屋のエヴァンズも言った。「おれたちが最後だったはずだ。あんたのバンはもう出発していたよな、チャーリー」

「ああ。おれたちが出たのは六時頃だったが、車を止める場所を見つけるのに手間取ったんだ」

「きみも歌声を聞いたかい、チャーリー？」エヴァンが尋ねた。

「覚えていないな。あの騒音にすっかり慣れてしまって、気づかなかったのかもしれない。あの声の隣で暮らすのは、簡単じゃなかったよ。朝も昼も夜も歌か喧嘩、喧嘩か歌なんだから」

「この数日、喧嘩している様子はなかった？」

「最後にもめていたのは、女房があんたを呼んだときだ」チャーリーが答えた。「あのあとはいたって平和だったよ。歌をのぞけば」

「ああ、そうだったね。あの夜の騒ぎを忘れるところだった。奥さんがぼくに電話をかけてきた夜、きみはなにか聞いたかい？」

「それほど気にしていたわけじゃないからな。おれはただテレビのボリュームをあげただけだ。いらついてるのはいつも女房のほうさ」チャーリーは、ホプキンス家のコテージの玄関前に集まっている女たちに目を向けた。「メア、おまえが巡査に電話をかけた夜のことを覚えているか？　彼らがなにをもめていたのか聞いたか？」

「どの夜のこと？」女たちがメア・ホプキンスのために道を開けた。「たくさんありすぎて、わからないわよ」

エヴァンは女たちに近づいた。「先日、電話をくれた夜がありましたよね、ミセス・ホプキンス。アイヴァーが見知らぬ男に怒鳴っていた夜です」

「ああ、そうでした。思い出したわ。本当にぞっとしたんですよ。カーテンを開けたら、あの男が見えたんです――ものすごく怪しい人間に見えたわ」ミセス・ホプキンスは自分の体を抱きしめるようにして、大げさに身震いした。「全身黒ずくめで、黒い目をぎらぎらさせて、ひげもそっていなかったんです。ミスター・スウェリンをここまで追いかけてきたマフィアじゃないかってチャーリーに言ったんだわ。ばかを言うなってチャーリーには怒られたけれど、でも本当にギャングみたいだったんです。それに外国語を話していました。英語じゃなくて、本当の外国の言葉でした」

「話の内容は聞いていないんですね？」

「怖くなんてないってミスター・スウェリンが怒鳴っていたのだけはわかりました。通り中の人が聞いていたでしょうね」

数人の女性がうなずいた。

「それにその人は外国の車に乗っていた」女性のひとりが口を開いた。「わたしも怒鳴り声を聞きました。グウェンを寝かしつけていたときでした」

「ゆうべはどうです？」エヴァンが訊いた。「スウェリンの家でなにか見たり聞いたりした人はいませんか？　来客とか？　普段と違っていたようなことは？」

女性たちは黙りこみ、やがてメア・ホプキンスが首を振った。「なにもいつもと違うことはなかったと思います。五時半頃だったかしら、彼が車に荷物を積みこんでいるのを見ました。そのあと台所でじゃがいもの皮をむいていたら、歌の練習をしているのが聞こえた。それが六時過ぎだと思います」

「六時をどれくらい過ぎていましたか？」

「そうですね、台所に入ったのはチャーリーが聖歌隊の人たちと出かけてすぐだったから、六時半くらいだったかもしれません。テレビの天気予報を見るために居間に戻ったのがその時間でしたから。どうしてあんなものを気にかけるんだか、自分でもわかりませんよ。当たったためしがないじゃないですか。いつもチャーリーに言っているんですよ、間違ってばかりの仕事をしてお金をもらいたいもんだって――」

「つまりアイヴァーは六時半には生きていて、歌っていたということですね」エヴァンは、気象予報士についての彼女の見解をさえぎって言った。そこにいる人々を見まわす。「それ以降、どなたか彼を見たか聞いたかした人はいますか？」

再びの沈黙。数人が首を振った。

「そのあと彼が出ていくのをだれか見ませんでしたか？　それとも見慣れない車が通りを走っていくところとか？」

さらに沈黙があって、パブのハリーが言った。「いったいなにを聞き出そうとしているんだ？　彼の死は、転んで頭を打ったっていうだけじゃないってことか？」

「ほらな、おれの言ったとおりじゃないか」肉屋のエヴァンズが勝ち誇ったように言った。「ただの事故でこんなに大騒ぎするはずがないって言ったんだ。だれかが彼の頭を殴ったんだよ」

「もちろんあのマフィアの男に決まっているわ。だから言ったでしょう？」メア・ホプキンスが言い返した。

事態が手に負えなくなりかけているのをエヴァンは感じていた。

「ちょっと待ってください、みなさん」エヴァンはアイヴァーに負けないくらいの声で言った。「結論に飛びつくのはやめましょう。鑑識が現場を徹底的に調べれば、もう少しなにかわかるかもしれません。いまはただ、彼が死んだ正確な時間と、生きている彼を最後に見た人間がだれなのかを知りたいだけなんです」

「それはグラディスでしょう」メア・ホプキンスが言った。「じゃがいもの皮をむいているときに、家から出てくるのを見たわ。もう少しでバスに乗り損ねるところだったの」

「そんなに遅くまで、グラディスはなにをしていたの?」女性のひとりが尋ねた。

メア・ホプキンスは肩をすくめた。「さあ。いつもは四時には帰るのに、あの日は六時過ぎまでいたのよ」

ワトキンスが家から出てきた。「まだ作業が終わっていないんだ。もうしばらくかかりそうだから、先にミセス・スウェリンに話を訊きにいこうか?」

エヴァンはおしゃべりを続ける村人たちから離れ、ワトキンスといっしょに通りを進んだ。しばらく行くと家並みは途切れ、山道とその向こうにそびえるスノードン山の山頂は巨大なジンジャーブレッドのような〈エヴェレスト・イン〉の陰に隠れて見えなくなった。

「なにか決定的な証拠は見つかりましたか？」エヴァンは訊いた。

ワトキンスは振り返り、聞き耳を立てている人々から充分に離れていることを確かめた。「ひとつ、興味を引かれることがあった。炉格子のつまみからはひとつも指紋が検出されなかった。きれいに拭われていたんだ。犯人はハンカチかなにかで、残っていた血や髪をぬぐっていた」

「入念に計画していたか、もしくは機転の利く男だったんでしょうね」

「それとも女か」

「アイヴァーを殺せるほどたくましい女がいると思いますか？　彼は大柄な男だった。妻に叩かれても、ハエが止まったくらいにしか感じないと言っていたのを聞きましたよ」

「妻は彼を叩いていたのか？」ワトキンスは興味をひかれたらしい。

「皿も投げていたみたいです。アイヴァーはどれも冗談にしていましたが」

「もう冗談とは言えないな。ミセス・スウェリンと話をするのが楽しみだよ。ゆうべの頼りなくて弱々しい姿は、夫を殴ったり皿を投げつけたりするような女には見えなかった。アイヴァーも妻を殴っていたんだろうか？」

「証拠はありませんが、この村に来てから彼女はほとんど人と付き合うことはありませんでした。めったに彼女の姿を見ることはなかったし、よくベッドで横になっているとグラディスは言っていた。そうそう、ミセス・スウェリンが殴られている様子はなかったかどうか、グラディスに訊いてみなければ」

「もしあれば、動機になると思わないか？」ワトキンスは考えこみながら言った。「虐待されていた妻が我慢できなくなって、彼を殺した。前にもそういうのを見たことがある」

「もうひとつお話ししておかなければならないことがあります、巡査部長。彼女がロンドンに行ったのは、離婚について弁護士に相談するためだったそうです」

ワトキンスはぐいっと眉を吊りあげた。「彼女は離婚を考えていたのか？」そう言って首を振る。「だがその情報はまったく役には立たないな。彼女が法的にアイヴァーから逃れるつもりだったなら、彼を殺す必要はないわけだ。彼が妻を殺すほうが筋が通る」

「アイヴァーはかなりショックを受けたようだと彼女は言っていました。それで、自殺したのかもしれないと思ったそうです。でも、結局は彼に丸めこまれることになると思っていたとも話してくれました。彼はいつも最後には自分の思うとおりにしてきたようですから。ひょっとしたら彼女は、自分が彼の言いなりになってしまうことが怖かったのかもしれない」

「面白い」ワトキンスが言った。「少なくとも、動機のある人間がひとりはいるということだ。彼女の言い分を聞きに行こうじゃないか」

12

「まるで高級な霊廟みたいだな」〈エヴェレスト・イン〉のロビーに足を踏み入れたところで、ワトキンス巡査部長がつぶやいた。磨きあげられたスレートの床のあちらこちらに、革のソファと肘掛け椅子が置かれている。壁のひとつは、川石を使った床から天井まである暖炉でほぼ埋まっていた。この時期なので暖炉に火は入っておらず、フロントデスクに娘がひとりいるだけでロビーに人気はなかった。スレートの床を歩くふたりの足音は意外なほど大きく響き、娘は彼らのほうに顔を向けた。

「ようこそ〈エヴェレスト・イン〉へ。どういったご用件でしょう？」彼女はせいいっぱい上流階級の英語を使おうとしていたが、ウェールズ語なまりを隠せてはいなかった。

ワトキンスは警察官の身分証明書を見せた。「北ウェールズ警察のワトキンス巡査部長だ。ミセス・スウェリンに会いにきた」

娘はうろたえ、ウェールズ語で言った。「警察？　やだ、どうしよう。アンダーソン少佐を呼んできたほうがいいですか？」

「その必要はありませんよ」エヴァンが言った。「ミセス・スウェリンと少し話がしたいだけなんです。彼女の部屋を教えてください」

「たったいま出かけられたと思います」娘は口ごもりながら答えた。「ええ、ほら、鍵がここにかかっていますから」

「出かけた？　いつだ？」ワトキンスは不安そうな視線をエヴァンに向けた。第一容疑者とは言わないまでも、重要な証人を見失ったとなれば、ヒューズ警部補になにを言われるだろうとふたりは同じことを考えていた。

「ほんの数分前です」娘が答えた。「すれ違わなかったのが不思議なくらい」

ワトキンスはエヴァンのすぐあとについて、入ってきたばかりの回転ドアを通って外に出た。

「どこに行ったんだろう？」ワトキンスが言った。「峠に続く道をのぼったとは思えない。あそこにはなにもない」

エヴァンはあたりを見まわした。「この道を戻ったのかもしれませんね。パウエル＝ジョーンズの家の裏に続く小道があるんです」そう言って走り出す。ワトキンスも続いたが、ほんの数歩で息がはずんだ。

駐車場を囲む石垣の隙間に向かって進んでいくと、宿屋の目隠しとして植えられたカラマツの木立のあいだを進んでいく人影が見えた。エヴァンはさらに足を速めた。ごつごつした小道を確実に進んでいく。ワトキンスはそれよりは慎重な足取りであとを追った。

「ちくしょう」ワトキンスは悪態をついた。「ここを歩くにはヤギになる必要があるぞ」

「ミセス・スウェリン」エヴァンが呼びかけた。「ちょっと待ってください」

足早に歩いていた人影は立ち止まり、あたりを見まわした。まるで、逃げるべきかどうかを考えているようだとエヴァンは思った。

「ああ、あなたでしたか、巡査」エヴァンが近づいたときには、ミセス・スウェリンは表情を繕い、優雅な笑顔を浮かべていた。「一瞬、またあの恐ろしい人たちかと思いました」

「恐ろしい人たち？」

「あの牧師さんととんでもない奥さんです。いまはあの人たちから慰めてもらいたくなんてありません。とりわけ奥さんには。あの人ったら、夫の死は彼の罪深さに対する天の裁きだみたいなことを言うんですよ。引っぱたきたくて仕方なかったわ」

エヴァンはうなずいた。「ミセス・パウエル＝ジョーンズに対する反応としては、ごく普通ですね」その言葉に、ミセス・スウェリンは笑顔で応じた。「それで、どこに行かれるんです？」エヴァンは尋ねた。

「車を取ってきて、息子を迎えに行こうと思って。今朝一番に電話をくれたんですよ。マンチェスター行きの飛行機が取れたそうです。わたしが迎えに行くから、わざわざ車を借りたりしなくていいって言ったんです」

顔を上気させたワトキンスが荒い息をつきながらようやく追いついてきた。

「ミセス・スウェリンは息子さんに会いにいくそうですよ」エヴァンが言った。「マンチェスターに飛行機で来るそうです」

「その前にちょっと時間をもらえませんか？」ワトキンスはかろうじて言葉をしぼり出した。「お決まりの質問がいくつかあるんですよ」

「戻ってきてからじゃいけませんか？」彼女はいらだちを隠そうともしなかった。

「できれば早くすませたいんです」ワトキンスが言った。「この事件に関するあらゆる事実を確認する必要があるんです。あなたがロンドンに行かれたことも含めて」

「わたしがロンドンに行ったことと、アイヴァーが転んだことにどんな関係があるというんです？」

彼女は潔白なのか、でなければ優れた女優なのだろうとエヴァンは考えた。驚きの口調はいかにもそれらしかった。

「ミセス・スウェリン、この件が知られたら、マスコミがどれほど騒ぐかおわかりですよね？」ワトキンスが彼女の質問に答えるより早く、エヴァンは言った。「ご主人が亡くなったときにあなたがどこにいたのかを、探り出そうとするでしょうね」

彼女はうなずいた。「ええ、そうなるでしょうね。あの人たちは、アイヴァーに関するスキャンダルを嗅ぎまわるのが大好きなんですもの」

「ホテルに戻ってお話をうかがえますかね？」ワトキンスが訊いた。

「歩きながらじゃいけませんか？　この小道ならだれかに話を聞かれることもないでしょうし、ジャスティンを空港で待たせたくないんです」

「わかりました。あなたはロンドンに行かれたんですよね。何日くらい？」

「ええと、火曜日に出て、金曜日の夜に戻ってきました」

「列車ですか？　それとも車で？」

「列車です。ロンドンでは運転しないことにしているんです。人も車も多すぎるんですもの」

「それでは、切符の半券はまだお持ちですか？」

「もちろんです。火曜日は朝九時二〇分の列車に乗って、ゆうべバンガーに着いたのは七時半でした。パディントン発二時の列車です」

「ロンドンに行かれた目的は？」ワトキンスが穏やかな口調で尋ねた。

ミセス・スウェリンは鋭い視線をエヴァンに向けた。「そのことなら、ゆうべ、彼に話したわ。弁護士に会いに行ったんです。離婚を考えていたので」

ワトキンスはメモ帳を開いて書き留め始めた。「その弁護士の名前と住所を教えてください」

「いいかげんにしてください」彼女は厳しい口調で言い返した。「どうしてわたしが犯罪者みたいな扱いをされなきゃいけないんです？　わたしが留守にしていなければ、夫は泥酔して転ぶことはなかったとでも言うんですか？」

「弁護士事務所の名前を教えてください」ワトキンスは辛抱強く繰り返した。

「〈ダットン・ファーバー・アンド・ダットン〉です。クイーン・アン・ストリート」

「それでその方たちはなんと？」

「離婚を申し立てるのに必要な手続きを教えてもらいました。わたしたちの主な住居はミラノにあるので、かなり複雑でした」

「これでもうその手続きを踏む必要はなくなったわけですね」エヴァンは彼女をいたわるつもりで言ったが、すぐにその言葉がどう聞こえるかに気づいた。ミセス・スウエリンはいらだったような顔でエヴァンを見た。

「夫は時々わたしをひどく怒らせるようなことをしましたし、わたしもいらつくことはよくありましたが、でもこれだけは言っておきます。彼の死を願ったことは一度もありません」

「彼に殴られたことはありますか、ミセス・スウェリン？」ワトキンスが尋ねた。

彼女の顔に浮かんだのは、心底驚いたような表情だった。「いったいだれがそんなことを？　アイヴァーは大柄なだけで、気の弱い人です。よく『バンビ』や『ダンボ』を見て泣いていたくらいですから。わたしが覚えているかぎり、彼が手をあげた唯一の人間は、娘をしつこく追いかけまわしたパパラッチだけですね。アイヴァーは娘には過保護なくらいでしたから。あの子は自分の面倒は自分でちゃんと見られるんですけれどね」

「娘さんは息子さんといっしょには来られないんですよね？」

「お葬式には来ますけれど、アイヴァーの遺体を返してもらわないことにはその手配もできませんからね。もちろんあの子はとても悲しんでいますよ、かわいそうに。それにいまはタイミングが悪いんです――仕事で大変なプレッシャーを抱えているところなんです。ファッション業界で働いているんですよ。でも、アイヴァーは認めていませんでした。あの人が認める職業はひとつだけ、音楽だけでした。娘には世界一のソプラノになってほしかったんです。いつかデュエットをするのを夢見ていました。アイヴァーらしい――いつだって夢ばかり見ていたんです」ミセス・スウェリンは深々とため息をついた。

「息子さんは、音楽の道に進んだんですか？」ワトキンスが尋ねた。

「とんでもない」彼女は面白そうに答えた。「ジャスティンにはまったく音楽の才能はありません。自分では音痴だって言っていますけれど、父親をいらだたせるためにそのふりをしていただけなんじゃないかしら」

「それでは、ご主人と息子さんはあまりうまくいっていなかった？」エヴァンが訊いた。

「ふたりは――意見が一致することはあまりありませんでした。ジャスティンはとても繊細な子供でしたし、アイヴァーは自分より弱い者をからかう癖がありましたから。たとえば気の毒なモスティン・フィリップス――アイヴァーはモスティンをからかうのが大好きでした。モスティンはなにごとも深刻に受け止めるのに、アイヴァーが人生で深刻に受け止めていたものなど、ほとんどなかったもの」

「息子さんの話を聞かせてください、ミセス・スウェリン」エヴァンがうながした。

「ご主人と言い争いをしていたことはありますか？」

ミセス・スウェリンは足を止め、ふたりをじっと見つめた。「なにがお聞きになりたいんです、巡査？　夫の死について、わたしに話してくれていないことでもあるんですか？」

「鑑識の調べが終わるまでは、確かなことはわかりません」ワトキンスがエヴァンの代わりに答えた。「いまは、事故のくわしい状況をひとつひとつつなぎ合わせているところです」

「さっきの質問の答えですが」ミセス・スウェリンは再びふたりの前を歩きだした。「夫と息子は意見が一致しないということで意見が一致したんです。ふたりは違う人生を歩むことにしました。息子は息子の人生を生きています。イタリアに自分の友人がいるんです」

「なるほど」ワトキンスはうなずいた。「空港から息子さんを連れて戻ってきたら、彼にお話をうかがえますね？」

「それじゃあ、わたしは車を使ってもいいんですね？」

三人はパウエル＝ジョーンズの家の裏までやってきた。裏庭に続く背の高いイチイの生垣に切れ目があった。ミセス・スウェリンが先にそこを通り抜けた。

「鑑識に確認する必要がありますが、ゆうべ車は使われていませんから問題はないでしょう」ワトキンスが言った。

「ミセス・スウェリン」エヴァンは足を速めて彼女に追いついた。「ご主人はマフィアとなにか関わりがありましたか？」

ミセス・スウェリンは声をあげて笑った。「タブロイド紙の読みすぎじゃありませんか？　アイヴァーとマフィア？　彼を脅していたんです。いったいどうしてそんなことを？」

「先日何者かがやってきて、彼を脅していたんです。ぼくも少し聞きました。その男には外国なまりがあって、外国の車に乗っていました。その男に向かってご主人は〝おまえの脅しをわたしが怖がるとでも思うのか？〟と怒鳴りつけていた。それがどういう意味なのか、なにか思い当たることはありませんか？」

ミセス・スウェリンはパウエル＝ジョーンズ家の裏庭の中央で立ち止まった。「先日ですか？」そう言ってから首を振った。「わかりません。わたしは留守にしていたわけですし」

「それでは、ご主人を脅したり、彼の死を願ったりするような人物に心当たりはないんですね？」

彼女は再び笑った。今度は口先だけの短い笑いだった。「何百人もいますよ。アイヴァーは敵を作る才能に恵まれていたんです。ヨーロッパ中の夫や恋人の半分は彼に死んでほしいと思っていたんじゃないかしら」彼女の顔から笑みが消えた。「あれは事故じゃなかったとお考えなんですね？」低い声で言う。

「息子さんと戻ってこられる頃には、もう少しくわしいことがわかっていると思います」ワトキンスが答えた。「まっすぐ戻ってきてくださいね。警部補がおふたりと話したがると思いますので」

「夫の遺体を引き取るまで、ここを出ていくつもりはありません」彼女は冷ややかに告げた。

ワトキンスが家のなかへ入っていくと、彼女はいらだたしげに地面を足で打ちながら彼を待った。ワトキンスはすぐに戻ってきてうなずいた。「あなたが車を使っていけない理由はないそうです。ただその前に応接室を見てほしいと言っています。すぐに終わりますから」

ミセス・スウェリンが冷静さを保とうとしているのがよくわかった。「いいでしょう、どうしてもとおっしゃるなら。夫はもうあそこにはいないんですよね。血の跡なら耐えられると思います」

「ありがとうございます、ミセス・スウェリン」エヴァンは彼女に付き添って私道を進み、玄関から入った。

すえたアルコールのにおいがまだかすかに残っている。死のにおいは消えて、代わりに鑑識チームが運んできた化学薬品臭が漂っていた。ミセス・スウェリンは玄関ホールで足を止め、ワトキンスが先に立つのを待った。

「ミセス・スウェリン、部屋をよく見てなにかなくなっているものがないかどうかを確かめてほしいんです。あるいはいつもとは違う場所に置かれているものがないか。すぐに終わると思いますから、そうしたら出かけてくださってけっこうです」

「わかりました」ミセス・スウェリンが大きく息を吸って部屋に足を踏み入れようとしたとき、エヴァンは玄関ホールに転がったままの黒い靴を示して訊いた。「ところで、ミセス・スウェリン、あの靴はなんであんなところにあるんでしょう？」

「あれはわたしのです。ヒールのある靴が大嫌いなので、いつも玄関を入ったらすぐに脱ぎ捨てるんです。もう片方もどこかその辺にあるはずです。さあ、始めましょうか、巡査部長」

エヴァンは廊下から興味深く彼女を見つめていた。あれは本当に彼女の靴だろうか？　自分のものだと即座に認めはしたが、玄関ホールに脱ぎ捨てた靴をそのままにしておくというのは彼女らしくない気がした。グラディスにしても、靴を何日もあそこに放っておくような家政婦だとは思えない。その点は確信があった。彼女が戻ってきたら尋ねようと決めた。

エヴァンはミセス・スウェリンについて部屋に入った。白衣を着た鑑識官ふたりが顔をあげて、軽く会釈をした。「部屋を見てもらえますか」ひとりが言った。「なにか動かされているものや、なくなっているもの、もしくはいままでここになかったものがあったら教えてください」

ミセス・スウェリンは部屋のなかをざっと見まわした。その視線が、果物鉢や二本の燭台、細々した装飾品が飾られている、彫刻の施されたサイドボードの上で一瞬止まったようにエヴァンには思えた。「いいえ、見たかぎり、なにも変わったところはありません」彼女は、赤い絨毯に残る床の茶色い染みに視線を移した。「あそこに……倒れていたんですか？」

「そうです」ワトキンスが答えた。「炉格子に頭をぶつけたようです」

「なんてくだらない代物なのかしら」彼女は怒りのこもった口調で言った。「まったく役に立たないうえに醜いんだから。この家にはそんなものばかり。アイヴァーは子供の頃、あれを磨かなければいけなかったそうよ。あれで命を落とすなんて、皮肉なものね」彼女は体を震わせた。「これでいいかしら？」

「いまのところは。鑑識の作業が終わったら、またほかの部屋をじっくり見てもらう必要があるかもしれませんが」ワトキンスが言った。「ですが、いまはこれ以上お引き留めしませんよ」

エヴァンは炉棚に近づいて、銀の額に入った写真を手に取った。どこの家にもあるようなスナップショットだ。モーターボートに座った両親とふたりの子供が、髪を風になびかせながらまばゆい陽射しに目を細め、カメラに向かって微笑んでいる。「ご家族ですか？」

彼女はうなずいた。「何年も前に撮ったものです。いっしょに過ごした、とても幸せだった夏を思い出させてくれるんです」

彼女が部屋を出ていくと、エヴァンは写真を手にしたまま、鑑識官のひとりに訊いた。「これを借りてもいいだろうか？　彼女の写真を見せる必要があるかもしれない」

「どうぞ。それが凶器のはずはないですからね」彼は答えた。エヴァンは上着のポケットに写真をしまうと、急いでワトキンスのあとを追った。

「戻ってこられるのは数時間後ですよね」ワトキンスはミセス・スウェリンのために

車のドアを開けながら言った。「それまでには鑑識の作業は終わっているはずですが、できれば今夜も宿屋に泊まっていただきたいんですが」

「ご心配なく」彼女は身震いした。「なにを言われても、もう二度とあの家で眠るつもりはありませんから。最初からあそこは好きじゃなかったんです。薄気味悪いんですもの。アイヴァーにいい思い出があることが不思議でした」

「すみません、エヴァンズ巡査」背中を叩かれて、エヴァンは振り返った。

「ああ、グラディス。どうしたんだい?」買い物かごを握りしめるようにして立っている小柄な女性に尋ねる。「紅茶がなくなったとか?」

「いいえ、紅茶はとてもおいしかったです。ありがとうございます」グラディスは鳥のように頭をひょこひょこと動かした。不意にミセス・スウェリンに気づいて言った。「あら、おはようございます。気がつきませんでした。ご主人は本当にお気の毒でした。ご冥福をお祈りします。わたしにできることがあれば……」

「ありがとう、グラディス。優しいのね」

「ゆうべ、奥さんのためにおいしいシェファーズ・パイを作ったんですよ」グラディスの声には、かすかにとがめるような響きがあった。「台所に置きっぱなしなんで、もうすっかりだめになっているでしょうね。まあ、仕方がないです」

「それで、なんの用だい、グラディス？」エヴァンが改めて聞いた。

「わたしはあとどれくらいここにいなきゃいけませんかね？　バスがもうすぐ出るんですよ。一時に店が閉まる前に、買い物がしたいんです。この次のバスだと、カナーボンに着くのが遅すぎるんです」

エヴァンはワトキンスを見た。

「行って買い物をしているといい」ワトキンスが言った。「エヴァンズ巡査はきみの住所を知っているよね？　家のなかを見てもらう準備ができたら、迎えの車を差し向けるから」

「迎えの車を？」グラディスの顔がうれしさと気恥ずかしさに赤らんだ。「いいですねえ、それは。ありがとうございます。でもあらかじめ、近所の人に説明しておかないといけませんよね。パトカーで連行されたなんて思われたくないですからね」

「いまから車を出すのよ」ミセス・スウェリンが言った。「送ってあげるわ、グラディス」

「ありがとうございます。なんてご親切なんでしょう」グラディスは顔を輝かせた。大きな黒のベンツで自宅に帰り着いたときの近所の人たちの顔を想像しているのがよくわかった。

「それじゃあ、行きましょう」ミセス・スウェリンが言った。「息子の飛行機が着いたときには、ゲートにいたいのよ」

グラディスは車に乗りこむと、背筋を伸ばし、つんと顎をあげて座った。車は走り去った。

「これでとりあえず、だれかひとりは満足したわけだ」ワトキンスは笑いながら言ったが、すぐにその笑みは消えた。「振り返るんじゃないぞ。客が来たようだ」マスコミの最初の車が外に止まろうとしていた。「情報の伝わる速さには驚くばかりだな。ゆっくりしていられるのも、これが事故だとマスコミのやつらに思わせているあいだだけだ。ミセス・スウェリンがロンドンに行っていたことを、すぐにだれかに確認させないといけないな……そういえば、さっきのマフィアの話はどういうことだ？」

エヴァンは先日の夜の怒鳴り合いのことを話した。ワトキンスはうなずいた。「興味深い話だが、その男を突き止めるのは簡単じゃないだろうな。いまいましいECの問題がそこだ――だれもがパスポートを見せることなしに、好きなように行き来できる。どんなくそったれのイタリア人がこの国に来ているか、知りようがないんだ。そうだろう？　海峡を横断する船では、いまでも車のナンバープレートを控えているんだろうか？」

「知りません」エヴァンは答えた。

「ロンドン警視庁に問い合わせてみよう。彼らなら知っているはずだ。それに、イタリア警察と連絡を取るように警部補に頼むべきだろうな。アイヴァー・スウェリンがイタリアのマフィアと関わりがあったのかどうか、向こうの警察ならきっと知っている」ワトキンスはメモ帳から顔をあげ、にやりと笑った。「警部補もこれで満足するだろう——マスコミ相手に会見をして、マフィアとの関連についてイタリア警察と話をする——重要人物になったような気持ちになるだろうな」

13

午前もなかばになる頃には群衆整理が必要な状況になっていた。ジム・アボットですら熱心に仕事をせざるを得ないほどだ。数台のテレビ局のバンがケーブルを引きずりながらパウエル＝ジョーンズ家の私道に並んだ。モスティンの車と同じくらい古ぼけた車から、続々と記者たちが降りてくる。海外のメディアも到着し、大げさに手を振り回しながらマイクに向かって大声でがなりたてていた。

エヴァンは大通りに立って交通整理をし、ジム・アボットたちは詮索好きな記者たちの質問をうまくかわして、彼らを家に近づけないようにしていた。スランフェア村の住人たちは、テレビ局にインタビューされるのではないか、ロンドンの新聞の一面に載るのではないかと思いながらあたりをうろうろしていた。自分たちとアイヴァーはとても親しい間柄でよくパブで一緒に飲んでいたというような誇張した話を、エヴァンは何度か耳にした。

「オースティン・モスティンに電話をしたよ」肉屋のエヴァンズがそう言いながら、仲間たちのところに戻ってきた。「アイヴァーへの追悼として今夜は歌いたいと言ったら、彼もそのとおりだと賛成したよ。ここには来ないかもしれないが、許してほしいとのことだった。ショックが大きすぎたらしい」

「そうだろうな。死体を発見したわけだから」チャーリー・ホプキンスが言った。

「お気の毒に。さぞショックだったでしょうね。一番の友だちだったわけだし」メアが言い添えた。

彼らの会話はウェールズ語だったので、様々な国から来た記者たちは困惑した様子で顔をしかめていた。

「通訳してもらえませんか、巡査?」《デイリー・エクスプレス》紙の品のいい若者がエヴァンに頼んだ。「困っているんですよ。ぼくたちには理解できないことがわかっていながらウェールズ語で話すのは、ちょっと配慮に欠けますよね」

「なんだってウェールズ語を話しちゃいけないんだ?」肉屋のエヴァンズが英語で言った。「それがおれたちの言葉だ――ヨーロッパで一番古くて、一番きれいな言葉でもある。おれにその権限があれば、イングランド中の子供にはフランス語やラテン語じゃなくて、ウェールズ語を習わせるんだがな」

《デイリー・エクスプレス》紙の若者が笑ったのを見て、肉屋のエヴァンズは顔をしかめた。「英語で質問してくれれば、喜んで答えるさ。おれたちは完璧なバイリンガルだからな。あんたたちの言うところの教養のある人間には、真似できないだろうが」

エヴァンは、パブのハリーがいなくなっていることに気づいた。今夜は繁盛するだろうと見込んで、早く店を開けるつもりなのだろう。記者たちはたいていビール好きだ。パブのほうに目をやると、ちょうどベッツィが走り出てきたところだった。小さなレースのエプロンをなびかせ、両手を狂ったように振り回している。

「嘘だと言って！」通りを走りながら、ベッツィが叫んだ。顔は涙に濡れ、マスカラがにじんでいる。魅力的とは言いがたい様相だった。

「彼が死んだって」エヴァンに近づいたところで、あえぎながら言った。「土曜日だから、遅くまで寝ていたの。たったいま聞いたのよ。お願いだから、嘘だと言って！」

「残念だけれど、本当なんだ」エヴァンは答えた。

「嘘よ。彼のはずがない。あんなに生き生きして、あんなにセクシーだったのに」ベッツィは泣きながら、エヴァンの胸のなかに飛びこんだ。「抱きしめて、エヴァン。ぎゅっと抱きしめて」エヴァンは、みんなから見つめられているだけでなく、住人以外の人たちはベッツィがウェールズ語でわめいている内容をひとことも理解していないのだと気づいて、気恥ずかしさとばつの悪さでいっぱいだった。

「残念だよ、ベッツィ」エヴァンは彼女の髪を撫でた。「ぼくたちみんな、ショックを受けている」

「彼とオペラに行くはずだったのに」ベッツィはすすり泣きながら言うと、不意にエヴァンの胸から顔をあげて期待に満ちたまなざしを彼に向けた。「でも、あたしにはまだあなたがいるわよね、エヴァン・バック？　あなたとあたしは素敵なデートをして、そして……」

エヴァンもそのことを考えていたところだった――アイヴァーが死んだいま、ベッツィとデートをするという義務は果たさなくてもいいだろうか？　「デートの話はまた今度にしよう、ベッツィ。アイヴァーが亡くなったんだから――」

ベッツィはエヴァンの考えていることを悟ったらしかった。「ちょっと待って、エヴァン・エヴァンズ。もうあたしとデートしたくないって言っているの？」大きな青い目がいっそう大きくなった。驚くほどバービー人形そっくりだ。「あたしとデートしたくないのね！　あたしがアイヴァーと出かけないようにするために、デートに誘っただけだったんだ。本当はあたしのこと、好きじゃないのね！」大粒の涙が頬を伝い始めた。記者たちが近づいてくる。ベッツィがアイヴァーの愛人だった可能性を考えているのか、マイクを突きつけている者もいた。

「ベッツィ、いまは話をするのにふさわしくない」エヴァンは彼女の肩をしっかりとつかんだ。「きみは動揺している。みんな動揺している。ぼくは交通整理という仕事をしなきゃいけない。だから頼むからいまはおとなしくして、ぼくに仕事を続けさせてくれないか。ほら、車が渋滞し始めている」

「本当はあたしのことなんてどうでもいいんでしょう？」

「もちろんそんなことはないさ。どうでもいいと思っていたら、きみがアイヴァーとカーディフに行くのをやめさせようとはしないだろう？」

「本当に？」ベッツィの顔に笑みが浮かんだ。「ああ、エヴァン。なんて素敵」再び彼に抱き着くと、背伸びをして頰に音を立ててキスをしてから、パブに駆け戻っていった。

エヴァンは恥ずかしそうに笑いながらまわりの人々を見たが、すぐにその笑みが凍りついた。ほんの数メートルのところにブロンウェンが立っていた。

「慰めていただけなんだ」エヴァンは言った。ベッツィは〈レッド・ドラゴン〉に姿を消した。

「そのようね」

「かわいそうに、アイヴァーの死に動揺していた。ぼくはたまたま一番近くにいたから……」

ブロンウェンはうなずいた。「ええ、そうね」風にあおられたたっぷりしたスカートを押さえた。「わたしはハーレフにアイステズヴォッドを見に行くところなの。子供たちと約束したし、こんな騒ぎのところに置いておかないほうがいいだろうから」

「向こうで会えるかもしれない」エヴァンはブロンウェンの背中に向かって言った。

ブロンウェンは驚いて振り返った。「こんなことがあったのに、歌ったりしないでしょう?」

「辞退するべきだと個人的には思うんだが、アイヴァーは出てほしがるだろうと言う者がいてね。モスティンもあまり気乗りはしないみたいなんだが、ぼくたちが歌いたいというなら向こうで会おうと言っている。もうメダルを取れる可能性はなくなったけれどね」

「聴きにいくかもしれないわ。ほかにすることがなければね」ブロンウェンの言葉に、エヴァンは顔をぴしゃりと引っぱたかれた気がした。自分を励ますようにして、交通整理の仕事に戻っていく。まったく女というやつは。輪をかけて複雑にしてくれる女がいなくても、人生は充分に複雑なのに！

ワトキンスが家から出てきた。「なかは、そろそろ終わりそうだ」エヴァンを脇へ連れ出しながら言った。

「なにかわかったことはありますか？」

「かもしれない。ひとつ、はっきりしたことがある。彼は、発見された位置まで引きずられたんだ。絨毯に血の跡が残っていた。だが凶器は見つかっていない。パウエル＝ジョーンズの妻がどこにいるか知らないか？　現場を彼女に見てもらうのがいいんじゃないかと思う。なにかなくなっているものがあれば、気づくだろう」

「ぼくが探しに行ってもいいんですが、ここで交通整理をしなきゃいけないんですよ」

「すぐに応援が来るはずだ。そうしたら、その車を使わせてもらおう。幸い警部補はマフィアの客の行方を追うのに全精力を傾けているから、わたしたちを放っておいてくれる。ミセス・スウェリンのロンドン行きを調べるようにと言われているんだ。手伝う気はあるかい？」

「ロンドンまで車で行くんですか？」

「いや、そううまくはいかない。ロンドン警視庁がわたしたちの代わりに、彼女が泊まったというホテルと弁護士に電話をかけてくれることになっている。わたしは列車を確認するだけだ。ゆうべ彼女を見た者はいないかを調べるんだ。切符を買っただけで使っていないということもある。そうだろう？」

数分後、エヴァンとワトキンスは大勢の記者たちからうまく逃れ、到着したパトカーで村をあとにしていた。

「彼女を尾行させればよかったと後悔しているんだ」ワトキンスが言った。「マンチェスター空港に行っているはずだが、あくまでも彼女がそう言っていたにすぎない。もし彼女に逃げられたら、警部補になんて言えばいい？　パスポートを見せずとも海峡を渡れることを思い出して、不安になってきたよ」

「それほど心配することはないと思いますよ」エヴァンは言った。「彼女の車はかなり目立ちます。それに、ちゃんとしたアリバイがあるのなら、どうして逃げる必要があるんです？」

ワトキンスはきれいな白いハンカチを取り出して、額を拭いた。「そうだといいんだが。どうして思いつかなかったんだろう？　警察の車で息子を迎えに行かせればよかったんだ。これほど重要な犯罪に慣れていないせいだろうな。世界的に有名なオペラ歌手がスランフェアで殺されるなんて、そうそうあることじゃない。違うかい？」

「本部に電話をかけて、マンチェスターの航空会社に警告してもらったらどうですか？　万一彼女の気が変わって、逃げ出そうと決めたときのために」

「いい考えだ。どうしてきみが刑事の訓練を受けようとしないのか、わたしはそれが不思議だよ。きみは生まれつき才能がある——そのうえ、とんでもなく強運だ」

「ぼくも時々考えることはありますが、スウォンジーの警察にいたときに、興奮と暴力はたっぷり味わいましたから」

「いろいろ見過ぎたということか？」ワトキンスは、よくわかると言いたげにうなずいた。「わかるよ。わたしもそんなふうに感じることがある。小さな子供が殺されたり、年金目当てに老婦人が殺されたりするのを見たときには、どうしてわたしはこんなことをしているんだろうと自問するんだ」

「ぼくは父が撃たれるのを見たんです」

ワトキンスはエヴァンの顔を見た。「そうらしいね」

エヴァンはまっすぐ前を見つめた。「あの光景がぼくの脳裏から消えることはないでしょう。少なくともスランフェアでは生きることに意味があるんです——たいていは」

「それで、こんなことができたのはだれだと思う？」ワトキンスは巧みに話題を変えた。「アイヴァー・スウェリンの頭を殴った人間という意味だ」

エヴァンは眉間にしわを寄せた。「ミセス・スウェリンも言っていましたが、彼には大勢敵がいたようです。これはマフィアの殺しの手口だとは思えませんね。ぼくが知るかぎり、マフィアならもっと巧妙なはずです——後頭部に弾を一発。殴るのは危険が大きすぎる。死ぬとは限りませんからね」

「妻はどうだろう？」

「離婚するつもりなら、どうして殺す必要があったんです？　離婚すれば彼女は自由になるし、たっぷりの離婚手当もついてくる。そもそも、あんな傷を負わせられるだけの力が、本当に彼女にあると思いますか？」

「きみの言うとおりだ。考えにくいな。息子に話を聞くのが楽しみだよ。彼と父親は、相当対立していたんじゃないかと思うんだ」

話をしているあいだに、車は緑に覆われた急斜面を順調にくだっていた。開いた窓からひつじの鳴き声が聞こえてくる。観光客でいっぱいのスランベリスを抜けるときには、速度を落とさなくてはならなかった。ハイカーや登山客は山を目指して道路を横切っていく。日帰りの旅行客がスノードン山をのぼる次の列車に並んでいる。子供たちはアイスクリーム屋へと両親を引っ張っていく。死がこれほど近くにあるというのに、こんななんでもない日常が続いていることが、エヴァンには不思議に感じられた。

夏の土曜日だったから、バンガー駅も混んでいた。駐車場は満杯で、ワトキンスは駐車禁止区域に車を止めなくてはならなかった。

「パトカーをレッカー移動するだけの度胸がないことを祈るほかはないな」ワトキンスがつぶやいた。「警部補に言い訳するのはごめんだ」

ふたりは駐車場を横切り、混雑する切符売り場の人混みをかきわけ、改札口にいる係員に歩み寄った。列車が到着したばかりだったので、ふたりは彼が最後の切符を受け取るのを待ってから声をかけた。

「きみはゆうべは勤務だったのか？」ワトキンスが尋ねた。

「だとしたらどうなんです？」小柄な係員は攻撃的なまなざしを彼に向けた。

エヴァンは写真を取り出した。「あまりいい写真ではないが、この女性を見たことはありませんか？　ゆうべは灰色がかった緑色のレインコートを着て、頭には高価なシルクのスカーフを巻いていた。おしゃれで、洗練されていて、いくらか異国風だ。ここらに来る人たちのなかでは、目立つと思います」

係員は写真を手に取ると、しげしげと眺めた。「記憶にありませんね。金曜日でしたからね、ゆうべはずいぶん大勢の人が降りたんですよ。五時の列車ですか？」

「いや、その一本あとです――たしか七時半頃に着いたと言っていたと思います」

係員は勝ち誇ったように首を振った。「その人はそう言ったんですか？ ゆうべは七時半の列車はなかったんです。クルーでポイントの故障があったせいで、遅れたんですよ。到着したのは九時過ぎでした」

「そうなのか？ ありがとう。おおいに助かったよ」ワトキンスは満足げな顔をエヴァンに向けた。「彼女はゆうべロンドンから帰ってきたのではなかった」興味津々といった顔の係員に話を聞かれないところまでやってくると、彼はつぶやいた。「そもそもロンドンに行っていたのかどうか、ぜひとも知りたいね。ふむ、これで動機と機会のあった人間がひとり見つかったわけだ。進展しているぞ、エヴァンズ」

「すみません」係員がエヴァンの腕を叩いた。「数週間前にここに来ましたよね？ 黒髪の若い娘をロンドン行きの列車に乗せていた」

「よく覚えていますね」エヴァンは応じた。

「ええ、まあ、仕事に関しては。いろいろと気づくように心がけていますから」係員は誇らしさではち切れそうだ。「彼女に気づいたのは、妙だったからです。髪が濡れていましたよね。それにあなたも濡れていた。だから覚えていたんです」

「そのとおりですよ」エヴァンは答えた。「彼女の車が湖に落ちたんで、ぼくが彼女を引っ張り出したんです」

ワトキンスはぎょっとしたような顔になった。

「きみはそんなことひとことも……」言いかけた彼を係員がさえぎった。「彼女が戻ってきたんですよ」

「え？」

「あの娘が戻ってきたんです。今週の初め。すぐにわかりました」

「戻ってきたんだ。何曜日でしたか？」

「火曜日だったかな。火曜日にはロンドンでサボタージュがあって、列車が遅れたんです。そう、あの日だった」

「ほかになにか覚えていることはありますか？　だれかが彼女を迎えに来ていたとか？　車に乗りこんだとか？」

係員は首を振った。「見ませんでした。切符を受け取らなきゃいけませんでしたからね」

「そうですか、ありがとうございます。助かりました」エヴァンが言った。

「あの女性は手配中の犯罪者なんですか？」係員は興奮した口調だった。「麻薬の密売人とか？　うさんくさいと思ったんですよね」

「いえ、そういうわけじゃありません。ご協力ありがとうございました」

「いったいなんの話だ？」車に戻りながらワトキンスが尋ねた。

「ああ、ブロンウェンとハイキングに行ったとき、ちょっとトラブルがあったんですよ。車が湖に落ちたんです。ぼくが車からその女性を助け出して、ロンドン行きの列車に乗せたんです」

「それは、今回の事件とは関係ないんだね？」

「そんなはずは……」エヴァンは言いかけて口ごもった。関係があるとは、これまでまったく考えていなかった。「初めて見かけたとき、彼女はパウエル＝ジョーンズの家から出てきたんですよ。それが妙と言えば妙ですね。スウェリン夫妻がやってくる直前でした。ただの偶然だとは思いますが……」

「いまは追うべき糸口が一本ある。スランフェアに戻ってミセス・スウェリンが息子といっしょに帰ってくるのを待とう。彼女がどう説明するのか、興味があるね」

ふたりがスランフェアに帰り着いたのは三〇分後だったが、ミセス・スウェリンの車はまだ戻っていなかった。ワトキンスの顔が曇った。「本部に電話をしてくる。空港で搭乗者名簿を調べてくれているんだ。彼女が逃げていないことを祈るよ」

「時間をあげてくださいよ、巡査部長。マンチェスターまで行って帰ってくるのは、まだ無理ですよ。それに空港がどんなふうだかご存じでしょう？　とりわけいまは夏の週末だ。二時になっても帰って来なかったら、それから心配しても遅くないですよ」

「きみはそう言うがね、わたしはやっぱり不安だよ。警部補がいまにもやってくるかもしれないんだからね」

「いまのうちにミセス・パウエル＝ジョーンズに家のなかを見てもらえばいいんじゃないですか？　それからグラディスにも」

「いい考えだ。きみはミセス・パウエル＝ジョーンズを見つけてきてくれないか。わたしはグラディスを迎えに行く車の手配をしてくる。どちらもきっと目ざといはずだ。なにか動かされたり、なくなったりしているものがあればわかるだろう」

　エヴァンは電話をかけるワトキンスのために警察署の入口の鍵を開けてから、ミセス・パウエル＝ジョーンズを探しに行った。母親のところに戻っている可能性もあったが、まずそんなことはないと踏んでいた。自分の家で起きた不審死について、彼女はだれよりも興味を抱いているはずだ。

グラディスはかごを抱え、プール・ストリートを足早に歩いていた。夏の観光客のせいで、近頃のカナーボンはあまりにも人が多すぎる。歩道にたむろして絵葉書やアイスクリームを買うのはほどほどにしてくれないと、住人は安心して買い物もできやしない！

幸いミセス・スウェリンが車で送ってくれたおかげで、店が閉まる前に買い物をする時間ができた。実はいい人なのかもしれない。これまでは口数が少なくて、よそよそしい感じだった。わたしに勝手に仕事をさせるだけで、足を止めて世間話や噂話をすることはなかったけれど、今日の彼女はおしゃべりだった。警察と同じようなことを訊いてきたけれど、それも当然だよね。自分の夫の身になにがあったのかを知りたいと思うのは、当たり前だもの。そうでしょう？

もっといろいろなこと――たとえば、夕方の訪問者がだれだったのかとか――を彼女に教えてあげられればよかったのにとグラディスは思った。なにかが気にかかっていた。あの声だ。言葉はなにひとつ聞き取れなかったけれど、あの声の抑揚――もう一度聞けば、絶対にわかるという確信があった。

城の時計が一二時を打った。グラディスは顔をあげた。八百屋に行って、日曜日のランチのための新鮮なネギとエンドウ豆を受け取ってくるだけの時間しかない。警察の迎えの車が来るまでには家に戻っていたかった。満足そうな笑みが彼女の顔に浮かんだ。三一番地のお高く止まったミセス・トーマスはどう思うだろう？　さっきベンツで帰ってきたところを見ていればいいんだけれど、と何度目かにグラディスは考えた。

プール・ストリートからカースル・スクエアに出る角で、グラディスはいらだたしげに立ち止まった。最近は車が多すぎる。子供の頃は横断歩道や信号すら必要なかったのに。長距離バスからぞろぞろと降りてきた乗客たちが、話したり笑ったりしながら波のように彼女のほうに押し寄せてきた。グラディスは赤信号をにらみつけた。近頃では歩行者に権利はないみたいだ。信号が変わったら観光客たちより先に飛び出すつもりで、グラディスはじりじりと前に出た。

通りの先に目を向けると、パッと目を引いた色があった。とたんに彼女の顔が輝いた。そうだ、あの人だったんだ！　そうに決まっている。これで筋が通る。カースル・スクエアでは警察官が笛を吹き、車やバスやトラックが一斉に動きだした。グラディスは待ちきれないように片方の足からもう一方の足に体重を移し変え、腰の上で抱えていたかごを持ち直した。突然、なにかが背中の真ん中に当たった。グラディスは前につんのめった。目の前に大きな黒いなにかが見えたかと思うと、なぜか次の瞬間には宙を飛んでいた……

エヴァンを玄関で迎えたのは、疲れ切った顔のミセス・ウィリアムスだった。「ああ、帰ってきたんですね、ミスター・エヴァンズ。パウエル＝ジョーンズ夫妻がふたりして来ているんですよ。居間に。いつになったら彼女は自分の家に入れるのかしら。わたしの写真立てにほこりがついていることに気づかれたし、一番いいシーツとテーブルクロスを貸してくれって言うんですよ」

「なにをするつもりなんですか？」

ミセス・ウィリアムスはいわくありげに声を潜めた。「アイステズヴォッドのために新しいローブを作らなきゃいけないんですって。作ってあったものは、きつすぎるんだそうですよ」

「ああ、アイステズヴォッドか――そうでした」あまりにもいろいろなことが起きたために、エヴァンはすっかり忘れていた。今夜、歌うことになっていたんじゃなかったか？「吟遊詩人のコンテストは明日でしたね。彼が安息日のコンテストに出場するとは、驚きですよ」

ミセス・ウィリアムスの目がきらめいた。「あれはとても神聖なコンテストなんですよ、ミスター・エヴァンズ」

「ばかばかしい。吟遊詩人に栄誉を与えるという伝統は、ドルイドや異教徒の時代からのものであることくらいあなただってよく知っているじゃないですか。あれほど神聖とはほど遠いものはありませんよ」

ミセス・ウィリアムスはくすくす笑った。「いま、あの人にはそれを言わないほうがいいですよ。勝つと心に決めていますからね。今年はミスター・パリー・デイヴィスをなんとしても負かすつもりなんですよ」

ミセス・ウィリアムスは居間のドアを押し開けた。「ミスター・エヴァンズが戻ってきましたよ」

邪魔をされたパウエル＝ジョーンズ夫妻は、いらだたしげにふたりを見た。白いシーツを肩のところで留めた牧師は、素人演劇のジュリアス・シーザーのようだ。妻は彼の頭にテーブルクロスを巻こうとしている最中だった。

「とてもお似合いですね」エヴァンは我慢できずに言った。

エドワード・パウエル＝ジョーンズは顔をしかめただけだった。

「紅茶でもいれましょうかね？」ミセス・ウィリアムスが朗らかに声をかけた。

「昼食をいただいたばかりです」ミセス・パウエル＝ジョーンズがいらついた口調で応じた。「食べ過ぎ、飲み過ぎは健康によくありません」

「とりわけ飲み過ぎは」パウエル＝ジョーンズ牧師がちらりとエヴァンに目を向けた。

「それに、大食は大罪のひとつだ」

「あとどれくらいここにいなきゃいけないんです、ミスター・エヴァンズ？」ミセス・パウエル＝ジョーンズが尋ねた。「今日は、しなければならない大切なことがたくさんあるんですよ。午後は、手工芸部門の審査結果が出ているかどうかを確かめるためにアイステズヴォッドに行きたいと思っていたんです。タペストリーを出品したんですよ。地元のウェールズ・ウールを使ったもので、カナーボン城の図柄なんです」

「よければ、いっしょに来てもらえますか、ミセス・パウエル＝ジョーンズ？　家のなかを見てもらえることになりました」

「ようやくですか」ミセス・パウエル＝ジョーンズは勝ち誇ったように微笑んだ。「あなたは来てくれなくてもいいのよ」そう言って夫の手を軽く叩く。「朝の説教だけじゃなくて、スピーチの準備もあるでしょう？　それにこういうとき、男の人は役立たずですからね。なんにも気づかないんだから」

「だがこれは……」エドワード・パウエル＝ジョーンズが言いかけたときには、妻はドアに向かって歩きだしていた。帆をいっぱいに張った船のように、ミセス・ウィリアムスのコテージをすたすたと出ていく。エヴァンがそのあとを追った。

「家のなかを見てもらうためにミセス・パウエル＝ジョーンズに来てもらった」エヴァンは、ゲートを警備している交代した警察官たちに言った。あちこちでフラッシュが光り、何本ものマイクが突き出された。「奥さん、ここはあんたの家？」大西洋の向こうから来た人間らしい口調だった。「彼らがここにいたとき、なにかみだらなことをしていなかった？　彼は愛人を連れてきた？」

ミセス・パウエル＝ジョーンズにぎろりとにらまれて、彼の手のなかのマイクが縮こまったように見えた。彼女はそのまま邪魔されることなく歩き続けた。

「なるほどね」ワトキンスに応接室を見せられた彼女はつぶやいた。

「なにか気づいたことはありますか？」ワトキンスが尋ねた。

「あの人たちは家具を動かしたんですね」

「本当に？」

「あの小さな机は奥の壁際にあったんです。いま置いてある場所はふさわしくありません。まったくずうずうしいったら。なにもかもそのままにしておいてほしいって、あれほど……」

ワトキンスは、机を動かすように鑑識官たちを促した。

「おや」鑑識官のひとりが膝をついた。「彼女の言うとおりだ。彼が倒れたのはおそらくここですよ。これは血痕のようだ。違いますか？」

「引きずられた状況とも一致する」もうひとりがうなずいた。「サンプルを取るから、ちょっとそのままにしてくれ。そのあとで血痕の写真を撮らなきゃならないが、ここで倒れたことは間違いないな」

ミセス・パウエル＝ジョーンズは驚きも露わにふたりを見つめた。「彼は転んで暖炉で頭を打ったわけじゃないと言っているんですか？　だれかがあそこに引きずっていったの？　どうして？」

「いずれ、なにもかも明らかになりますよ、マダム」ワトキンスが落ち着いた口調で言った。「部屋のなかをよく見てください。ほかに動かされているものはありますか？なくなっているものは？」

ミセス・パウエル＝ジョーンズは無言で部屋を眺めていたが、やがて悲鳴をあげた。

「確かになくなっているものがあります。とても大事なもの――飛んでいるワシの青銅の像です。ここに置いてあったんです。サイドボードの上に」彼女は、どこにでもありそうな果物の入ったボウルが置かれている箇所を、芝居がかった仕草で示した。ワトキンスはちらりとエヴァンに目を向けた。「青銅の像。庭と家の外を探そう」

家の外には一〇〇平方マイルあまりにわたって険しい山々が広がっていることを、エヴァンは指摘するつもりはなかった。青銅の像を処分したければ、そこら中にある細流や溝に投げ入れたり、崖の向こうに放ったり、どこかのワラビの茂みの下に押しこんだりすればいい。使われなくなった鉱山の縦坑に放り込むことだってできる。簡単にはたどり着けない場所はいくつもあるから、隠したものが見つからない可能性はおおいにあった。

「すぐに取り戻してくださいね、巡査部長」ミセス・パウエル＝ジョーンズが言った。「あれはわたしの祖父のものなんです。値段がつけられないくらい価値がある、我が家の宝物なんです」

「できるだけのことをしますよ、マダム。約束――」家の外がざわついていることに気づいて、ワトキンスは言葉を切った。大声。車のドアが荒々しく閉まる音。エヴァンが外へと走り出てみると、黒いベンツが警察の非常線の前で止まっていた。ジーンズと黒いTシャツの若者が車から降り立ったところだった。

「ぼくらは家族なんだぞ」動こうとしない警察官に向かって彼は言った。「警察は、ぼくを迎えに空港まで母をよこして、まっすぐここに来るように言った。だからそのとおりにしたんだ」

エヴァンは新たに現われた人物を見つめていた。すらりとした若者で、ヨーロッパ風に髪を短く刈りあげている。少年のような骨張った顔つきで、いくらか傲慢そうな雰囲気があった。前にも彼を見たことがある。エヴァンには確信があった。だがどこで？

若者はまわりの物音に負けないくらいにまで声を張りあげた。「いいからさっさとそのいまいましいテープをはずしてくれ」

聞いたことのある声だった。怒りに張りあげた若い声。車のドアが音を立てて閉まり、若い娘が叫んでいた。「やめてよ、ジャスティン！」

そうだ！ジャスティンを二度見かけている――一度は、彼がいま立っているパウエル＝ジョーンズ家の私道の外で若い娘と言い争っていたとき。そして二度目は車が落ちた湖のほとりで。

14

エヴァンはかろうじて歓迎の笑みを作り、若者に近づいた。「ミスター・スウェリンですか？　お待ちしていました。どうぞこちらへ。ワトキンス巡査部長がお待ちです」

「こっちですか？」若者は家を示しながら聞いた。彼が脇に寄ると、母親は車をバックで駐車スペースに入れた。「警察はまだ母に話を訊く必要があるんですか？　母はとても疲れているんです。当然ですが、ゆうべはあまり寝ていませんから」

「ほんのいくつかお尋ねするだけです」

ジャスティン・スウェリンの顔が怒りにひきつった。「どうしてぼくらがこんな目に遭わなきゃならないんだ？　マスコミだけでたくさんなのに。ぼくらはもう何年もしつこく追いかけまわされてきたんだ。かわいそうな母さん――どこへ行っても目の前でフラッシュをたかれるんだから」

「本当に申し訳ありません」エヴァンは言った。「ぼくたちは自分の仕事をしているだけです。指示に従っています」

ジャスティンは軽蔑のまなざしを彼に向けた。「母やぼくが不運な事故となんの関係があるのかわかりませんね。ぼくたちはふたりとも遠いところにいたんだから」

エヴァンはドアを開け、母親が追いついてくるのを待った。ジャスティンを家のなかにいざなった。ジャスティンは玄関ホールで足を止め、あたりを見まわした。「応接室?」

「応接室が現場です」エヴァンが言った。

ジャスティンはあたりを見まわした。「応接室?」

「ここに来たことはないんですか?」

「ないに決まっているじゃないですか。ぼくは距離を置いていたんだから。父とぼくはまったく違う世界にいた。父は父の人生を、ぼくはぼくの人生を歩んでいた」

「それでは、お母さんを訪ねてきたことはないと?」

「言ったはずだ」ジャスティンは再び声を荒らげた。「ぼくは今朝ミラノから着いたところだ。搭乗券が見たいか?」母親を振り返る。「もうたくさんだ。さっさとこんなところを出て、どこかのホテルに泊まろう」

「長くはかかりません」エヴァンは言った。「ただ、巡査部長がいくつか質問があるそうです」応接室のドアを開ける。「こちらです」

スウェリン親子が入っていくと、ミセス・パウエル＝ジョーンズ、ワトキンス巡査部長、そしてふたりの鑑識官がだれだろうというような顔でそちらを見た。

「ああ、いいところに来ましたね」ワトキンス巡査部長が言った。戻ってきたミセス・スウェリンを見て安堵しているのがよくわかった。「あなたが答えを教えてくれるかもしれない。こちらはミセス・パウエル＝ジョーンズです」牧師の妻は国王の謁見のように鷹揚にうなずいた。「この家の持ち主なんですが、貴重なものがなくなっているそうです」

ジャスティンは面白そうに部屋を見まわした。「銀を盗んだと思われているのかな、母さん？　母さんには、彼女もこの家も何度だって買えるってことがわかっているのかな？」

ミセス・スウェリンは息子をいさめるように顔をしかめた。「それはなにかしら、巡査部長？」

「青銅の像です」ミセス・パウエル＝ジョーンズが答えた。「飛んでいるワシの形の。スレート鉱山を所有した五〇年目の記念に、感謝をこめて従業員から祖父に送られたものなんです」

「そのサイドボードに置かれていたそうです」ワトキンスが示した。「果物のボウルが置かれているところです」

どういうわけか、ミセス・スウェリンが笑いだした。「あれですか？　この騒ぎはあれのせいなの？」そう言ってドアのほうへと歩きだす。「一緒に来てください。この謎ならわたしが解くことができますから」彼女は階段の下の大きなオーク材の戸棚へと一行を案内し、扉を開けた。「探しているのはこれかしら？」

ミセス・パウエル＝ジョーンズは悲鳴のような声をあげながら、ぼろきれやブラシのなかから青銅の鳥をつかみ出した。「わたしの大事な像が掃除用具入れのなかに放りこまれているなんて！」

ワトキンスが像を彼女から受け取った。「ちょっと待ってください、マダム」ミセス・スウェリンに向き直る。「どうして像がこんなところにあるんでしょうか？」

ミセス・スウェリンはまだ笑いをこらえていた。「いつからここにあるのか、お教えしましょうか、巡査部長。この家に来た日に夫がここにしまったんです。とんでもなくひどい代物だから、毎日見るのはとても耐えられないと言って」

「なんてことを！　なんてずうずうしい！」ミセス・パウエル＝ジョーンズはぎょっとしたように、自分の喉をつかんだ。「巡査部長、これで終わりならわたしはもう帰ります。様子を見に行くと母に約束しましたし、タペストリーの審査が終わっているかどうかを確かめたいんです……なにより、これ以上ここにいるのは我慢できません」

「わかりました、マダム」ワトキンスが言った。「ご協力、ありがとうございました。電話番号はいただいていましたよね？　またかけることがあるかもしれません」

「また別の貴重な芸術品が戸棚に放り込まれているなんていうことじゃないといいですけれど」ミセス・パウエル＝ジョーンズは冷ややかに言い残すと、堂々とした足取りで出ていった。

「おやおや」ジャスティンは母親に向かってにやりと笑った。「口を滑らせたね、母さん」

「これについてはわたしもアイヴァーと同じ意見だったの。本当にひどいんだもの」そう言ったミセス・スウェリンは、青銅の像を眺めながら目を丸くした。「どうしてこんなものにそれほどこだわるんです？　まさか……夫がこれで……殴られたと言うんじゃないでしょうね？」

「わたしたちはあらゆる可能性を考えています、マダム」

「夫を安らかに眠らせてやってください、巡査部長。謎なんてないのに、どうしてわざわざ作ろうとするんです？」

「それは違います。われわれは真実を突き止めようとしているだけです」ワトキンスが言った。「どこか邪魔されないところで話ができませんか？」

「牧師の書斎がホールの向こう側にあります」エヴァンはずらりと本が並んだ暗い部屋に三人を案内した。ワトキンスは机の前の椅子に座り、スウェリン親子に二脚の革の肘掛け椅子を勧めた。エヴァンは戸口に立った。ミセス・スウェリンの顔から笑みは消えていた。

「さてと、さっさとやってくださいよ」ジャスティンが言った。

彼が緊張していることにエヴァンは気づいた。椅子の端に腰かけ、ズボンの生地を指でつまんでいる。

ワトキンスは咳払いをした。「あなたは今朝この国に着いたばかりだ。そうですね？」

「そうです。一〇時半に着きました。ミラノ九時発です。こっちに来るときは一時間進みますから。チケットと搭乗券はどこかにあります……」そう言いながら、上着のポケットを探った。

「いまは必要ありません。知らせを聞いたとき、あなたはミラノにいたんですね？」

「ベラージオに。コモ湖に夏用の別荘があるんです。そこにいました」

「おひとりで？」

「使用人をのぞけば」

「あなたには妹さんがいますね？　ごいっしょじゃなかったんですか？」

「妹には仕事があります」ジャスティンは嘲(あざけ)っているような口調で答えた。「ファッションの撮影の準備ですごく忙しいんです。時間があるときは湖に訪ねてきますが、ここしばらく会っていませんね」

「それでは、最後にイングランドに来てからどれくらいたちますか、ミスター・スウェリン？」エヴァンが訪ねた。

ジャスティンはエヴァンの存在などすっかり忘れていたかのように、くるりと向きを変えてまじまじと彼を見つめた。「最後にイングランドに来てから？　ずいぶんになるんじゃないかな。去年の春？　忘れたよ。母さん、覚えている？」

「お父さんが三月にコベント・ガーデンでガラ公演をしたときに来たと思うわ」ミセス・スウェリンが淡々とした口調で答えた。息子から目を離そうとしない。

「ああ、そうだった」ジャスティンはほっとしたようだ。「そうだ、そうだ。思い出したよ」

「それ以来、来ていないんですね？」エヴァンが念を押した。ワトキンスがいぶかしげな顔をしていることに気づいた。

「記憶にあるかぎりでは」

「それではこの家にも来たことがないんですね？」

「ないに決まっているでしょう。なんだってぼくがこんな汚いところに来なきゃいけないんです？　それも父がいるっていうのに。父には近づかないようにしていたんです、信じてくださいよ」

「もちろんですとも、サー」ワトキンスの言葉にジャスティンは振り向いた。「この一週間の行動を説明してもらえますか？」

「ぼくの一週間の行動？　ぼくがミラノからリモコンで父を殺したとでも思っているんですか？」ジャスティンは口先だけで笑い、一度言葉を切ってから言った。「そういうことなんですね？　あれこれと尋ねるのは――これが事故だとは考えていないんだ」

「そのとおりです、サー」ワトキンスが応じた。「事故ではないと考える理由があります」

「それなら、もっと遠いところを探したほうがいいですよ、巡査部長。父の死を願う人間なら世界中に大勢いる。母とぼくは別ですけれどね。父にいらだつことは山ほどあったけれど、生きていてほしい理由もたくさんあった……たとえば、ふんだんな小遣いとかね」

「ミラノからいらしてお疲れでしょう」ワトキンスが言った。「今週の行動を残らず書いていただき、それを証明できる方の名前と住所も教えてもらえれば……」

ジャスティンが立ちあがった。「言っただろう」甲高い声だった。「ぼくには父を殺す理由がない。これっぽっちも。しつこく追いかけるのはやめてくれ！」

「わたしたちはまだ追いかけてはいませんよ、サー」ワトキンスは楽しげに応じた。「お父さんと関係のあるすべての人に同じ質問をしているだけです。彼を見送ってくれるかい、エヴァンズ？」

息子といっしょに帰ろうとミセス・スウェリンも立ちあがった。

「あなたはまだです、マダム」ワトキンスが言った。「あなたにはいくつか確認したいことがあります」

「でも、もう全部答えたと思いますけれど。わたしは本当にとても疲れているし、息子といっしょにくつろぎたい……」

「ひとつだけ答えてください」エヴァンが部屋に戻ってみると、ワトキンスがそう言っているところだった。「昨日は本当はどこにいたのですか?」

ミセス・スウェリンがぎくりとしたのがわかった。「どういう意味かしら? 言ったでしょう? ロンドンにいたんです。七時半の列車で帰ってきたのよ」

ワトキンスはエヴァンをちらりと見た。

「いったいなにが言いたいの?」

「ゆうべ七時半の列車はなかったんですよ、ミセス・スウェリン」エヴァンが答えた。「クルーでのポイント故障のせいで、一時間半遅れたんです。あなたがこの家に着いたとき、列車はまだバンガーにも着いていなかった」

「もう一度お訊きします、ミセス・スウェリン」ワトキンスが訊いた。「昨日はどちらにいらしたんです?」

「いいでしょう」彼女は大げさなため息をついた。「すぐに話していれば、こんな不愉快な思いをしなくてもすんだのにね。ロンドンから帰ってきたのは一日前で、昨日はスランディドゥノで友人たちといっしょにいました。アイヴァーに知られたくなかったんです。彼はその友人たちのことをよく思っていないので、どこかほかのところに行くときに合わせて会うようにしていたんです」

ワトキンスはメモ帳を開いた。「スランディドゥノのその友人たちの名前と電話番号を教えてもらえますか？」

「彼女たちはもうスランディドゥノにはいません。そこで会うのが都合がよかっただけです。自宅はチェシャーです。電話番号なら探せますけれど」

「スランディドゥノでの滞在先ですが——あなたの記録が残っているはずですよね？」

彼女が初めてうろたえたのがわかった。「わたし——自分ではサインしていないんです。書いてあるのは友人の名前です、もちろん」

「もちろんそうでしょうとも」

ワトキンスの尋問テクニックに対するエヴァンの評価は確実にあがっていた。物静かで穏やかな態度を崩していないのに、着実にミセス・スウェリンを揺すぶっている。

「本人確認をするのに使えるミセス・スウェリンの写真があったな、エヴァンズ？」

ワトキンスは彼女の頭越しにエヴァンに訊いた。

「はい、あります」エヴァンはポケットから写真を取り出した。

「それはわたしの個人的な所有物です。あなたたちにそんな権利は……」

「ご心配なく。丁寧に扱いますから」エヴァンが言った。「新品同様のままお返ししますよ。もっといい写真を提供してくださるのなら話は別ですが。これは少し古いものなので、いまのあなたとはいくらか違っているようですし」

「いいわ、持っていて。そんなものでたいしたことはできないでしょうしね」

「わたしはなにをすればいいですか、サー」エヴァンは尋ねた。

「スランディドゥノまでドライブしようと思うんだ——ミセス・スウェリンがいたと証言してくれる人間をホテルで探そう」

ミセス・スウェリンの顔が真っ赤になった。「本当にそんなことをする必要があるの？」

「本当のことを話しているのなら、なにも心配することなどありませんよね？」

「本当は……巡査部長、わたしはそこに……親しい知人といっしょにいたんです……既婚の親しい知人と。彼をこんなことに巻きこみたくないんです」

「その人の名前と住所を教えてください。秘密は守ります、マダム」ワトキンスが言った。「われわれはあなたのご主人を殺した人間を探しているんです。全面的に協力してくれますよね？」

「ええ、もちろん」

彼女はワトキンスが差し出した紙を受け取った。「彼の名前はジェームズ・ノートン。チェシャーに住んでいます。郵便番号はわからない……」

「電話番号を教えてもらえると助かります」

ミセス・スウェリンは手早く番号を書くと、紙をワトキンスに返した。「彼を巻きこむ必要なんて本当にないんです。彼は関係ないんです」

「いまも言いましたが、警察は秘密を守るように訓練を受けています」

彼女は疑わしげにワトキンスを見つめた。「わたしはもう行ってもいいのかしら？」

「いまのところは。ですが宿屋にいらしてくださいね。それから、わたしたちが尋ねたことにお答えくださるように息子さんにお伝えください」

「わかりました」

エヴァンは彼女を玄関まで送った。ワトキンスもついてきた。玄関ホールを歩きながら、彼女の視線が床をなめたことにエヴァンは気づいた。

「わたしの靴はどうなったのかしら？」さりげない口調を装っているのがわかった。

「靴？ ああ、指紋を採取するために鑑識官が持っていったんでしょう」

「靴を？」彼女は笑おうとした。「アイヴァーが女性のハイヒールで殺されたなんて、だれも考えてはいないでしょう？」

「通常の手続きなんです、マダム」エヴァンが言った。「疑わしいものはすべて調べなければなりません。いずれお返ししますよ。もう片方をどこに置いたのか、思い出しましたか？」

「どこだったかしら……」ミセス・スウェリンはあたりを見まわした。「グラディスが片付けたんでしょう。残っていたほうは見逃したのね」

ありえないと、エヴァンは思った。応接室のドアのすぐ外に転がっていた靴をグラディスが見逃すはずがない。

エヴァンは玄関のドアを開けた。「また連絡します」

「そつなく……やってくださるわね？」

「はい、マダム。そつなく対処します」

エヴァンは、車の脇に立つ息子のところへ足早に歩いていく彼女を見つめていた。

「あの靴はなにか妙だと思わないか？」ドアを閉めたエヴァンにワトキンスが問いかけた。

「わかりません。グラディスが戻ってきたら訊いてみましょう――昨日、靴を見かけたかどうか」

ワトキンスは腕時計を見た。「そろそろ着いてもいい頃なんだが。電話をかけて、何時頃になるのか確かめよう」

ワトキンスは書斎に入っていった。声が聞こえてくる。「いない？　住所は間違っていないだろうな？」

彼はしかめ面で戻ってきた。「留守だそうだ。巡査が何度かノックしたようなんだが」

「買い物に思ったよりも時間がかかっているのかもしれません」

「それとも、この件に関わるのがいやになったのか」

エヴァンはそうは思わなかった。グラディスは重要な証人としての自分の役割を楽しんでいたはずだ。

「近所の人に訊いてみたらどうでしょう。隣の家で事件について自慢げに語っているのかもしれませんよ」

ワトキンスはうなずいた。「そうかもしれないな。いいだろう、わたしたちはスランディドゥノの件を片付けることにしよう。なんとも意外な展開じゃないか。愛人に会いに行っていたとはね」そう言ってウィンクをした。「男について言えることは、女にも言えるというわけだ」

「彼女には夫を殺す動機があったということです」エヴァンが指摘した。「アイヴァーに愛人の存在を気づかれたが、離婚を拒否されたとしたら……」

「せっぱつまって、夫を排除しようとしたかもしれない」ワトキンスがあとを引き取って言った。

「凶器が見つかるといいんだが。それ以外に、彼女と犯罪を結びつける手段はなさそうだ」

エヴァンはうなずいた。「ぼくが話を聞いた人間のなかに、彼女がこっそり戻ってきたところを見た者はいませんでした。もちろん、まだすべての家をまわったわけじゃありませんが」

「それに〈エヴェレスト・イン〉に車を止めておいて、だれにも見られることなく歩いておりてくるのは難しいことじゃない」ワトキンスはため息混じりに言った。「実際、彼女は今朝、そうしていた」応接室のドアを開けて、なかに入っていく。「まだいたのか？　土曜日は手当が倍だとか？　それとも女房と行く週末の買い物から逃げているのか？」

「これから帰るところですよ、巡査部長」鑑識官のひとりがにやりと笑った。「隅々まで念入りに調べたつもりです」彼は、きれいにラベルを貼ったビニール袋でいっぱいのトレイを手にしていた。

「なにか役立ちそうなものは見つかったか？」

「これだけです」彼は小さな保存用袋を持ちあげた。一五センチほどの長さの黒い髪が一本入っている。「被害者のかたわらに落ちていました。もちろん彼のものだという可能性もありますからね。ですが彼の髪は癖毛なのに、これは直毛だ。それに彼のものより細く見える」

エヴァンの脳みそがぐるぐると回転を始めた。頭のなかに様々な光景が次々と映し出される……湖岸に引きあげたとき娘の顔に貼りついていた黒い髪。〝彼はわたしの恋人なんかじゃないから〟と、その娘がきっぱりと断言したこと。

エヴァンはポケットから写真を取り出し、ふたりの子供をまじまじと眺めた……いまよりもさらにほっそりしたジャスティンがカメラに向かって微笑み、その隣には黒髪に半分顔を隠した、恥ずかしそうなしかめ面の少女がいる。

エヴァンはワトキンスの腕をつかむと、かたわらに引っ張っていった。

「ミセス・スウェリンを追いかけて、娘さんに会いたいと言うべきです」

15

「それじゃあ、あんたはうまい具合に逃げてきたってわけだ、エヴァンズ巡査」その日の夕方、アイステズヴォッドの会場の駐車場でガソリン屋のロバーツが言った。「あんたなしで歌わなきゃいけないのかと思っていたよ」

「ぼくに同情してくれたみたいで、今夜は休ませてくれたんだ」エヴァンが答えた。

一張羅の黒いスーツとパリパリに糊(のり)付けした白いシャツに身を包んだ聖歌隊のメンバーは、いつもより真面目そうで気取って見えた。まるで育ちすぎた少年の集まりみたいだとエヴァンは思った。

「記者たちの数も減ったしね。ミセス・スウェリンから話も聞けないし、家のなかにも入れないとわかると、興味をなくしたらしい。なんとしてもあきらめないやつらがひとり、ふたり野宿しているだけだ。残りはカナーボンで警部補につきまとっている」

「それじゃあ、おれたちが耳にしたことは本当なんだな、エヴァン・バック」チャーリー・ホプキンスが近づいてきた。「彼は頭を殴られたんだって？」

「そのようだね、チャーリー。警部補がまだ公式に発表していないから、これ以上は話せないんだ」

「川岸や野原を捜索しているのを見たよ」パブのハリーが興奮をにじませながら言った。「凶器を探していたんだろうか？」

「そうかもしれない」エヴァンは答えた。「ぼくはただの村の巡査だからね。犯罪捜査には加わらせてもらえないんだ」

「冗談はよせよ！」肉屋のエヴァンズが親しげにエヴァンをつついた。「あの巡査部長とはいいダチじゃないか。あんたなしじゃ事件を解決できないことは、みんなわかってるんだ。だからこっそりとあんたを呼び出すんだってね」

「そんなことはないよ」エヴァンは落ち着かない気持ちで答えた。

「警察はなにもつかんでないってことだな。でなきゃ、あんたをここに来させるはずがないもんな」肉屋のエヴァンズはきっぱりと言った。「マフィアの殺し屋の仕業だってチャーリーの女房は考えてる。もう見つけたのか？」

「ぼくが知るかぎりではまだだ。いま捜査中だよ」

肉屋のエヴァンズは鼻を鳴らした。「捜査中！　容疑者を逃がしたときには、警察はいつだってそう言うんだ」

話題を変える潮時だろうとエヴァンは思った。「モスティンはどこだ？」

「パビリオンで会うことになっている。ほかの演奏を聴きたいらしい。あいつは根っからの仕事好きなんだな」肉屋のエヴァンズは言葉を切り、耳を澄ました。喧噪に混じって、男性聖歌隊が歌う『ハーレフの男たち』が風に乗って流れていた。「今日一日で『ハーレフの男たち』を一〇〇回は聴くことになるんだろうに」

エヴァンは微笑んだ。「モスティンは音楽が好きなんだ」

「音楽が好き？　あいつはそのために生きているみたいなもんだ」

「今夜ぼくたちが歌うことに賛成してくれてよかったと思うよ」死体を見たモスティンが真っ青になっていたことをエヴァンは思い出していた。「アイヴァーがいなくては、ほかの聖歌隊ほどうまく歌えないことはわかっているはずなのに」

一行は踏みしだかれた芝生の駐車場を出ると、メイン会場の参加者用入口で通行証を見せた。潮の香りがする海からの強い風が、垂れ幕や旗布をはためかせている。傾きかけた太陽がすべてのテントを赤く染めていた。周辺にずらりと並んだ食べ物の屋台から漂うおいしそうなにおいが、彼らを迎えた。汁気たっぷりのソーセージにオニオン・フライ、異国風の香りを放つカレー味のチキン・カバブ、フィッシュ・アンド・チップス、ドーナッツ、リンゴ飴、綿菓子といったものが、お腹を空かせた旅人たちを競うようにして誘っている。ウェールズ産のものだけを扱っている屋台もあった――湯気をあげるラムのシチュー、ラムチョップのグリル、海藻を使ったレイバーブレッド、地元のカキとカニのサンドイッチ、ウェールズのケーキやバラブリスといった地元の焼き菓子。

エヴァンはもう何週間もおいしいものを食べていないこと、それどころか今日はまともに食事すらしていないことをいやでも思い出した。歌い終わったら、フィッシュ・アンド・チップスを腹いっぱい食べようと決めた。それからブレインズのビールも。

手工芸が展示されているテントの前を歩いているときだった。突然、叫び声が聞こえてきた。〝地元のウールで作った手工芸品〟と書かれたパビリオンで小競り合いが起きているようだ。人混みの中央で振り回されている手が見える。エヴァンは警察官か警備員はいないかとあたりを見まわしたが、自分が行くべきだろうと考え直した。

そのテントに飾られていたのは、手編みのベビー服やセーター、アフガン織り、敷物といったたぐいで、泥棒やいたずら者の興味を引くようなものではなかった。エヴアンは集まっている人たちを押しのけながら進んだ。「みなさん、落ち着いてください。北ウェールズ警察です」エヴァンは声をあげた。「いったいなにごとです?」

「野生の猫みたいに喧嘩しているんですよ」年配の職員がはげた頭の汗をハンカチでぬぐいながら答えた。

「この人が始めたのよ」怒りに満ちた女性の声がした。

「あなたにわたしの真似をする権利なんてないでしょう!」別の声が言い返した。その声がだれのものか、エヴァンにはすぐにわかった。野次馬に引き留められている喧嘩中の野生の猫は、ミセス・パウエル゠ジョーンズとミセス・パリー・デイヴィスだった。

「あなたがたは恥ずかしくないんですか。牧師の妻でしょうが!」エヴァンはふたりのあいだに割って入った。

「もう我慢できません、エヴァンズ巡査」ミセス・パウエル゠ジョーンズが言った。「わたしは敬虔(けいけん)なキリスト教徒ですけれど、この女にはもう我慢の限界を超えました」エヴァンの腕をつかんだ。「見てください。ずうずうしくもこんなことをしたんですよ!」

彼女はタペストリーの作品でいっぱいのテーブルを示した。二枚の写真が並んでいる。一枚は〝カナーボン城〟E・パウエル＝ジョーンズ作というラベルがつけられ、もう一枚には〝夕暮れのカナーボン城〟J・パリー・デイヴィス作と書かれていた。

「ばかな女がカナーボン城のタペストリーを作ってるなんてこと、どうしてわたしにわかるっていうの？」ミセス・パリー・デイヴィスが言った。

「あなたがわたしをスパイしていたからに決まっているでしょう。あなたは、わたしがいつも居間で作業をしていることを知っていた。わたしはカーテンを開けたままにしていますからね」

「スパイしていたのはあなたじゃないと言えるのかしら？　わたしはいつも通りに面した我が家の居間で作業しているんですから」

「そうでしょうとも。あなたの家——コテージって言うべきかしら——は奥まったところになくて、外から丸見えですものね。でも言っておきますけれど、わたしはあなたの家のなかなんてのぞく気はまったくありませんからね。わたしはこのタペストリーにほぼ一年かけたんです」

「わたしはひと晩で仕上げたとでも言いたいのかしら？　わたしは一年以上これにかかりきりでした」

「あら、ずいぶんと手が遅いのね」ミセス・パウエル＝ジョーンズが言い返した。

ふたりがまた罵り合いを始めそうだったので、エヴァンは両手をあげて押しとどめた。「同じテーマでタペストリーを作ってはいけないという決まりはありませんよ。違いますか？　どちらがよくできているかの判断は、審査員に任せてはどうですか？」

「わたしのものは北ウェールズらしい繊細な色合いなのに、彼女のはカリブ海の夕焼けみたいなけばけばしい色を使っています」ミセス・パウエル＝ジョーンズが言った。

「あんな派手な色なら審査員の目を引くのは当然だわ」

「あら、ありがとう。わたしのもののほうが優れていると認めてもらって光栄よ」ミセス・パリー・デイヴィスが言い返した。

エヴァンは不安そうな顔の職員をちらりと見てから、しかめ面をふたりの女性に向けた。「こちらの男性が治安妨害であなたがたを訴えるというのなら、ぼくはこのふたつの作品を証拠として没収することになります。そうなると、あなたがたはどちらも審査を受けることができなくなりますよ」

「そんなこと……できません！」ミセス・パウエル＝ジョーンズの顔がレンガ色に染まった。

「もちろんできますよ」エヴァンは頬が緩むのをこらえきれなかった。「おとなしくすると約束してくれますか？　それともその写真を没収しましょうか？」

「とんでもないわ！」ミセス・パリー・デイヴィスはミセス・パウエル＝ジョーンズをにらみつけた。「嫉妬深い人真似女のせいで、わたしが勝つチャンスをどうして逃がさなきゃいけなんですか？」

「だれが人真似女ですって？」

エヴァンは二枚の写真を手に取ると、脇の下にはさんだ。「これを持っていってもいいんですか？　それともここから出ていって審査が終わるまで戻ってこないと約束してくれますか？」

「わかりましたよ、巡査」ミセス・パウエル＝ジョーンズがようやく答えた。「写真を戻してください。どちらが優れているのか、審査員が見ればわかることでしょうからね」

「ふたりとも先に出てください」エヴァンは言った。

ふたりは互いをにらみつけてから、あとも見ずにすたすたとテントを出ていった。

「ありがとうございます（ディオルフ・アン・ヴァウル）、巡査」職員はハンカチを胸ポケットに戻しながら礼を言った。「どうすればいいのか、困っていたところでした。どちらもまさに野生の猫のようで」

「わかります。ぼくはふたりと同じ村に住んでいますから」エヴァンはテントを出ると、聖歌隊のもとに急いだ。

大きめのパビリオンのひとつから拍手が聞こえてきた。なかをのぞきこんだエヴァンはその場から動けなくなった。ハープを抱えた若い女性がステージの上に座っている。長い金色の髪が金糸のように肩に広がっていた。ふわりとした濃い青色のスカートに包まれたその様は、まるで青い水たまりのなかに座る優美な白い妖精のようだ。エヴァンの心臓がどくんとはねた。ブロンウェンだと思った。だがすぐにそれが、見知らぬ若い女性であることに気づいた。

エヴァンは再び歩き続けたが、いま目にしたものと自分の反応に動揺していた。これまで意識したことはなかったが、ブロンウェンは美しい。あの若いハープ奏者と同じような異世界を思わせる雰囲気がある。通りすがりの人を振り向かせ、視線を奪うなにかがある……彼の心臓を飛び跳ねさせるなにかが。

エヴァンは期待をこめてあたりを見まわした。彼女がまだここにいる可能性はあるだろうか？　考えにくい。もうこんな時間だ。今頃は、学校の子供たちを連れて帰っているだろう。それにブロンウェンは、彼の歌をたいして聴きたがってはいなかった。彼がベッツィと無意味なデートをする約束をしたせいで、なにもかも台無しにしてしまったのだ。どうしてぼくはあんなばかなことをしたんだろう？　ブロンウェンが誤解して当然だ。帰ったらすぐに、デートは中止だとベッツィに言おう。みんなを喜ばせようとするのは、もうやめなくてはいけない。うまくいくはずがない。ブロンウェンを見つけて、そして……

幻覚を見ているのだと思った。人混みのなかを彼女が近づいてくる。長い三つ編みを肩に垂らし、赤いマントをなびかせながら歩く彼女は、まるで『赤ずきん』の絵本の挿絵のようだった。

「ブロン！」エヴァンは呼びかけた。

彼に気づいたブロンウェンの顔がぱっと輝いた。「エヴァン！　あなたがいるとは思わなかったわ。村であんなことがあったあとだもの」

「もうぼくは必要ないんだ。ヒューズ警部補が引き継いでくれたからね」

「引き継ぐってなにを？」ブロンウェンはけげんそうな顔になった。

「きみは聞いていないんだね。あれは事故じゃなかったんだよ。だれかがアイヴァー・スウェリンを殺して、事故のように見せかけたんだ」

「まさか！　強盗の仕業なの？」

「違う。なにも盗まれていなかった。盗むだけの価値のあるものはなにもなかったんだ。高級なものは全部イタリアに置いたままだったから」

「警察は犯人の目星がついているのかしら？　というより、だれの仕業なのかあなたには心当たりがあるの？」

「考えていることはある。だがいまのところ警部補は、マフィア説を取りたがっているんだ。インターポールから電話がかかってくると、重要人物になった気になるらしくてね」そう言ってエヴァンが笑うと、ブロンウェンも微笑み返した。「きみがいてくれてうれしいよ。てっきり、子供たちを連れて帰ったんだと思っていた」

「お父さんのひとりがバンで連れて帰ってくれたの。わたしはもう少しここに残って、展示を見たかったのよ……それに歌も聴きたかったし」

「ぼくたちの歌には期待しないでほしいね。アイヴァーなしでは、コベント・ガーデンのようなわけにはいかないよ」

「心配いらないわ、耳栓を持ってきたから」ブロンウェンが笑顔で言った。

「歌のあとで、なにか食べないか？　それから少しぶらぶらして」

ブロンウェンはうなずいた。「いいわね——あなたにロック・コンサートでベッツィと会う予定がないのなら」

「ロック・コンサート？　そんなのはおとなしすぎるね。ぼくたちはレイブしか行かないんだ」エヴァンはそう応じてから、真面目な顔で言った。「ベッツィのことは悪かった。ぼくはただ、彼女を傷つけたくなかっただけなんだ。わかっているだろう？」

「ええ、わかっているわ。ボーイスカウトのエヴァンですもの」

「ぼくだって進歩しているんだよ。ついいましがた、口を閉じて、おとなしくするようにとミセス・パウエル＝ジョーンズに言ったばかりだ」

「エヴァン、嘘でしょう！」

「本当さ。あんなに楽しいことはなかったよ」

ブロンウェンはエヴァンの腕に自分の腕をからませた。「これからコーラスのパビリオンに行くの？」

「行かないとね。もうすぐ出番なんだ。ぼくがいないと、モスティンが怒るだろうな」

「一緒に行くわ」

会場の中心部は人であふれていた。新たなイベントが始まると、観客がテントからテントへと流れていく。メインのパビリオンのひとつで行われていた子供のダンスチームの発表が終わったらしかった。髪に花を飾り、全身を白い衣装で包んだルネサンス時代の絵画の小さな天使のような一二人の子供たちがテントから走り出てきた。

「もうホットドッグを食べてもいい？」子供たちがお目付役に尋ねている。

エヴァンとブロンウェンは笑みを交わした。

「ベッツィのことでは、過剰に反応してごめんなさい。わたしは不安なんだと思う。きっと、結婚に一度失敗しているせいね」

「きみが不安になる理由はないんだ」エヴァンは言った。「ぼくは信頼できる男だし――」

けたたましい声が彼の言葉をさえぎった。「エヴァン・エヴァンズ！　まあ、あなたなのね！」

若い女性が彼に抱きついてきたかと思うと、思いっきり唇にキスをした。

16

「マギー！」娘がようやく顔を離すと、エヴァンはあえぎながら言った。「ここでなにをしているんだ？」

「ダンスチームのお目付役をしている友だちの手伝いよ」彼女はうれしそうな笑顔のまま答えた。「子供たちを監督する手助けをしてほしいって言われたから、楽しそうだと思って来てみたの。たまには、スウォンジーじゃないところに行くのもいいものでしょう？　芸術に興味を持てるかもしれないし」彼女はカールをつけた黒髪を指でかきあげた。「あなたはいまどこにいるの？　まだあの人里離れた小さな村にいるわけじゃないわよね？」

「いいや、いまもあそこにいるよ」

「北ウェールズに戻ったってあなたのお母さんから聞かされたときは、とても信じられなかったわ。いったいどうしてって言ったのよ。あそこには雨とひつじしかないじゃないの。あとはひつじのような人たちがいるだけ」

エヴァンは腕を叩かれるのを感じた。「紹介してくれるかしら、エヴァン？」

「ああ、ブロンウェン、もちろんだ。彼女はマギー・ポール。スウォンジーにいた頃の知り合いだ」

「スウォンジーにいた頃のとても親しい知り合いよ」マギーはブロンウェンの長い髪と風になびくマントに目を向けた。「あなたもなにかに出るの？」

「いいえ、応援しているだけ」

「まあ、その衣装を見て出るのかと思ったの」彼女自身はジーンズと、〝FOR RUGBY PLAYERS A TRY IS A SCORE〟と書かれたスウォンジー・ラグビー・クラブのスウェットシャツを身につけていた。

「こちらはブロンウェン・プライス」エヴァンは急いで紹介した。「スランフェア村の学校の先生なんだ」

「学校の先生？」マギーは首を振った。「あなたはメダルをもらってもいいと思うわ。毎日、あんなおちびさんたちに我慢しているんだもの。一度同じバスに乗っただけで、子供とわたしはうまくいかないって確信したわよ」マギーはエヴァンに笑いかけた。

「話をする時間はある？　わたしが連れてきた天使たちはなにか食べに行ったから、

わたしはしばらく自由の身なの。スウォンジーの話がいっぱいあるのよ。ラグビー・クラブのこと、聞いた？　プロになったんだから。最高のプレーヤーを抱えているわよ。どう思う？　もしあなたがあのままあそこにいたら、警察をやめてラグビーでひと財産築いていたかもしれないわね」

「それはないな」エヴァンはぎこちなく応じた。「ぼくはそれほどうまくない」

「あなたはすごくうまかったわよ。わかってるくせに」マギーはエヴァンからブロンウェンに視線を移した。「彼って昔から控えめすぎるのよ。それが数少ない欠点のひとつね。そうでしょう、エヴァン？」

「マギー、話をしたいのは山々だがぼくの聖歌隊がこれから歌うんだ。ぼくが行かないと、指揮者がひきつけを起こしてしまうよ」

「歌うの？　あなたが？　初めて聞いたわ！」マギーは声をたてて笑った。「あなたの歌は、ラグビーの試合の帰りのバスで一度聞いたきりよ。あんな歌、とてもじゃないけどアイステズヴォッドでは歌えないわよね」彼女はあたりを見まわすと、エヴァンに顔を寄せた。「これって、本当に退屈よね。なにもかもウェールズ語だし。わたしのウェールズ語がひどいものだって知っているでしょう？　だって――」

「いいかい、マギー、悪いがぼくは本当に行かなきゃならない」エヴァンが彼女をさえぎって言った。ブロンウェンの刺すような視線を感じていた。

「歌うのはそれほど長くかからないでしょう？　そのあとで飲みに行きましょうよ。ちゃんとした南ウェールズのビールを売っていたわ。よかったら、あなたもどうぞ、ミス・プライス」マギーが言い添えた。

「あら、ありがとう。でも遠慮しておくわ」ブロンウェンが応じた。「わたしは帰らないと。あなたとエヴァンは積もる話がありそうだし」

「帰らないでほしい、ブロン」エヴァンは言ったが、ブロンウェンは真面目な顔で首を振った。「こういう状況だと、三人は多すぎると思うわ」エヴァンが引き留める間もなく、ブロンウェンは人混みのなかに姿を消した。

「あら、いやだ。わたし、彼女を怒らせた？」マギーは驚いたような大きな目でエヴァンを見た。「そんなつもりはなかったのに――あなたと会えたことにあんまりびっくりして、話がしたかっただけなのよ。ビールのテントで待ってるわね？」

「きみがそうしたいなら」エヴァンは応じた。

聖歌隊のパビリオンに向かうエヴァンのうなじを汗が伝っていた。よりによって、どうして彼女が今夜ここにいなきゃいけないんだ？

「やっと来ましたね」エヴァンが聖歌隊の楽屋に入ると、暗がりから声がした。

「すみません、モスティン。古い友人に会って、引き留められてしまって」エヴァンは言った。「あなたは大丈夫ですか？」

「やり通せるかどうか、自信がありませんよ。ショックが大きすぎた。どうすればいいのか……」

「大丈夫さ、オースティン・モスティン」肉屋のエヴァンズが大きな手で、指揮者のか細い肩をつかんだ。「おれたちはあそこに出ていって、友人のアイヴァーのためにとびきりのパフォーマンスをする。そうだろう？」

返ってきた声は熱がこもっているとは言いがたかった。

「だが、いったいなにを歌うんだ？」ビリー・ホプキンスが不安そうに尋ねた。「ソロは全部アイヴァーが歌っていただろう？　そこをおれたちのハミングだけで埋めるわけにはいかない」

「前のプログラムに戻るしかないんじゃないか」ガソリン屋のロバーツが言った。

「いや、練習した歌でいきます」モスティンはひとことひとことを絞り出すようにして言った。「ソロパートはわたしが歌います」

彼は蝶ネクタイをまっすぐに直すと、ついてくるようにと合図をして舞台袖に向かった。

モスティンが緊張しているのが伝わってきて、エヴァンの緊張がさらに募った。今夜の出演をキャンセルしていればと思わずにはいられない。ここに来ていなければ、マギー・ポールが北ウェールズにいることを知らずにすんだのだ。まだ汗がひいていなかったし、ショックから抜けきってもいなかった。彼女の顔をありありと思い浮かべることができた。陽気な性格、まとまりの悪い黒い癖毛、大きな黒い目、よく回る舌。あんなことがあって、これだけの年月がたったというのに、彼女への思いがまだ残っているのだろうか？

ばかばかしい、エヴァンは心のなかでつぶやいた。彼女と会って一杯飲んだら、明日はブロンウェンにすべてを話そう。もっと早く話しておくべきだったのだ。互いの過去を隠していたのが間違いだった。

彼らの前の聖歌隊が、拍手と共に『夜もすがら』を歌い終えた。

「さて、みなさん」アナウンサーの声が大きなテントに響きわたった。「次はスランフェアのコール・メイビオンです。指揮はモスティン・フィリップス」

髪を撫でつけ、ぴかぴかに磨きあげた黒いブーツを履いた一行は、顔を汗で光らせながらステージにあがった。エヴァンの立ち位置はうしろの列だ。モスティンが指揮棒を構え、演奏が始まった。

最初の曲は予定どおり、『椿姫』の『乾杯の歌』だった。観客でいっぱいのテントに、彼らの澄んだ歌声は大きく、豊かに響き渡った。これほどうまく歌えたことはないとエヴァンは思った。そしてモスティンのソロパートがやってきた。こう歌ってほしいと彼らに教えるときにところどころ口ずさむことはあったが、彼がちゃんと歌うのを聴くのは初めてだ。ほかのメンバーにとってもそれは同じだったらしい。まっすぐ前を見ていなければいけないことも忘れ、互いに顔を見合わせたり、隣にいる者をつついたりしている。モスティンはいい声をしていた――アイヴァーのような力強さもつややかさもないが、高く甘いテノールだ。

エヴァンは思わず期待を抱いた。ひょっとしたら決勝に進めるかもしれない！　だがそのとき、モスティンは唐突に歌うのをやめた。

「すみません」モスティンは聖歌隊のメンバーと観衆の両方に向かって謝った。「だめだ、わたしにはできない。素晴らしい男がこのソロを歌うことになっていたんです……彼は無駄に命を落としてしまった。早すぎた――彼の代わりができるなんて考えたわたしが愚かでした。申し訳ありません……」モスティンは足早に舞台袖に引っこんでいき、聖歌隊は観衆のざわめきのなかぞろぞろとそのあとを追って舞台をおりた。

アナウンサーが素早くマイクに近づき、くわしい事情を説明した。「ミスター・フィリップスと聖歌隊のメンバーがいまどんな気持ちでいるのか、わたしたちにもよくわかっています。心からお悔やみを申しあげます。音楽界とウェールズは偉大な人物を失いました」

エヴァンはほかのメンバーたちといっしょにテントの外に出た。太陽は沈み、半分開いているほかのテントやブースから明かりがこぼれている。かわいらしい子供たちの歌声やハープやフルートや太鼓の音、薪が燃えるにおいやなにかをあぶっているにおい、炎の光、はためく旗、そういったものすべてが中世のような雰囲気を醸し出していて、エヴァンは非現実的な感覚に襲われた。

腕をつかまれるまで、ワトキンスがそこにいることに気づかなかった。「残念だよ。きみの歌を楽しみにしていたのに」

「ここでなにをしているんです、巡査部長？」エヴァンは現実に引き戻された。

「きみを探していたんだ。妻が自白したことを知りたいだろうと思ってね。いま警部補といっしょにカナーボンにいる」

エヴァンは体を凍りつかせた。「ミセス・スウェリンが？　殺人を犯したと認めたんですか？」

ワトキンスはうなずいた。「カナーボンに来たんだよ。いたって冷静だった。〝家族と友人が巻きこまれる前に、すべてを話すことに決めました。わたしが夫を殺したんです〟と言った」

エヴァンは唖然としてワトキンスを見た。「確かにいたって冷静ですね」

「それにたいした女優だよ。動機も機会もあったとはいえ、わたしは彼女の犯行じゃないことに年金を賭けてもいいと思っていたくらいだ」

「ぼくもですよ」エヴァンはうなずいた。「彼女が夫に銃を向けるとか、少しずつ毒を飲ませるというのなら想像できます。でも頭を殴る？　凶器になにを使ったのかは聞きましたか？」

「わたしが向こうを出たときは、まだなにひとつ話してくれていなかった。警部補がいつものやり方で尋問したら、これからも話さないだろう。きみはここまで自分の車で来たのか？」

「そうですが、でも……」

「それなら、わたしのあとについてきてくれ」

「ぼくがカナーボンの本部に行くんですか？　警部補がぼくを呼ぶはずがないですよね？」

ワトキンスはくすりと笑った。「確かに。だがわたしが呼んだんだ。彼女のことを一番わかっているのはきみだから、きみを連れてくるべきだと言ったんだよ。どちらにしろ警部補はそれほど彼女の話に興味を持っているわけじゃないんだ。いまだにマフィア説にこだわっているからね。彼女がマフィアとつながっていて殺し屋を雇ったことを証明しようとしている。笑うなよ——いま警部補はそう考えているんだから。国をまたいだ犯罪に関わったことをヨーロッパで証言したくて仕方ないんだよ」

ふたりは会場の端までやってきた。「それじゃあ、向こうで会おう」ワトキンスが言い、エヴァンは自分の車に向かった。心臓が早鐘のように打っている。ミセス・スウェリンが犯人だった！　どうして彼女を疑わなかったんだろう？　彼女がぴりぴりしていることも、なにか隠していることも気づいていたが、〝友人〟の存在がそれを説明してくれた。彼女の釈明に納得したのだ。凶器が見つかっていない以上、彼女の犯行だと立証するのは難しかったはずだ。それなのになぜ、自ら告白する気になったのだろう？

エヴァンは駐車場から出ると、有料の橋を渡り、河口に沿ってポルスマドグに向かった。そこからカナーボンへの道は比較的平坦だ。自分が正しいことをしているのかどうか、エヴァンにはわからなかった。警部補の尋問に口をはさむのは、あまり賢明なことだとは思えない。ワトキンスは彼に来てほしがっているかもしれないが、警部補はさっさと帰れと言うに決まっているという気がした。だが一方で、ミセス・スウエリンの告白におおいに興味があるのも事実だった。

カナーボンの警察本部はがらんとして、いかにも勤務時間外という空気が漂っていた。半分だけ明かりが灯された廊下にふたりの足音が反響する。ワトキンスは取調室のドアをノックした。マティアス刑事が出てきた。「あわてなくてもよくなった」彼はうしろ手で素早くドアを閉めた。「彼女は気が変わったんだ。弁護士に、自分が行くまでなにも話すなと言われたらしい。弁護士は、明日の朝ロンドンから来ることになっている。警部補は、今夜は彼女を家に帰すことにした」

エヴァンの驚いた顔を見て、彼はさらに言った。「いいんだ、彼女は保釈金を納めた。どこにも逃げないだろうし、ここには彼女のような人間にふさわしい留置場はないしね」

「彼女が有罪判決を受けたら、上流階級用の刑務所を作るのか？」ワトキンスは冷ややかに尋ねた。「それじゃあ、エヴァンが彼女と話をする意味はないということだな？」

「彼女を家まで送ってくれてもいいと警部補は言っている。同じところに帰るのだかららね。車のなかなら、口もなめらかになるかもしれないだろう？」

「喜んで送っていきますよ」エヴァンは言った。「ぼくのおんぼろ車でかまわなければ。村の巡査にパトカーは与えられていませんから」

「きみが彼女を家まで送ってくれれば、土曜の夜におれたちのだれかがあそこまで行く必要はなくなるわけだ」マティアス刑事が言った。「実を言えばおれはデートの約束があるし――」

「しまった！」エヴァンは額に手を当てた。

「どうした？」ワトキンスが聞いた。「きみもデートだったのか？」

「アイステズヴォッドで人と会うことになっていたんです。すっぽかしたと思われるだろうな」エヴァンはため息をついた。「仕方ない。いまさらどうしようもないですから」

「バード・ウォッチング仲間の女性かい？　彼女ならわかってくれるさ。警察官の暮らしがどんなものか、もう理解しているはずだ」

「いえ、彼女じゃないんです。スウォンジーの古い友人なんですよ。アイステズヴォッドで偶然会って、歌い終わったら会うことになっていた……」エヴァンはふたりがにやにや笑っていることに気づいて、顔をしかめてマティアスを見た。「……なにも言わなくていいです」

「こっそりと昔の恋人に会うのか？」ワトキンスはエヴァンに笑いかけた。「きみはいつも自分で自分の首を絞めるんだな」

「そういうんじゃないんですよ、巡査部長。スウォンジーの話を聞こうと思っただけです。これでもう彼女と連絡を取ることはできなくなりましたよ」そう言いながら、エヴァンはほっとしている自分に気づいた。マギーはスウォンジーに帰っていき、彼はここで自分の人生を続ける。二度と彼女のことを考えることはないだろう。

「それじゃあ、きみがミセス・スウェリンを送っていくと警部補に言ってきてもいいね？」マティアス刑事が尋ねた。

「ところで」エヴァンはふと思い出して聞いた。「グラディスはどうなりましたか？彼女は見つかったんですか？」

「いや、結局戻ってこなかったんだ。何度か訪ねてみたんだが。近所でも訊いてみた。だれも彼女の居所を知らなかったよ」マティアス刑事が答えた。

紅茶カップをふたつ載せたトレイを手にした女性警官が廊下を近づいてきた。「グラディスという人の話をしています？　老婦人ですよね？　グラディス・リーズ？」

「そうだ」ワトキンスが答えた。

「それなら、彼女がどうしているはずのところにいなかったのか、わたしがお教えできます。今日の午後、彼女に付き添って病院に行きましたから。プール・ストリートを渡るときに、車にはねられたんです。お気の毒に。いつもお年寄りがそういう目に遭うんですよね。彼女はお店が閉まる前に買い物をすませようとして急いでいたんです。それに目もあまりよくなかったんでしょうし。前にも見たことがあります。あの角は車がスピードを出しすぎるんですよ」

「それじゃあ、グラディスはいま病院に？」エヴァンが訊いた。「会いに行かないと――」

「その必要はありません」女性警官がさえぎった。「病院に到着してまもなく、息を引き取りましたから」

「意識はあったのか？　なにか言っていたか？」ワトキンスが鋭い口調で訊いた。

「なにについてですか？」女性警官はけげんそうだ。「はい、意識はありました。かなりしっかりしていました。なので、死んだと聞いて驚いたくらいです」

「轢いた車を見たんでしょうか？」エヴァンが訊いた。

「見ていないと思います。違うほうを見ていて、うしろからはねられたんです。ぬいぐるみみたいに宙を飛んだと、目撃した人たちは言っていました」

「車は止まらなかったんですか？」

「混雑していましたからね。轢いた車の運転手は、彼女は別の車に先にはねられたんじゃないかって言っています。たったいままでいなかったのに、次の瞬間にはボンネットにぶつかっていたそうです。とても動揺していました。気の毒に。あのあたりの土曜日の混雑ぶりはご存じでしょう？」女性警官は苦々しい表情になったが、すぐに悲しげな笑みを浮かべて言った。「冷めないうちに紅茶を持っていかないと、警部補に怒鳴られます。病院の救急救命室で訊いてみたらどうでしょう？　そこでなにか言ったかもしれません。でも、彼女がなにを言ったと考えているんですか？」

「もちろん、だれが彼女を殺そうとしたかだ」エヴァンはつぶやいた。

女性警官が取調室に入り、マティアス刑事がそのあとを追っていくと、ワトキンスはエヴァンをかたわらに連れていった。

「きみは、事故じゃないと考えているのか？」ワトキンスが訊いた。

エヴァンは肩をすくめた。「その可能性はあると思います。彼女は買い物をしようと急いでいたし、年寄りだったし、目もそれほどよくなかったでしょう。ですが、偶然すぎると思いませんか？　彼女には、何年も掃除をしていた家を見てもらうことになっていた。なにかがなくなっていたり、違う場所に置かれていたりすれば、すぐに気づくでしょう。それに彼女は、アイヴァー・スウェリンが死の直前にだれかと話をしているのを聞いています」

ワトキンスの目がきらりと光った。

「ほかにも興味深いことがあります――グラディスを家まで送っていくと、ミセス・スウェリンがすぐに申し出たことです。車のなかで彼女にあれこれと尋ねて、彼女がなにを知っているのかをつかんだのかもしれない」エヴァンは言った。

「すぐにだれかに調べさせよう」ワトキンスが言った。「わたしは病院に行って、事故が起きた正確な時間を突き止める。グラディスがなにか言い残したかどうかも確かめよう。明日になったらプール・ストリートで目撃者を探す。本当に別の車が先に彼女をはねたなら、見た人間がいるはずだ。もしもそれが大きな黒いベンツなら……」

「車ではねるのではなく、うしろから押すほうが簡単でしょう」エヴァンは言った。「土曜日のプール・ストリートは大混雑だ。グラディスのあとを追っていき、通りを渡ろうとする彼女の背後に立つ。大きな車が近づいてきたところで、彼女の背中を押せばいい。だれかに気づかれたら、自分もうしろから押されて前につんのめったと答えればすみます。だれかを殺すにはまったく危険のない方法です」

ワトキンスはうなずいた。「確かにそのとおりだ。まあ、ミセス・スウェリンが自白したいま、グラディスの証言は必要なくなったわけだが。それにしてもミセス・スウェリンは、自白するつもりなら、どうしてわざわざグラディスを消そうとしたんだろうか？」

「そのあとなにかがあって、気が変わったんでしょう。スランディドゥノの友人に、彼女のアリバイを作るつもりはないと言われたとか」

「なるほど。彼女はいやがるかもしれないが、明日恋人に話を聞く必要があるようだ。とりあえず、ミセス・スウェリンとの話が終わったかどうか、警部補に確かめてくる」ワトキンスが言った。「きみたちは帰りの車でゆっくり話をするといい」

エヴァンは横目でちらりと彼を見た。「やめてくださいよ、巡査部長。彼女がぼくの魅力に参って、なにもかもしゃべるとでも思っているんですか？　仮にそんなことになったら、彼女を強要したと弁護士が主張して、ぼくは困った羽目に陥りますよ」

「彼女から情報を聞き出せと言っているわけじゃない。罪のないおしゃべりでも、なにかわたしたちの知らないことを教えてくれるかもしれないだろう？」

「ミセス・スウェリンはうっかりなにかを漏らすようなタイプじゃないと思いますね。浮気していることを夫に隠し通していたんですから」

「そうかもしれないし、そうじゃないかもしれない。妻の浮気に気づいたせいで彼は殺されたんじゃないかと思い始めているところだ。とにかく、朝になればわかる。彼女が弁護士に黙っていろと言われていなければだが」

ワトキンスは取調室に入っていき、固く口を結んだ青い顔のミセス・スウェリンを連れて出てきた。黒っぽいスーツに実用的な黒い靴という装いだった。ミセス・スウェリンはどんなときでも本能的にふさわしい服装ができる女性なのかもしれないとエヴァンは思った。囚人の制服を着ることになれば、さぞ辛い思いをするだろう。

「家まで送ってくださるなんて、親切なのね」車のドアを開けたエヴァンに彼女が言った。

「こんな車ですみません。あなたのベンツにはおよびもつかなくて」

エヴァンはエンジンをかけた。車が町を出て、暗い田園地帯を走っていくあいだ、ミセス・スウェリンはしゃんと背筋を伸ばして、まっすぐ前を見つめていた。長いあいだ、どちらもなにも言おうとはしなかった。やがて彼女が口を開いた。「娘をここに呼んだんですね。どうしてあなたがそんなことをしたのか、わたしには理解できません。なんの役に立つのかしら——あの子はミラノにいたのに」エヴァンは黙ったままだった。きしむような音とともにギアを変えると、車はスランベリスの山道をのぼり始めた。

「あの子をこの件に巻きこみたくなかった。とても感情的な子だし……父親を崇拝していたから。さぞ辛い思いをするでしょうね」

「そうだと思います」

「あの子には本当のことを教えたくなかったのに。でも今頃は世界中のニューススタンドがこのニュースであふれているんでしょうね。ああ、マスコミなんて大嫌いよ。おかげでわたしの人生はめちゃくちゃ」

エヴァンはうなずいた。弁護にはいい路線かもしれないと思った。メディアの注目を浴びながらの生活とパパラッチに常につきまとわれるせいで、精神状態が不安定になったと主張すれば、どんな陪審員でも同情するだろう。

エヴァンが〈エヴェレスト・イン〉の駐車場に車を止めるまで、それっきりミセス・スウェリンはなにも言わなかった。

「明日の朝はあなたが迎えに来てくれるのかしら?」車の相乗りの手配をしているかのように彼女が尋ねた。

「弁護士が到着したら、警察が車をよこすと思います」

「そう」エヴァンが彼女のためにドアを開けると、彼女はため息をついた。「これから息子と顔を合わせなくてはいけないのね。気が重いわ」

「どうしてもその必要が生じるまで、なにも言わなければいいんじゃないですか」エヴァンは落ち着いた態度を崩そうとしない彼女が気の毒になった。美しい女性たちと写真に収まった夫を見ながら、彼女はどれほどの歳月、自分の本当の感情を隠してきたのだろう？

「息子とわたしのあいだに秘密はありません、巡査」彼女は冷ややかに告げた。「なにひとつ秘密を持ったことはありません」

ミセス・スウェリンは礼儀正しく会釈をすると、明かりのついた宿屋の入口へと歩いていった。

エヴァンは彼女の姿が建物のなかに消えるまで見送り、それから家に帰った。長い一日だった。

17

激しい雷の音でエヴァンは目を覚ました。残念だ。アイステズヴォッドの最終日に水を差されてしまう。雷はますます激しくなっていき、やがてエヴァンはそれがドアをノックする音であることに気づいた。

「ミスター・エヴァンズ？」ミセス・ウィリアムスのけたたましい声が雷に混じる。彼女はドアを開けると、なかをのぞきこんだ。「安息日に起こしたりしてごめんなさいね。休息と喜びの日なのに。でもあなたに電話なんですよ。緊急だそうですよ」

かなり早い時間らしいとエヴァンは思った。ミセス・ウィリアムスはまだガウンとスリッパという格好だし、彼女が六時を大幅に過ぎた時間まで眠ることはまずない。エヴァンは自分のガウンを手に取ると、彼女について電話のある階下に向かった。

「起こしてすまない。だが警部補に言われてね」ワトキンスの朗らかな声が受話器の向こうから聞こえてきた。「わたしが日曜日の朝六時半に起きなくてはいけないのなら、きみもそうしていけない理由はないからね」

「ありがとうございます」エヴァンは半分冗談のつもりで言った。「なにがあったんです？」

「ミセス・スウェリンが電話をかけてきたんだ。いますぐ話がしたいらしい。弁護士が来る前に。洗いざらい話したいのに弁護士に邪魔をされるのがいやなんだそうだ。心の重荷をおろしたいと言っていた。ホテルまで彼女を迎えに行って本部に連れてきてほしいと警部補が言っている」

「どうしてパトカーをよこさないんです？」エヴァンは文句を言った。「あれはぼくの車で、ぼくのガソリンなんですよ」

「申し立てをするんだな。わたしが思うに、きみをここに来させる口実なんだろう。警部補は認めたがらないだろうが、万一に備えてきみにいてほしいんだと思う」

「すぐに行きます」エヴァンは言った。「彼女は準備ができているんですよね？」

「そう言っていた。早くすませてしまいたいらしい」

「わかりました。着替えたらすぐに迎えに行きます。グラディスのことはなにかわかりましたか？」

「ゆうべきみが帰ったあと病院に行ってみたが、無駄足だった。手術室に運ぶ間もなく、ストレッチャーの上で死んだそうだ。だれも彼女と話をする時間はなかった」

「なにもわからないままということですね」エヴァンは老婦人の死を思い、こみあげる怒りを抑えこもうとした。

「なにかを目撃した人間を見つけないかぎりは。今日、だれかを現場に行かせるつもりだ。だれも見つからなければ、あまり展望は明るくないな――ミセス・スウェリンがグラディスのことも自白しないかぎりは」

「それも歓迎できませんね」エヴァンは受話器を置いた。自分の部屋に戻ろうとしたところで、前側の寝室のドアが開き、髪をくしゃくしゃにしたパウエル＝ジョーンズ牧師が顔をのぞかせた。

「こんな早朝にいったいなんの騒ぎだね？」

「すみません。たったいま緊急の電話がかかってきたんです」

「なんて身勝手な」牧師はつぶやいた。「今日はとりわけよく眠らなくてはいけないというのに。大事な日なのだよ――わたしにとって初めての吟遊詩人のコンテストがある。わたしは今日コンテストで勝って、吟遊詩人として認められるつもりだ。あの愚かなパリー・デイヴィスは発言を撤回することになるだろう」

エヴァンはキリスト教徒の寛容さについてなにか言いたくなったが、考え直した。

それでなくても人生は十分に複雑だ。

「スウェリンの死に関することなのか？」パウエル＝ジョーンズが訊いた。「彼らに家を貸したのが間違いだったのだ。だが妻がどうしてもと言い張ったし、なにか妙な考えに取りつかれたときの妻は、だれにも止められない」

それがどういうことなのか、エヴァンはよく知っていた。牧師が気の毒に思えたほどだ。「ごく近いうちに、家に戻れると思いますよ。あんなことがあったあとで、彼の家族があそこに戻りたいとは思わないでしょうから」

「わたしも戻りたいのかどうかわからない。妻は繊細な女性なのだよ、ミスター・エヴァンズ。暴力的な死のオーラは残ると妻は言っている……彼らに絨毯のクリーニング代を払うだけの礼儀があるといいんだが」

「きっと払ってくれると思いますよ。ぼくはもう行かなくてはなりません。ミセス・スウェリンが待っているんです。コンテストでの幸運を祈っていますよ」

「すべては神のお導きだ」パウエル＝ジョーンズ牧師はいかにもキリスト教徒らしく天に視線を向けた。「だれがその栄誉にふさわしいのか、神さまだけがご存じだ」

控えめな表情を浮かべてはいたが、それがだれだと考えているのかをごまかすことはできなかった。エヴァンはにやにやしながら自分の部屋に戻った。

「日曜日のこんな朝早くにあなたをベッドから引きずりだしてしまって、ごめんなさいね」この三〇分のあいだにエヴァンに謝ったのは、マーガレット・スウェリンで三人目だった。「でももうとてもこれ以上、待てなかったの。ゆうべはほとんど眠れなかったわ」その言葉が事実であることを、彼女の様相が物語っていた。顔色は悪く、げっそりとやつれて一〇歳は老けて見える――それでも、身だしなみを整えることは忘れていなかった。丁寧に口紅を塗り、髪型もきちんと整えられている。

「残念ながら、まだ外に新聞記者が何人かうろついているんです」エヴァンは言った。できるかぎり近くに車を止めて、助手席のドアは開けておきました。あとはそこまで走っていくだけです」

「ありがとう。とても気が利くのね」ミセス・スウェリンは笑顔で応じた。「さあ、いいわ。行きましょう」

エヴァンが玄関の大きなドアを押さえているあいだに、彼女はマイクやカメラを押しのけながら素早く車に駆け寄った。いたって平然とやってのけたので、こういうことに慣れているのだとエヴァンは気づいた。エヴァンは助手席のドアを閉め、車に乗りこみ、しつこいフラッシュとマイクのあいだをゆっくりと進んでいった。

「とりあえずこれで、あの人たちから逃げられるわね」ミセス・スウェリンは座席の背にもたれ、目を閉じた。「記者なんて大嫌いよ」

カナーボンに着くまで、彼女はそれっきり口を開くことはなかったし、エヴァンも沈黙を破ろうとはしなかった。


ミセス・スウェリンが現われると、ワトキンスと話をしていたヒューズ警部補が顔をあげた。取調室は、公共施設でよく見られるくすんだ緑色の壁の小さな部屋だった。かつては窓があったようだが、いまはそこも緑色に塗られ、殺風景な中央の照明が部屋を照らしている。壁にかけられた大きな時計が、かちかちという音とともにリズミカルに時を刻んでいた。容疑者をリラックスさせられる場所とはとても言えない。

ワトキンスが立ちあがり、ミセス・スウェリンのためにテーブルの反対側の椅子を引いた。エヴァンはドアの前に立ったまま、出ていけと警部に言われるのを待った。だが予想に反して、警部はこう言った。「なかに入ってドアを閉めてくれたまえ、エヴァンズ。始めようじゃないか」

エヴァンはドアを閉めると、予備の椅子がなかったのでドアの脇に立った。ヒューズ警部補はテーブルの真ん中に置かれていたテープレコーダーに手を伸ばした。「わたしはゲラント・ヒューズ警部補。ここは取調室Bで、ワトキンス巡査部長とエヴァンズ巡査が同席している。現在、八月二日、日曜日の午前七時一〇分。フルネームをおっしゃってください」

「マーガレット・アン・スウェリンです」

「ミセス・スウェリン、最初に確認しておきたいのですが、あなたはご自分の権利を聞いていますね？　弁護士を同席させる権利があるということも？」

「はい、聞いています」ミセス・スウェリンは淡々と答えた。

「あなたがこの部屋で言ったことは、今後の裁判であなたの不利になる証拠として使われることがあるとわかっていますか？」

「わかっています」

「それでも、弁護士の到着を待ちたくないと言うのですね？」

「はい。起きたことすべてを自分の言葉で説明したいんです。弁護士はただ、それをやめさせようとするだけでしょうから」

「いいでしょう。では、始めましょう」警部補が言った。「今週あったことを話してもらえますか？　金曜日の夜にご主人が亡くなったことに関して」

「わかりました」ミセス・スウェリンは落ち着いているように見えた。「火曜日の朝、ロンドンに行きました」

「その目的は？」

「弁護士に会いに行ったんです。離婚の手続きについて知りたくて」

「ご主人はそのことを知っていましたか？」

「話はしました。でも、わたしが本当にそうするとは信じていませんでした。わたしはいままでにも、我慢できなくなってそう言って脅かしたことが何度かあったんです」

「今回は本当にそうするつもりだったんですか？」ヒューズ警部補が穏やかに尋ねた。

「わたし……わかりません。しなかったかもしれません。アイヴァーは人を説得するのがとても上手だったので」

「ともあれ、あなたは火曜日にロンドンに行った。弁護士に会ったのはいつですか？」

「水曜日の朝です」

「ですが、戻ってきたのは金曜日でしたね？」

ミセス・スウェリンは自分の手を見つめた。「スランディドゥノに友人を訪ねていったことは、こちらの警察官の方々にお話ししました。木曜の夜はそこに泊まったんです」

「それは男性の友人ですか？」警部補はすでに知っているにもかかわらず、初めて聞いたかのように確認した。

「そうです」

「ご主人はあなたがまだロンドンにいると思っていたんですね？」

彼女はうなずいた。

「はいか、いいえで答えてもらえますか？」

「はい」彼女はテープレコーダーに向かって、素っ気なく答えた。

「戻ってきたのはいつでしたか？」ヒューズ警部補は質問を続けた。

「金曜日の夕方です。わたしの……友人がバンガーまで車で送ってくれて、そこからタクシーに乗りました。六時ちょっと過ぎに帰宅してみると、アイヴァーはひどく酔っていたんです。離婚について、あれこれ考えていたようです。なにがあってもわたしとは別れないと言われました」彼女は言葉を切り、ありもしない髪を顔からはらった。「わたしをもっと大切にしてくれたら、離婚はしないと答えたんですが、それがよくなかったようです。彼はお酒を飲むと、気性が荒くなるんです。わたしを甘やかしすぎたと彼は言いました。わたしに必要なのは、したたかにひっぱたいてやることだって。いまからそうしてやるって。前にも殴られたことはあります——彼は自分の強さがわかっていないんです。病院に運ばれたことも一度ありました」ミセス・スウェリンは震えながら、大きく息を吐いた。「アイヴァーは手にグラスを持っていたので、それをテーブルに置こうとしてうしろを向いたんです。わたしはその隙を逃さず、ウィスキーのボトルで彼を殴りました」

「彼を殴った？」

「はい。後頭部を殴りました。やられる前に、やらなきゃいけなかったんです。わかってもらえると思いますけれど」

「強く殴ったんですか？」

ミセス・スウェリンはあわてたように言葉を継いだ。「しばらく気絶させようとしただけなんです。彼の酔いがさめるまで逃げていられるように」

「でも、思った以上に強く殴ってしまった？」

彼女はごくりと唾を飲んだ。「そうじゃないと思います。彼は酔っていたんです。だからよろめいて、あのいまいましい炉格子に頭をぶつけたんです。死んでいるってすぐにわかりました」

「口をはさむようですが、どうしてそのとき警察に連絡しなかったんです？」ヒューズ警部補が聞いた。

彼女は婚約指輪をしきりにいじっていた。スクエアカットの大きなエメラルドのついた指輪をくるくるとまわしている。「パニックを起こしたんだと思います。巻きこまれたくなかった。逃げ出したかったんです。なので裏口から家を出て、しばらく丘の上で隠れていました。あなたたちがやってきたのを見て、戻ってきたんです」

「ありがとうございます、ミセス・スウェリン」警部補が言った。

彼女が大きく安堵のため息をついたことにエヴァンは気づいた。警部補はワトキンスに向き直った。「いたって単純なように思えるね。ほかになにか訊きたいことはあるかね、巡査部長？」

「いくつかあります、サー」ワトキンスは座ったまま身を乗り出した。「ウィスキーのボトルは中身が入っていましたか、それとも空でしたか、ミセス・スウェリン？」

「わかりません。アイヴァーが飲んでいたんですから、空だったんじゃないかしら。気づかなかったわ」

「だとしたら、かなり軽かったはずですね。空のボトルでだれかを気絶させようとしたら、相当強く殴る必要がある」

彼女の顔がいらだたしげに引きつった。「それなら、完全に空だったわけじゃないのかもしれない。本当に気づかなかったんです」

ワトキンスはちらりとエヴァンを見た。「ご主人は飲んでいたとおっしゃいましたね。ボトルの蓋は閉まっていましたか?」

「わかりません……それが関係あるんですか?」

「蓋の開いたボトルで殴れば、あなたは全身にウィスキーをかぶっていたはずです」

「それなら、蓋は閉まっていたんでしょう」

「ぼくたちが見つけたとき、蓋は開いていました」エヴァンは言った。「絨毯一面にウィスキーがこぼれていた。あなたの服にもかかったはずですよ、ミセス・スウェリン。家を出ていく前に服を着替えたんですか?」

「いいえ……わたし……ウィスキーはかからなかったんです。彼は前向きに倒れたの。わたしから遠ざかるように」

「ご主人はどちらの手にグラスを持っていましたか?」エヴァンはそう尋ねたところで、自分は尋問すべき立場ではないことを思い出した。「すみません、サー」

ヒューズ警部補は手を振った。「いや、続けたまえ、エヴァンズ。ふさわしい質問だ」

「なんでそんなことを……もちろん右手です。アイヴァーは右利きでしたから」

「彼は炉格子に頭をぶつけたんですね?」エヴァンは質問を続けた。

「そうだと思います。一瞬のことでしたし、わたしはショック状態でしたから」

「ボトルはどうしました？」ワトキンスが訊いた。

「床……に置きました」

「指紋がついたまま？」

「いいえ、その前にぬぐいました」

「なにを使って？」エヴァンが追及した。

彼女は明らかにいらだった様子で、ふたりを交互に眺めた。「ハンカチです」

「そのハンカチはどうしたんですか？」

「ゴミ箱に捨てました」彼女は立ちあがった。「いいかしら、わたしはなにがあったのかを話したわ。彼を殺すつもりはなかった。自分の身を守っただけよ。どうしてこんなふうにしつこく追及されなきゃならないのかしら？」

「だれも追及などしていませんよ。われわれはただ、事実を整理しているだけです、マダム」ヒューズ警部補が言った。「ご主人の頭のどこを殴ったのか、教えてもらえませんか？」

「後頭部です」

「そして彼は前向きに倒れて、頭の前側をぶつけたんですね？」

彼女は熱心にうなずいた。「ええ、そうです」

「だとしたら、頭には二か所傷があることになりますね？」

彼女はためらいつつ答えた。「わたしはそれほど強く殴ったわけじゃないし、アイヴァーの頭は鉄みたいに硬かったんです。炉格子にぶつけた傷しか残っていないかもしれません」

沈黙が広がり、壁の時計がかちかちと時を刻む音だけが大きく響いた。

「ほかに訊きたいことは？」警部補がワトキンスを、それからエヴァンを見て尋ねた。

「六時ちょっと過ぎにタクシーで戻ってきたあなたを、村のだれかが見ていましたか？　通りにだれかいませんでしたか？」エヴァンが訊いた。

「わかりません」ミセス・スウェリンは険しい口調で答えた。「村の人たちがわたしたちをのぞき見したがるのは知っていますけれど、わたしはあの人たちがなにをしているのかなんて興味もありませんから。直接、訊いたらどうですか」

「バンガーからはどのタクシー会社を使いましたか、ミセス・スウェリン？」ヒューズ警部補がメモ帳から顔をあげて訊いた。「もう一度見たら、運転手はわかりますか？」

「いいかげんにして！」彼女は立ちあがった。「どのタクシーだって同じに見えるわ。

運転手だってそうよ」

「タクシーはどこで拾ったんですか？　だれだって、タクシーには駅から乗るものじゃないの？　もういいわ、気が変わりました。弁護士が来るまで、これ以上質問には答えません。あんまりだわ。罪を犯したわけでもないのに、犯罪者扱いするなんて。わたしは自分の身を守っただけなのに」

ヒューズ警部補も立ちあがった。「いまは七時二八分。取り調べは、ミセス・スウェリンの弁護士がロンドンから到着するまで中断する」テープレコーダーに向かって言うと、スイッチを切った。「カフェテリアにご案内しましょう、ミセス・スウェリン。紅茶を飲みながら待つことにしましょう」警部補は礼儀正しく彼女を部屋から連れ出した。

ワトキンスとエヴァンがその場に残された。ワトキンスは風船から空気が抜けるときのように、長々と息を吐いた。「面白かったじゃないか。彼女があの話を考えつくのに、どれくらいかかったと思う？」

「彼女の犯行じゃないという意味ですか？」

「わかりきったことだ。違うか？」

「はっきりしたことがひとつあります」エヴァンはゆっくりと言った。「彼女は、死体があった部屋を見ていない。聞いた話を元に話を作ったんです」

「だがなぜだ？　どうして自白なんてしたんだろう？」

「考えられる理由はふたつありますね。だれかをかばっているか、もしくは彼女は実は非常に頭がよくて、あえて愚かなふりをしているのか」

「それはどうしてだね？」

「彼女は自分が第一容疑者だということに気づいて、自白をしに来た。でもその供述は、彼女が犯行についてなにも知らないことを証明するものだった。なので、ぼくたちは彼女を解放する。このまま凶器が見つからなくて、犯行時刻にスランフェアに戻ってきた彼女を見た人間がだれもいなければ、彼女を捕まえることはできなくなります」

ワトキンスはうなずいた。「確かに。最初から頭のいい女性だとは思っていたんだ。だが、彼女が真犯人を知っていて、彼をかばうためにこんなことをしたとしたら？」

「彼ではなく彼女かもしれませんよ」

「彼女？」

「話を聞くまでは、娘を除外するべきではないと思います」

ワトキンスは顔をしかめた。「娘？　だが娘はミラノにいるんだぞ」

「最近は、ヨーロッパを行き来するのは簡単です。たいていはパスポートを調べることもないでしょう？　それどころか、ここととイタリアのあいだではパスポートすら必要ない」

「だがどうして娘が父親を殺そうと思うんだ？　父親を崇拝していたそうじゃないか」

「それは、ミセス・スウェリンがぼくたちにそう思わせようとしただけです。何度かそう言っていましたね」

「娘は父親をそれほど好きではなかったかもしれないと言っているのか？」

エヴァンは肩をすくめた。「彼女が来ればわかることです。ぜひとももう一度会いたいんですよ。会ったことがあるという気がするんです」

「湖に落ちた車に乗っていた娘か？」

エヴァンはうなずいた。「つじつまが合うと思いませんか？　父親がやってくる前に、ここがどういうところかを調べに来た。息子もいっしょに」

「とすると、娘じゃなければ息子だということになるな。彼は疑わしいと思っていたんだ。ずいぶん緊張していただろう？」

「確かにぴりぴりしていましたね。彼が本当にイタリアにいたかどうか、いつ確認が取れますか？」

ワトキンスはにやりとした。「イタリア警察はわれわれほど勤勉じゃないだろうからな。来年かもしれない。近いうちに連絡がなければ、わたしたちがイタリアまで車を飛ばす必要がありそうだ」

「きっと警部補が許可してくれますね」エヴァンも笑って応じた。

「娘が来れば、もっとくわしいことがわかるだろう。ふたりを別々に尋問して、話が食い違っているかどうかを確かめるのがいいだろうな」

「ミセス・スウェリンがどうして嘘をついたのか、それで説明がつきますね」エヴァンが言った。「母親は子供を守るためならどんなことでもするものでしょう？」

「身代わりに刑務所に行くことでも？　ありうるだろう」ワトキンスは考えこみながらうなずいた。「そうだな、ティファニーを守るためなら、妻は走ってくる列車の前に身を投げ出すだろう。だがわたしでも同じことをするだろうから、なんの説明にもならない」

ワトキンスは恥ずかしそうにエヴァンに笑いかけた。「行こうか」ドアを開けながら言う。「紅茶を飲みたくてたまらないよ。日曜の朝は妻が起きてくれないから、朝食抜きで出てこなくてはならなかったんだ」

「厳しい人生だ」エヴァンは素っ気なく応じた。

ふたりは人気のない廊下を歩いた。

「そういえば」待合室に通じる両開きドアまでやってきたところで、エヴァンが口を開いた。「まだ調べていない人間がひとりいます——彼女の恋人です。彼には動機も機会もあった。バンガーまで車で送ってもらったと彼女は言っていました。彼がここまで来ていたとしたらどうでしょう？　アイヴァーと会って、彼女と離婚するように迫ったのかもしれない。口論になって、彼がアイヴァーを殴ったとしたら？　この二人の人間の声を聞いたとグラディスは言っていましたよね？」

ワトキンスはメモ帳を取り出した。「調べてみる価値はあるな。どちらにしろ、今日会う人間のリストには入っていたんだ。彼の話がミセス・スウェリンのアリバイを裏付けるものかどうかを確かめるために。よし、午後に会いにいくことにしよう。だがまずはふたりの子供たちだ。ふたりの仲がどういうものなのか、わからないだろう？　ひょっとしたら自分を守るために、喜んで相手に罪を着せようとするかもしれない。それに実は、ほかにも考えていることがあるんだ」ワトキンスはカフェテリアの入口の両開きドアを押し開けながらエヴァンを振り返った。「もう一度あの家を調べようと思っている。一度捜索はしたんだが、凶器らしいものは見つからなかった。でもわたしはもう一度見たいんだ。とりわけ、妻の持ち物をね。証拠になるような手紙かなにかが見つかるかもしれないだろう？」

「警部補が調べさせてくれますかね？」

「いまから頼むよ。家が捜索されると知ったときのミセス・スウェリンの反応を見たいからね。わたしの代わりに、紅茶とロールパンを頼んでおいてくれるかい？」

18

警察署の外に車を止めたエヴァンは、日曜日の朝食のにおいがあちらこちらの開いた窓からスランフェアの大通りへと流れていることに気づいた。彼は大きくため息をついた。数週間前であれば、彼自身がベーコンと卵とソーセージ、そしてときには揚げパンの朝食を楽しんでいただろう。だがいまは、ミセス・ウィリアムスの家に帰っても無駄だ。彼女は今頃、パウエル＝ジョーンズ牧師に説教前のプルーンとミューズリーの朝食を準備しているだろう。

牧師たちは今朝もいつもどおりの礼拝をしているのだろうかとエヴァンはいぶかった。今日はふたりともアイステズヴォッドのコンテストに出ることになっている。今朝はきっと喉を使いすぎないようにしているだろう。

ワトキンスの車が彼の隣のスペースに止まった。「いいにおいがするじゃないか」降りてきたワトキンスが言った。「妻が健康食品に凝る前のことを思い出すよ。このあたりの人間はコレステロールを気にしないみたいだな？」

「ここの住人の多くは農場で働いていますからね。晴れの日も雨の日も毎朝五時から農場に出ていれば、そんなことはたいして問題じゃないんだと思いますよ」エヴァンは厚い雲に覆われた空を見あげた。山頂は隠れ、雲の先端が谷の奥深くまで忍びこんでいる。空気はじっとりしていた。年配の村人たちが〝ぼやけた朝〟と呼ぶような天気だ。おそらく、じきに雨になるだろう。

「わたしもちょっと腹が減ったよ」ワトキンスが言った。「ここらにカフェはないのかな？」

エヴァンは首を振った。「〈エヴェレスト・イン〉で食事はできますが、あなたやわたしが払いたいと思うような金額じゃないですから」

「残念だ。まあいい、さっさと家を調べたら、バンガーのラウンドアバウトにある宿屋に寄ることにしよう。おいしいフライ料理を出すんだ」

「ぼくも一緒に行きますよ」エヴァンが言った。

「きみはいいだろう。面倒見のいい女主人がいるじゃないか」

「牧師が一緒に暮らすようになってからはだめなんです。いまは低脂肪の自然食品ばかりなんですよ」エヴァンが顔を輝かせた。「今回の事件でひとついいことがあります。スウェリンたちは出ていくでしょうから、パウエル＝ジョーンズ夫妻は自分の家に帰ることができる……ぼくは自分の部屋と朝食を取り戻せます」

「そう言われてみれば、いまのきみは以前と違って弱々しいね」ワトキンスはくすくす笑った。

エヴァンはあえてなにも言わなかった。

「記者たちはようやくあきらめたようだな」警察のテープをまたいで、パウエル＝ジョーンズ家の私道を進みながらワトキンスが言った。

「いまは〈エヴェレスト・イン〉の外で陣取っていますよ。だれもここを見張っていないことを祈りましょう。でないとまた一斉に戻ってくるでしょうから。かわいそうに、ミセス・スウェリンはさぞ大変な人生を送ってきたんでしょうね。精神状態が不安定になったとしても、無理ないですよ」

ワトキンスはうなずいた。ドアの鍵を開ける。その家は冷たく湿ったにおいがした。血液のサンプルを採取するために使った化学薬品のにおいもかすかに残っている。

「ぞっとするね」ワトキンスがつぶやいた。「どうしてヒーターを入れていたのかがわかる。ここはまるで墓地みたいだ」あたりを見回しながら言う。「弁護士が来るといけないから、二階の寝室から始めよう」

「捜査令状はあるんですよね？」

「あるが、弁護士がどんな風だかきみも知っているだろう？　とにかくしゃべりまくるんだ。きみは左側の部屋を頼む。わたしは右側を調べる」

二階には四つの寝室があった。ふたつは手つかずのままで、そのうちのひとつをアイヴァー・スウェリンが使っていたことは間違いない。オペラの舞台や、州知事や映画スターや著名人といっしょに写したアイヴァーの写真が、山のように飾られている。テーブルや化粧台の上にはテープとCDが散乱していた。エヴァンはざっとタイトルを眺めた。アイヴァー・スウェリン、ワーグナーを歌う……ヴェルディを歌う……スウェリンとパヴァロッティ、パリコンサート。個人のテープもたくさんあって、はっきりした文字でタイトルが記されていた。〝五月二八日　リハーサル。うまく歌えた『リゴレット』のアリア〞、〝五月三〇日、『道化師』の前のリハーサル〞彼は自分の歌声を聴くのが好きだったようだ。

机の上は書類の山だった。エヴァンは順番に目を通していった。ファンレター、劇場のプログラム、仕立屋からの請求書、会計士からの手紙――どれも、犯罪をにおわせるようなものではない。アイヴァーに多額の借金はなかったようだ。女性からの手紙もない。唯一女性の痕跡を感じさせるのは、〝パパ、大好き〞という黒いクレヨンの文字が添えられた、家と家族と虹を描いた子供の絵だけだった。

エヴァンは、イタリアの消印がある封筒に気づいた。中の手紙に目を通していくうちに、彼の顔にゆっくりと笑みが浮かんだ。「ここです、巡査部長。面白いものを見つけました」

やってきたワトキンスに手紙を渡した。彼は読みながらうなずいた。

それはローマの法律事務所からのものだった。


貴殿が自叙伝を書かれるつもりであることが、我々の依頼人ラ・シニョリーナ・カーラ・ディ・マティーニの知るところとなりました。彼女の名前をその作品中で出してほしくないと、ラ・シニョリーナは強く望んでおります。作中で言及されるようなことがあれば、彼女のキャリアや国際的な評判に傷がつくおそれがあることをおわかりいただけると思います。貴殿が紳士として振る舞い、当該女性を辱めたりなさらないことを願っております。

万一貴殿がその自叙伝に依頼人を登場させることにした場合、われわれは出版を差し止める法的手段を取ったうえ、彼女の名誉を傷つけたことに対し、損害賠償を請求いたしますのでご了承ください。そのようなことになれば貴殿のキャリアにとっても有害であるうえ、金銭的にも大きな打撃になることはおわかりでしょう。

依頼人の願いを尊重するという確約をいただくため、我々のパートナーであるシニョール・アンジェロ・ロッシが、貴殿に直々にお会いする予定でおります。

「彼を脅していたというマフィアらしい男のことは、これで説明できるだろうか?」ワトキンスが訊いた。

エヴァンはうなずいた。「筋が通りますよね。彼らが送りこんだ男だったわけだ」

ワトキンスは手紙を折りたたむと、封筒に戻した。「これを早く警部補に見せたいものだ。ヨーロッパ中の警察官の半分を動員してマフィアの殺し屋を探させているのに、答えは最初からすぐ目の前に転がっていたんだから」

「アイヴァーの死とは関係ないようですね」エヴァンは言った。「彼らは合法的に目的を果たすことができたんですから。それで金を得ることも」

「送りこんだ男がアイヴァーにたたき出されて、シニョリーナは切羽詰まったのかもしれない」ワトキンスが考えこんだ。「アイヴァーは脅迫を恐れないときみは言ったね。彼女はもっと強硬な手段を取ることに決めて、次に送りこんだメッセンジャーが殺し屋だったとか」

「可能性はありますね。ですが殺し屋は、あんな雑なやり方はしないでしょう」

「なにか問題が起きたのかもしれないぞ。アイヴァーは大柄な男だ」

エヴァンはしばし考えたが、やがて首を振った。「ぼくはやはり、答えは家族のなかにあるような気がします。彼女たちは互いをかばいあっている。ミセス・スウェリンの部屋でなにか見つかりましたか？」

「なにもなかったよ。きみも見てみるといい。まるでホテルの部屋みたいだ――個人的なものがなにひとつないんだ。写真も手紙も」

「大切なものは〈エヴェレスト・イン〉に持って行ったのかもしれませんね。子供たちに電話をかけるとき、ひとりで二階にあがりましたよね？　そのあとで鞄に荷物をつめていた」

「つまり、なにか証拠になりそうなものは〈エヴェレスト・イン〉にあるということか？」ワトキンスは意味ありげな目つきをエヴァンに向けた。「たしかきみは、あそこの支配人をよく知っていたね？　少佐だったか？」

「ミセス・スウェリンの部屋に入れてもらえるように彼に頼めと言うんですか？」エヴァンは半信半疑で聞いた。

「わたしたちは彼女の所有物を調べる令状を持っている。そうだろう？」

「それは、この家に対してです」

「ホテルの従業員は部屋を出たり入ったりしているじゃないか。見つけたものを裁判で使うことはできないだろうが、われわれの勘が正しいかどうかはわかるかもしれない。彼女が自白しに来たのは、なにか理由があるはずなんだから」

「〝パパを殺すつもり〟と書いた手紙が見つかるとは思えませんね」エヴァンは素っ気なく言った。「それに彼女が頭のいい女性だということで、ぼくたちの意見は一致したはずです。証拠になるようなものがあったとしても、出頭する前に処分したでしょうね」

ワトキンスはうなずいた。「そうだろうな。それでも、女性は驚くほどいろいろなものを取っておくものだ。恋人からの古い手紙や子供が書いた手紙。なにか見つかるかもしれない」

「いいでしょう。探してみましょう」エヴァンは言った。「でもまずはここを終わらせてからですね」

ミセス・スウェリンの部屋はきれいに片付いていたが、いまここを使っている人間を思わせるものはなにもなかった。壁に飾られているのはどれも、明らかにパウエル

＝ジョーンズが選んだものだ——スコットランドの深い峡谷の上に立つ大きな牡鹿の絵、一九二一年と日付の入ったスレート鉱山で働く男たちの写真、かわいらしい子供たちに囲まれた感傷的なキリストの絵。エヴァンは部屋を見回した。

「ひとつ、わかったことがあります。玄関ホールにあったあの靴は、彼女のものじゃありませんね。あれだけの高さのハイヒールは一足もない」

「それならどうして自分のものだと言ったんだろう？」

「だれかほかの人間のものだと思ったんじゃないでしょうか」

「娘のことか？」

「鑑識が黒い髪を見つけましたよね？　家族写真に写っていた少女は黒髪でした」

「だが娘は父親を崇拝していた。ミセス・スウェリンは何度もそう言っていたぞ」

「強調していましたね」エヴァンはうなずいた。「いまここであれこれ推測しても無駄だ。違いますか？　時間のあるうちに、ほかの部屋も急いで調べましょう」

それから三〇分かけて調べたものの、なにも変わったものは見つからなかったし、凶器らしいものも見当たらなかった。家を出ると、外は風が吹き荒れていた。さっきまでの霧は激しい雨に変わっていた。

ワトキンスはコートの襟を立てた。「まったく夏は素晴らしいよ」

「アイステズヴォッドの最終日が台無しですね」エヴァンが言った。

「きみは今日は歌わないんだろう？」

「ええ、ありがたいことに。アイヴァーがいないわりには、ぼくたちの歌はそれほど悪くなかったと思うんです。それほど通る声ではないにしろ、本当にきれいだった。彼が途中で歌うのをやめていなければ、今日の決勝に残っていたかもしれません」

「気持ちはわかるね。友人を失ったばかりなんだから」ワトキンスは不意に動きを止めた。「あれはいったいなんだ？」

突然、あたりに響き渡った大声にエヴァンもぎくりとしたが、いまが日曜日の朝で、通りの向こうにあるベテル礼拝堂の窓が雨にもかかわらず開いていることに、すぐに気づいた。彼の顔に笑みが浮かんだ。「ああ、パリー・デイヴィス牧師が説教をしているんですよ。今夜のアイステズヴォッドのために、発声練習をしているみたいですね。吟遊詩人のコンテストに出るんです」

「わたしはあなた方に告げよう——神を知ることなく、神を愛することはできない。あなた方のだれが、本当に神を知っていると言えるだろうか？」

なんの前触れもなく、別の声が轟いた。「罪の報いは死だと聖書に書かれている！

わたしは洗礼者ヨハネと同じだ――荒れ野の声は叫んでいる。悔い改めよ！　悔い改めよ！」

その声はベウラ礼拝堂から聞こえていた。そちらもまたどういうわけか、この雨のなか窓が全開だ。パウエル＝ジョーンズ牧師も吟遊詩人のコンテストのために、喉を温めているらしい。ふたりの声が通りに反響し、雨音や風の音をかき消した。丘の中腹でこだました声が返ってきて、草を食んでいたひつじたちが驚いたように顔をあげた。

「なんとまあ」ワトキンスはコートの襟をさらに立てた。「日曜日ごとにきみはこれを我慢しなくてはならないのか？」

「ふたりの牧師が同じコンテストで勝ちたいと思っているあいだだけですよ」エヴァンがそう言っているあいだに、両方の窓が音を立てて閉じた。ふたりの戦いの第一ラウンドは引き分けに終わったようだ。

「母親が取り調べを受けているあいだ、息子はなにをしているんだろう？」そそり立つ〈エヴェレスト・イン〉に向かって歩きながら、ワトキンスが言った。「昨日は、わたしたちが母親をいじめると言って大騒ぎしていたのに、今朝は彼女を擁護するどころか、警察にも顔を見せなかった」

「そうでしたね。どこにも見当たりませんでした」

「傲慢で嫌な男だ」

「あるいはただ若くて、怯えていたか」エヴァンは言った。「なにか隠していることがあるのは確かです。その前にも、嘘をついていましたからね。ぼくはひと月前に彼を見ている。間違いなく彼でした。なのに彼はここには来たことがないと言った」

「なんだって？　あとは、数日前に彼を見かけた人間がいるといいんだが。ここにいるあいだに、ジャスティン・スウェリンと少し話がしたいね……だが警部補と母親の弁護士が同席したがるだろう」

「それなりの理由があれば、ちょっと話を訊くくらいはできたんでしょうが」

「じゃあ、それなりの理由を考えてくれ」

「ぼくに言わないでくださいよ。それでなくても、ミセス・スウェリンの部屋の捜索に手を貸したことが警部補に知られたら、困ったことになるんですから」

「残念だ。前にここに来たことをどう説明するのか、ぜひともジャスティン先生の言い分を聞きたかったよ」

「ぼくもです」

〈エヴェレスト・イン〉のドアマンがオーク材とガラスのどっしりしたドアを開けた。広々としたロビーは、やはりほとんど人気がない。ここの宿泊客は、昼間を無為に過ごしたりしないのだろう。

「なにも言わずに、ただ鍵を貸してほしいと頼むんだ」ワトキンスが言った。「フロント係が渡してくれなかったら、きみの友人の少佐を探せばいい」

フロントデスクにふたりが近づいていくと、係の娘が顔をあげた。

「あのう」ふたりが口を開くより早く、娘が言った。「ちょっとお話ししてもいいですか？」

ロビーにはだれもいないにもかかわらず、娘はもっと近くに来るようにとふたりを手招きした。「村の警察の人ですよね？」恥ずかしそうに小さくエヴァンに笑いかける。「今朝、ミセス・スウェリンを迎えに来たとき、あなたを見ました」

「彼はワトキンス巡査部長だ」エヴァンが紹介した。「ミセス・スウェリンの部屋から取ってきたいものがあるんだよ」

娘は再びあたりを見回した。「できたらその前に、話したいことがあるんですけど。話しておくって、オルウェンに約束したんです。オルウェンは三階担当のメイドなんです。このあいだそのことを話してくれたんですけど、ミスター・スウェリンが殺されたって聞いて――やっぱりそうだったって彼女が言うんです。彼女はなにもできないから、だれかがなにかしなきゃいけないって」

「きみがなにを言おうとしているのか、よくわからないんだが」エヴァンが言った。

娘はさらに顔を寄せた。「三二一号室の男の人なんです。一週間前から泊まっているんですけど、一度も部屋を出たことがないらしいです。一日中、窓から外を見ているだけなんですって。すごく気味が悪いって、オルウェンが言っていました。それに、照準器がついたライフルを持っているみたいなんです。ほら、すごく遠くからでも撃てるやつです。少佐に話したほうがいいのかどうかオルウェンは迷っていたんですけど、でもあたしたち、トラブルに巻きこまれたくなくて」

ワトキンスはエヴァンをちらりと見てから、フロントの娘に視線を戻した。「彼はなんという名前で泊まっている？」

娘は手元に視線を向けた。「フォレスターです。ロバート・フォレスター」

「三二一号室といったね？」

娘はうなずいた。ワトキンスとエヴァンはエレベーターに向かって走り、待ちきれずに引き返して、一段とばしで階段を駆けあがった。ワトキンスがその部屋のドアをノックすると、ぶっきらぼうな声が返ってきた。「部屋の掃除に来たなら、帰ってくれ。忙しいんだ」

「北ウェールズ警察です」ワトキンスがドアの向こうに呼びかけた。「いますぐ開けてください」

ドアを開けたのは、フクロウのような眼鏡をかけた、出っ歯で生真面目な感じの若い男だった。

「なんの用でしょう?」内陸部の抑揚のないアクセントで彼が訊いた。

「ワトキンス巡査部長とエヴァンズ巡査です。この部屋のことで、訴えがありまして」ワトキンスが言った。

「仕事中にメイドを部屋に入れなかったことですか?」

「その仕事というのは、どういうものですか?」ワトキンスが訊いた。窓の脇のテーブルの上やそのまわりに、アルミニウムの箱がいくつか重ねられている。窓には三脚が立てられ、長い筒のついたなにかが取りつけられていた。

「見ればわかると思いますけれどね」男はばかにしたように答えた。「ぼくはカメラマンです。これはカメラですよ」

「この部屋の窓は山に面していませんね」エヴァンが言った。「この窓から、いったいどんな写真を撮っているんです?」

あんたたちに関係ないだろうと男が言おうとしているのがわかって、エヴァンは先んじた。「お聞きになっているとは思いますが、村で殺人事件があったんです。その現場である家にカメラを向けている人間は、当然ながら容疑者ということになります」

男の顔が赤らんだ。「そういうことなら言いますが、ぼくはフランスの雑誌社で働いています。スウェリンの家を見張って、なにか面白いことがあったら写真を撮るために来たんです——わかるでしょう？　有名なテノール歌手と新しい恋人がウェールズで密会！」彼はポケットから名刺を取り出した。〝ロバート・C・フォレスター、《パリ・マッチ》〟

「それじゃああなたはここ数日、あの家を見張っていたわけですね、ミスター・フォレスター？」ワトキンスの声には抑えきれない興奮がにじみ出ていた。「なにか特筆すべきことはありましたか？」

「なにも。退屈なだけでしたよ」フォレスターはため息をついた。「火曜日に妻が出かけたときは、いよいよなにか起きるかと思ったんですが、セクシーな女性なんてひとりも来ない。こんな事件が起きていなければ、荷物をまとめて帰っていたところです」

「つまりあなたは、今週あの家を出入りした人間すべてを見たということですね？」

「二四時間見張っていたわけじゃありません。食事をしに下におりたり、煙草を買いに出かけたりもしましたからね。でもほとんどの時間はここにいました。特に夕方は」

「金曜日の夜はどうです？　だれかを見ましたか？」

「小型の赤いミニが来ました――あなたが乗っていたんですよね？」フォレスターはエヴァンに向き直った。

「そうです。八時一五分頃でした」

フォレスターはうなずいた。「それから警察官が大勢やってきた。それでぼくは電話をかけて、記者たちを呼んだんです」

「ぼくが来る前はどうでしたか？　七時か七時半頃は？」

フォレスターは首を振った。「だれも。その時間はだれひとり来ませんでした。六時頃であれば、煙草を買いに出かけたんですが……」

「いや、それは早すぎる。ミスター・スウェリンは六時過ぎまでまだ生きていたんです」

「ぼくは遅くても六時四五分には戻ってきて、外を見ていましたよ。それ以降は、西側の入口は静かなものでした」

「今週の始めはどうでしたか？」ワトキンスが訊いた。「見知らぬ人間が出入りしていたようなことは？」

「見たければ写真がありますよ。ここのバスルームで現像しているんです。掃除をさせなかったんで、メイドは気に入らなかったみたいですが」

彼は引き出しをあけて、数枚のコンタクトプリントを取り出した。「このあいだの週末に撮影を始めてから、あの家を訪れた人間全員が写っています」

ワトキンスはプリントを窓に透かした。エヴァンも一緒になってそれを眺めた。

「グラディスだ。郵便屋のエヴァンズに牛乳屋のエヴァンズ、肉屋のエヴァンズもいる」

「ずいぶんと刺激的な暮らしをしていたようだな」ワトキンスが言った。「これはだれだ？」

「モスティン・フィリップスです」エヴァンは小柄な男の写真をしげしげと見つめた。不安そうな、けれど断固とした表情を浮かべて正面玄関に続く通路を歩いている。

「今週は何度かアイヴァーと話をしに行っていますから」

「そうでした」フォレスターが言った。「何度か来ていましたよ。気取った男ですよね？　いつも蝶ネクタイをしているんだ！」

「ほかに変わった人間はいませんでしたか？　食料品や牛乳を届けていた以外の人間は？」

「若い男がいました。たしか水曜日だったと思います。それにかなり早い時間だった。そう、そのプリントです。そこに写っている。黒っぽいズボンをはいているでしょう？」

「これか」エヴァンは言った。「ジャスティン・スウェリンだ！」

19

「これで、ジャスティン・スウェリンに会いに行くふさわしい理由ができたじゃないですか」エヴァンが興奮した口調で言った。

「うってつけの理由ができたな」ワトキンスが同意した。「今回はジャスティンがどんな言い訳をするのか、これで聞きに行ける」

ワトキンスはフォレスターに言った。「差し支えなければ、しばらくこの写真をお借りしたいんですが。念のために、全部持っていったほうがいいかもしれない」

「お好きなように」フォレスターが言った。「ぼくにはなんの役にも立たないものですから。そのなかに殺人犯が写っていればべつですがね。だれかを逮捕するときには、あらかじめ教えてもらえますか？　ぼくも生活費を稼がなきゃならないんで」

彼はふたりを部屋から送り出した。

「フロントに電話をかけて、ジャスティン・スウェリンの部屋がどこなのかを教えてもらおう」ワトキンスは待ちきれないようだ。「嘘つきで傲慢な若者と対決するのが楽しみだ」

「落ち着いてください、巡査部長。ぼくたちが疑っていることを彼に悟られたくない。彼に好きなように話をさせて、そのあとでおかしな点を指摘するんです」

ワトキンスはうなずいた。

ジャスティン・スウェリンはたったいま起きたばかりのように見えた。髪はぼさぼさで、シルクのパジャマのボトムスとおそろいのシルクのガウンという格好だ。

「なんです？」ジャスティンはひどく退屈そうに目をくるりと回した。

「入らせてもらってもいいですか？」ワトキンスが訊いた。「いくつか、お訊きしたいことがあるんです」

「ぼくが父の死と一切関係ないことを信じてもらえるなら、かまいませんよ」彼はふたりが入れるように大きくドアを開いた。

「今朝は、お母さん――ミセス・スウェリンと会いましたか？」エヴァンは、ジャスティンがふたりに椅子を勧めたあと、ベッドにドスンと座りこむのを見ながら訊いた。

「見ればわかるでしょうが、ぼくはたったいま起きたところです。母とは朝食を一緒にとろうと思っていました……」エヴァンの表情からなにかを見て取ったらしく、ジャスティンは口ごもった。「なんです？　母になにかあったわけじゃないですよね？」

「彼女は今朝早く本部に電話をかけてきて、弁護士に口をふさがれる前にすべてを告白したいと言ったんです」ワトキンスは、ジャスティンの恐怖の表情を明らかに楽しんでいた。

「なんてばかなことを」ジャスティンがつぶやいた。「いったいなんだってそんなことをしたんだろう？」

「あなたがなにかご存じなんじゃないかと思ったんですよ」ワトキンスの口調はまだ楽しそうだった。

ジャスティンはいらだたしげに座り直した。「いいかげんにしてください。母が父を殺していないことは、あなただってぼくと同じくらいわかっているはずだ」

「どうしてわかっているはずだと思うんです？」

「母は血を見るのが大嫌いなんです。もし母が父を殺すつもりだったとしたら、頭を殴るのではなく、もっときれいな方法でやるはずだ。それに、母は父を愛していた。どれほど苦しめられても、それでもあの男を愛していたんです」

「でもあなたは愛していなかった？」エヴァンが確認した。

「嫌っていました。同じ部屋にいることすら耐えられなかった。父も同じでしたよ。

ぼくは息子としては世界一期待はずれでしたからね。音楽性のかけらもなく、ビジネスマンとしてもできそこないで、気弱で、人前に出るのを嫌う——父が望んでいた息子とはかけ離れていた。だから距離を置いたんです」

「何度かあの家を訪ねていたようですけれどね」エヴァンが言った。

「なんのことです？」

「あなたはあそこで目撃されているんですよ。二度」

「ばかばかしい！　人は勝手なことを言うんですよ。間違ったことばかりをね。だれがぼくを見たと言っているんですか？」

「ひとりはぼくです」エヴァンは彼がその意味を理解するのを待った。「それに今週の中頃にあの家に入っていくところを写真に撮られています」コンタクトプリントをジャスティンに差し出した。「これはあなたですよね、ミスター・スウェリン？　はっきり写っている」

「いまいましいパパラッチめ」ジャスティンはつぶやいた。「なんでも写真に撮るんだ」顔をあげた彼は穏やかな笑みを浮かべていた。「わかりましたよ、簡単なことなんです。金が必要だったんですよ。すぐに返さなきゃならない借金があった。会って頼めば母が金を貸してくれることはわかっていた。母はいつだってぼくには甘いんです。そこで、父が散歩に出かけるのを待って、こっそり家に入った。そうしたら、母は留守だったんです！　母の予定表を見たら、ロンドンに行ったことがわかりました。なのですぐに家を出て、急いで母のあとを追ったんです」

「会えたんですか？」

「ええ。シンプソンズで一緒に食事をしました」

「それから？」

「水曜日の午後には飛行機でミラノに戻りました。昨日の朝、またここに呼ばれましたけれどね。ぼくのマイレージは一気にたまりましたよ」

「あなたが金曜日にイタリアにいたことを証明してくれる人はいますか？」ワトキンスが訊いた。

「朝は使用人がいましたよ。午後はひとりで本を読んだり、のんびりしたりして過ごしました。七時頃にパンとチーズと果物の食事をして、九時にひどく取り乱した母から電話がかかってきたときには、家にいました。電話の記録は、そちらで調べられるんじゃないですか？　翌朝最初の列車でミラノに向かい、そこから一番早い飛行機に乗ったんです」

ジャスティンは緊張している様子もなく、ワトキンスたちがこれ以上の情報を持っていないこともなにひとつ立証できないことも感づいているかのように、自信に満ちた態度だった。

ワトキンスはエヴァンを見た。「それでは、その前にあの家を訪ねたときのことをお訊きします」エヴァンは言った。「ぼくは、ご両親がここに来る前にあなたを二度見かけています。最初は、あなたが若い女性と言い合いをしているときだった。彼女が、〝やめてよ、ジャスティン〟と叫んだのを聞きました」ジャスティンの表情は変わらなかったが、喉仏がごくりと上下したのが見えた。「同じ日に湖のほとりでもう一度あなたを見ましたよ。車が湖に落ちる前に」

今回は即座に反応が返ってきた。「車が湖に落ちた？　どの車です？」

「ご存じだと思いますがね、サー。あなたはその車のすぐうしろに立っていた。その直後に車は湖に落ちたんです」

「きみがなにを言っているのか、ぼくにはさっぱりわからない」ジャスティンの声が甲高く、張り詰めたものになった。「ぼくが車を離れたとき、彼女は普通にしていた。どうしても彼女が納得しないから、ぼくは車を降りたんです。彼女を残して、森を歩いて帰った。そのときは車はなんともなかったんだ。彼女は無事なんですよね？」

「運がよかったんです」エヴァンは答えた。「車が深みに沈む前に、ぼくが彼女を助け出しました。なにがあったのか、彼女は話してくれなかった。だれかをかばっていたのかもしれない——あなたを。殺人未遂は、実際に行われた殺人と同じくらい重罪ですからね。いまのあなたにはその両方の容疑がかかっているんです」

ジャスティンはため息をついた。「わかりましたよ。もうこんなばかげたことは終わりにしたほうがよさそうだ。ぼくはいままで、正直に話していませんでした」

「そうなんですか？」ワトキンスは快活な口調を崩そうとはしなかった。

ジャスティンの顔を苦痛の表情がよぎった。「そうです、巡査部長。ぼくがやりました」彼は両手を突き出した。「手錠をかけてください。ぼくを逮捕して、権利を読みあげて、なんでも必要なことをすればいい。白状しますよ。ぼくが父を殺したんです」

一時間後、ジャスティンはさっきまで母親がいた緑色の壁の部屋にいた。ワトキンスとエヴァンが、シャワーを浴びて着替えた彼をカナーボンの本部まで車で連行したのだ。ジャスティンは、まだ濡れたままの髪をうしろに撫でつけていた。黒いタートルネックと黒のジーンズという格好の彼はまるで、悲劇の若い詩人かビート・ジェネレーション（一九六〇年前後にアメリカの文学界で異彩を放ったグループ）の幽霊のようだった。

ヒューズ警部補が片手で椅子を示した。「お座りください、ミスター・スウェリン。できるだけ、面倒のないようにすませましょう」

「電気ショック用の牛追い棒は遠慮しておきますよ」ジャスティンは皮肉めいた口調で言った。

「これはゲームではありません。刑務所で一生を過ごすのは、楽しいことではないでしょうね」

彼の喉仏が再び大きく動いた。「ぼくは自白したんです。これ以上なにを言えと?」

「どうやって殺したのか、あなたの話が聞きたいんですよ、サー。その前に——お母さんの弁護士に同席してもらいますか? ここにいますよ」

「とんでもない。あのへまばかりする老いぼれに任せたら、ぼくはしばり首になってしまう。この国にもう死刑はありませんけれどね」

「いいでしょう」ヒューズ警部補はテープレコーダーのスイッチを入れ、正式な取り調べを開始した。「ミスター・スウェリン、なにがあったのかをあなたの口から説明してください。ゆっくりでかまいません」

ジャスティンはポケットに手を突っこんだ。「煙草を吸ってもいいですか?」

「どうぞ」警部補は灰皿を彼のほうへ押しやった。

ジャスティンがゴロワーズに火をつけると、鼻につんとくるにおいが漂ってきた。エヴァンは咳が出そうになるのをこらえた。

「単純な話です」ジャスティンが切り出した。「ぼくは父を憎んでいた。母をあんなふうに扱うことが我慢できなかった。誇り高い母が苦しんでいるのを見ていたくなかった。父はスカートをはいた人間をだれかれなしに追い回していましたからね。バグパイプを吹いている人間は別として。そのうえ、自分が見つけた仕事にぼくがつかないからといって、小遣いをくれなくなった。

ここ最近、ぼくは経済的に厳しかったんです。今週の中頃、父に無心するためにここに来ました。断られましたよ。それでぼくは母が出かけるのを待ったんです。巻きこみたくありませんでしたから。そして、父を殺したんです」

「どうやって?」ヒューズ警部補が尋ねた。

「え?」

「どうやって殺したんですか?」

「その——父がこちらを見ていない隙に鈍器で頭を殴ったんです」

「鈍器とは?」

「ゴルフクラブです。父のゴルフクラブが玄関ホールのコート掛けに置いてあったので、一本取ってきて、それで頭を殴りました。そのあときれいに拭いて、バッグに戻したんです」

「頭のどのあたりを殴ったんですか？」ワトキンスが尋ねた。

ジャスティンの顔をいらだちがよぎった。「ゆっくり見ていたわけじゃありませんからね。ゴルフクラブを振り回した。当たったのがわかった。父が倒れた。あとは急いで逃げ出したんです」

「失礼ですが、サー」エヴァンが口をはさんだ。「それはありえない」

三人が同時に彼を見つめた。

エヴァンは警部補に言った。「ちょっとお話しできますか？」

「いいだろう」ヒューズ警部補は手を伸ばしてテープレコーダーのスイッチを切ると、エヴァンについて廊下に出た。「さて、どういうことだね、巡査？」

「ジャスティン・スウェリンは犯人ではありえません、サー」

「なぜだ？」

「テーブルの反対側から彼を見ていて気づいたんです。彼が煙草に火をつけるのを見ましたが、彼は左利きです。左利きの人間がアイヴァー・スウェリンを殴ったのだとしたら、傷は反対側の耳のうしろについたはずです。彼がゴルフクラブを振り回しても、それが実際に傷のある箇所に当たることはありません」

「きみの言うとおりだ、エヴァンズ」警部補の顔に浮かんだのは、今回ばかりは賞賛とも呼べる表情だった。「だからこそ、こういった取り調べに立会人を置くことに意味があるのだ。きみはあそこに立っていたから、そのことに気づいた。わたしは彼のあまりに近くにいたし、テープレコーダーの操作もしなくてはならなかった。そうでなければ、わたしが気づいていただろう」

エヴァンは賢明にもなにも言わなかった。

「だとすると問題は、なぜ彼が自白をしたかということだ」ヒューズ警部補は大げさな口調で言った。

「犯人を知っていると思っていて、その人物をかばうためでしょう」

「それはわかっている。問題はそれがだれなのかだ。母親だろうか？」

「彼女でないことはわかっています」

「そうだろうか」警部補はエヴァンにというよりは、自分自身に話しかけているようだった。「これが、ふたりが念入りに計画した犯罪だという可能性はあるだろうか？ふたりが共謀してアイヴァーを殺し、そのあとそれぞれが嘘だとわかるような自白をする。事実と合致しない話をすれば、それで事足りる。凶器が見つからないかぎり、われわれはなにも証明できないのだから」

「ゴルフクラブを調べますよね？」エヴァンは尋ねた。

「すでに調べたはずだが、もう一度鑑識に確認させよう」警部補の視線がエヴァンを通り過ぎた。「ゲームをしなくてはならないかもしれないな。われわれはジャスティンが犯人だと信じていて彼を逮捕したと、母親に思わせておくのはどうだろう……その逆でもいい」

「それでは、今朝はあれ以上母親からなにも聞き出せなかったんですね、サー」

警部補は顔をしかめた。「あのいまいましい弁護士が来たあとはなにひとつ。彼女がなにか言おうとするたびに、口をはさむんでね」

「ジャスティンがかばっているのは母親なんでしょうか？」エヴァンは考えこみながら訊いた。

「ほかにだれがいるというんだ？」

「ただの可能性ですが——」両開きドアの向こうから声が聞こえてきて、エヴァンはその先の言葉を飲みこんだ。「母と兄がここにいるのなら、いますぐ会わせてもらうわ」高飛車な若い声には、ジャスティンと同じ傲慢そうな響きがあった。「わたしに会いたいっていうから、わざわざミラノから来たのよ。あんな待合室に座って紅茶なんて飲んでいるつもりはないから！」

両開きドアが乱暴に開いて、若い女性がつかつかと入ってきた。エヴァンとヒューズ警部補が行く手をふさぐように立っているのを見て、彼女は足を止めた。

「どうかなさいましたか、お嬢さん？」警部補が訊いた。

「ええ、しましたとも」娘はいらだたしげに応じた。「たったいまここに来てみたら、母と兄がふたりとも留置場にいるってわかったのよ。わたしはジャスミン・スウェリンよ」

エヴァンは彼女を見つめた。顎までの長さの黒髪、色白の顔、赤い切り傷のような口、黒く縁取った目。そこにいるのは、彼がこれまで一度も見たことのない女性だった。

20

「あなたがアイヴァー・スウェリンの娘さんなんですか？」エヴァンは思わず口走った。

「いまそう言ったでしょう？」その自信たっぷりの傲慢そうな口調は、兄そっくりだったし、つんと顎をあげた顔には、明らかに父の面影があった。

「ミス・スウェリン」警部補が片手を差し出した。「来てくれてよかった。お父さんのことはお気の毒でした。ヒューズ警部補です。わたしはオペラの大ファンでしてね、世界中が偉大な才能を失ったことを――」

「父の死を残念に思っているのなら、わたしの家族をふたりとも留置場に入れた理由を説明してもらえるかしら？」ジャスミンが問いただした。

「留置場ではありませんよ、ミス・スウェリン」警部補は彼女の喧嘩腰の口調に顔を上気させながら答えた。「おふたりともこの建物の中にはいますが、われわれの質問に答えてもらっているだけです」

「どこかのろくでなしに自白させようとするとき、警察はいつもそう言うのよ。質問に答えてもらっていたら、どういうわけか死亡しましたって」

「この国では暴力的な取り調べはしませんよ、ミス・スウェリン。あなたはイタリアに長くいすぎたようですね」ヒューーズ警部補は見下すような笑みを浮かべた。「最後に見かけたとき、お母さんはカフェテリアで新聞の日曜版を読んでいましたよ。ですが、お兄さんとは興味深い話をしていたところです。お父さんを殺したと、ついさっき告白したんですよ」

ジャスミンは頭をのけぞらせて笑った。「ジャスティンが？　ハエを殺しても吐くような人よ。きっと母の仕業だと思って、勇ましく身代わりを買って出たのね。コモ湖のシドニー・カートンというわけね。兄は母が大好きなのよ」

「お兄さんの取り調べを続ける前に、いくつかお訊きしたいことがあるんですが」

「いいわ。なんなりと」

「あなたはミラノにお住まいだ——そうですよね？　今週はずっとミラノにいましたか？」

「いいえ、いなかったわ」

「では、どこにいたんです?」エヴァンは警部補が耳をそばだてたことに気づいた。

「わたしはファッション業界で働いているの。撮影の手配をするのが仕事。火曜日は毛皮のコートの撮影でアルプスにいたわ。木曜日は水着の撮影のためにチュニジアだった。金曜日の午後に戻ってきたの。午後遅くに」


「これで彼女は除外できそうですね」ジャスミンを母親と弁護士がいるカフェテリアまで連れていったあと、エヴァンは思い切って警部補に言った。「彼女にはここまで来て父親を殺す時間はなかったでしょう」

「本当にチュニジアにいればの話だ。確かめるのは簡単だ。すぐにだれかにミラノに電話をかけさせよう。あそこの警察署長とは連絡を取る間柄になったから、スムーズにことが運ぶはずだ。彼はどんな形であろうと、われわれに協力したくて仕方がないのだよ」

エヴァンは、まだワトキンスのポケットのなかにあるに違いないローマの法律事務所からの手紙のことを思い出したが、いまは黙っていようと決めた。マフィアの殺し屋については、ワトキンスの口から話してもらうほうがいい。左利きの件で、エヴァンは警部補より一歩先んじてしまった。警部補がそれを面白く思っていないことはわかっていた。取調室に戻ったところで警部補が口にした言葉が、それを証明していた。

「これ以上、村でのきみの仕事の邪魔をするわけにはいかないだろう。迷子の観光客やなくなった車の鍵が、きみの帰りを待っているだろうからな」

「今日は日曜日です、サー。ぼくは休みですよ」エヴァンはなに食わぬ顔で言った。「なんでも喜んでお手伝いします……それにスウェリン一家のだれかを連れて帰る運転手が必要になるかもしれない――殺人を自白しなかっただれかということですが」

警部補はこわばった笑みを浮かべた。「ハ、ハ。面白いね。なるほど、よかろう。もうしばらくここにいてもらおう。運転手が必要になったときのために。きみも紅茶を飲んできたまえ」

「ありがとうございます」エヴァンは礼を言ったが、確たる足取りで取調室のほうに戻っていくヒューズ警部補の耳に届くほど、その声は大きくなかった。エヴァンは彼を見送りながらため息をつき、カフェテリアのある反対方向へと歩きだした。

ミセス・スウェリンとジャスミン、弁護士とおぼしきはげ頭の男が窓のそばのテーブルに座っていた。エヴァンが入っていくと、三人は顔をあげた。

「それで？」ミセス・スウェリンが口を開いた。「ジャスティンはどうなったんです？いつになったら、あの子に会えるんです？」

「わかりません、マダム」エヴァンは答えた。「ぼくはただの巡査です。ぼくが決めることじゃありませんから」

「でも、どんなばかだってジャスティンが犯人じゃないことはわかるはずよ」ジャスミンが言った。「兄は頭を殴るようなタイプじゃないもの」

「どうして彼がわたしの同席を望まないのか、理解しかねますね。弁護士もなしにあいった状況に置かれるのは、非常に危険だ」年配の男性が言った。「彼が、あとで後悔するようなことを言わないといいんだが。彼は昔から衝動的なところがあったからね、そうじゃないかい、マーガレット?」

「きっとすぐに、警部補が正しい結論にたどり着きますよ」エヴァンは言った。「じきに家に帰れます」

「家」ミセス・スウェリンはため息混じりにつぶやいた。「なんて素敵な響きかしら。コモ湖、太陽、新鮮な桃。きっともうすぐ、なにもかもが恐ろしい悪夢に思えるようになるわね」

「パパがいないことを除けばね」ジャスミンが指摘した。

「ええ、パパがいないことを除けば」ミセス・スウェリンが繰り返した。

エヴァンは紅茶とチーズサンドイッチを取ってきて食べ始めたが、そのときになってようやく自分が朝食を食べ損ねていたこと、そしてもう昼近いことに気づいた。食べながら、気づかれないようにスウェリン親子を観察した。ジャスミンはすっかりリラックスして、笑っている。ミセス・スウェリンの顔からも、さっきまでのこわばった表情は消えていた。今回は警部補が正しかったのだろうか？　これは警察を混乱させ、全員が無実であるように見せかけるために念入りに計画された、家族による陰謀なのだろうか？

エヴァンの脳裏から離れない、ある光景があった——湖畔で見かけた人影、湖に沈んだ車と反抗的な若い娘。ジャスミンの代役が務まりそうなくらい瓜二つだった娘。代役……エヴァンはその言葉を頭の中で繰り返した。ジャスミン・スウェリンがなんらかの理由で代役を必要としていたということはあり得るだろうか？　答えを知る必要があった。

ちょうどサンドイッチを食べ終えたところに、ワトキンスがやってきた。彼は入口から、エヴァンを手招きした。

「ジャスティンは態度を変えたよ」ワトキンスは言った。「弁護士が同席するまで、もうひとこともしゃべらないと言っている。嘘をついた理由を警部補が問いただし始めたら、急にかたくなになったんだ。だれかをかばっているんだな、間違いない」

「妹ではありませんね。彼女には確かなアリバイがありました」

「それならだれだ？」

「巡査部長、どうにかしてぼくとジャスティンがふたりきりで話す機会を作ってもらえませんか？　湖に車が落ちたことについて訊きたいんです。なにか関係があるはずなんです。あの娘がだれなのか、あそこでなにをしていたのかを突き止める必要がある。それさえわかれば、多くの謎が解明するかもしれません。でも警部補には頼めないんです」

「きみがなにをしたいのかよくわからないが、やってみよう」

「ありがとうございます」

「それほど難しいことではないと思うね。警部補は、ジャスティン・スウェリンをこれ以上引き留めておきたいとは思っていないはずだ。彼はもう話す気がなくなったようだからね。ほかのふたりを彼とは別に帰すように手配すれば、それですむ。そうすればきみが、彼を送っていけるだろう？」

「いい考えです」エヴァンはうなずいた。「それが、ミッシング・リンクかもしれません」

「わたしはもうひとつのミッシング・リンクを調べてくるよ」ワトキンスが言った。

「ミセス・スウェリンの恋人ですか?」

ワトキンスはうなずいた。「まだ彼を除外できてはいないだろう? 彼女がかばっているのは彼かもしれない」

エヴァンもうなずいた。「あるいは彼も、家族の陰謀の片棒を担いでいるか」

ワトキンスは歯と歯のあいだから息を吸いこんだ。「このばかげた自白ごっこはすべて、誤解の積み重ねから来たものじゃないかという気がする。母親は恋人か息子の仕業だと思って、それをかばうために自白した。息子は母親が犯人だと考えて、母親を守るために自白した。なんとも英雄的な行動じゃないか」

「それとも、狡猾だったのか。今日が終わるまでには、真実がわかるかもしれませんよ」

「あるいは最初に戻って、またマフィアの殺し屋を探しているか」ワトキンスはため息をついた。「くっきりした指紋が残った凶器か、グラディスを車の前に突き飛ばした人間を見ていた買い物客が見つかることを願うよ。ところで、写真はコルウィン・ベイのコンピューター・センターに送った。わたしたちが見逃していることがあるかもしれないからね」

ワトキンスは三人が座るテーブルに近づき、弁護士に話しかけ、彼を連れてカフェテリアを出ていった。

「もうすぐジャスティンを釈放してくれるんですね？」ミセス・スウェリンがエヴァンに訊いた。

「そうだと思います、マダム。とりあえず、いまのところは」

「早くなにもかもが終わるといいのに」ミセス・スウェリンは髪をかきあげた。「いつ家に戻って、荷物を片付けられるようになるかわかります？　アイヴァーの持ち物を整理するときには、子供たちもいてほしいんです」

「申し訳ありませんが、ぼくにはなにも言えません、マダム。事件が解決すればすぐに、お葬式の手配もできますし、ご自由になさってけっこうです」

「わたしたちのだれかが犯人だということにならなければね」ジャスミンが辛辣な皮肉を言った。

「ジャスミン、笑い事じゃないのよ」ミセス・スウェリンが叱りつけた。

「あら、元気出してよ、ママ。ユーモアのセンスはどこに行ったの？」ジャスミンの口調は父親そっくりだった。彼女のような娘を育てるのは一筋縄ではいかなかっただろうと、エヴァンは思った。

弁護士がカフェテリアに戻ってきた。「今日のところはこれ以上訊くことはないそうです。ジャスティンは帰れますよ」

「よかった」ミセス・スウェリンは見るからにほっとした顔になった。「あの子はもう容疑者ではないということかしら？」

「いまのところは。コモ湖の使用人に確認するまで、この付近を離れないようにとは言われていますが」

ジャスミンが立ちあがった。「そういうことなら、なにかちゃんとしたものが食べられるところを探しに行きましょうよ。こんなまずい紅茶をもう一杯飲んだら、死んでしまうわ。人里離れたところだけれど、このあたりに少しはましなレストランはあるかしら？」

弁護士が彼女の腕を押さえた。「警部補がきみに会いたいそうだ、ジャスミン」

「わたし？　いったいなぜ？」

「先週のきみの行動を裏付けてくれる人間の名前と電話番号が知りたいそうだ」

「なんてずうずうしい！」ジャスミンの顔が真っ赤になった。「いいわ、なんでも話して彼を黙らせてやるから」

「心配しなくていいのよ、待っているから」ミセス・スウェリンが言った。「まずい紅茶をまた飲まなきゃならないとしてもね」

エヴァンはジャスミン・スウェリンの脚を眺めていた。彼女の脚がとてもきれいだということもあったが、ほかにも興味を引いたことがあったからだ。「ところでミセス・スウェリン、家の捜索をしましたが、もう片方の靴は見つからなかったんです。変だと思いませんか?」

「靴ってなに?」ジャスミンが尋ねた。

「底の厚い黒のハイヒールです」エヴァンが答えた。「いまはああいう靴が流行なんでしょうね。ぼくには危なっかしく見えますが」

ジャスミンは声を立てて笑った。「母もそんな靴ははかないわ、巡査。ばかげてる」

「あなたははくようですね、ミス・スウェリン」エヴァンは改めてジャスミンの足元を見た。

「それなら、ジャスミンが遠く離れたイタリアにいたのは幸いだったわね?」ミセス・スウェリンがさらりと言った。

ここではなにかぼくの理解できないことが進行しているようだと思いながら、エヴァンはジャスティン・スウェリンを探しに行った。ジャスティンは待合室でワトキンスといっしょに立っていた。

「袋小路に突き当たったんですよ、巡査」ジャスティンは面白そうに言った。「ぼくは自分がやったと主張し、警部補はぼくじゃないと言って譲らない。妙な話だが、本当です。ともあれ、ぼくはとりあえず自由の身になったので、早いところなにかをお腹に入れないと卒倒してしまいそうですよ」

「ぼくはスランフェアに帰るところです」エヴァンは言った。「よければ、宿屋までお送りしますよ」

「母と妹はどうしたんですか？」ジャスティンはあたりを見回した。

「警部補が妹さんにいくつか訊きたいことがあるらしいんです。あなたたちの弁護士がおふたりを連れて帰ってくれるでしょう」

「それで決まりだ。ぼくはあなたと帰りますよ。あのもったいぶった老人と同じ車に乗るのはごめんだ」

「数分前には、彼に会わせてほしいと言っていたんじゃありませんでしたか」エヴァンは指摘した。

「質問に答えるのがいやになっていたからですよ」ジャスティンはにやりと笑った。

「彼が一緒にいれば、警察はなにもできませんからね。実際、そのとおりだった。警部補はすぐにあきらめたでしょう？　あの老人はどんな人間でもうんざりさせてしまうんですよ」

エヴァンはジャスティンのためにドアを開けた。雨まじりの強い風が吹きつけてきたので、ジャケットのボタンを留めた。

「まったくウエールルズというところは」ジャスティンは文句を言いながらエヴァンの車に乗りこみ、ドアを閉めた。「母があの寒くてじっとりした家を出ていくだけの分別があってよかったですよ。少なくとも〈エヴェレスト・イン〉にはセントラル・ヒーティングがある」

「ですが、ぼくが行ったとき、あの家のセントラル・ヒーティングはついていましたよ」

「父が？　セントラル・ヒーティングを？　冗談でしょう。母は常々父のことをウェールズの山ヤギと呼んでいたんです。父といっしょに暮らすのは、まるで丘の上にいるみたいでしたよ——すべての窓を開けていましたから、家中を風がうなりながら吹きぬけるんです」

「ですが——」エヴァンは言いかけて、口をつぐんだ。

「とにかく、近いうちに太陽の光が降り注ぐイタリアに帰るつもりですよ」

「そうなるといいですね、サー」エヴァンは淡々とした口調で言った。

ジャスティンは警戒するようなまなざしを彼に向けた。「どういう意味です？」

「この事件はまだ解決していませんから、それまではだれもどこにも行けないんです。あなたが協力してくれれば……」

「協力したじゃないか」ジャスティンはふてくされたように言った。「ぼくは自白した。それ以上なにをしろと？」

「真実を話していただきたいですね」

「どうしてきみたちはぼくの言うことを信じないんです？　ぼくは人を殺すにはひ弱過ぎるとでも？」

「それは違います。最悪の殺人犯の多くはおとなしそうな人間ですよ。彼らはそうすることで自分が強くなったように感じられるから、人を殺すんです。あなたじゃないとぼくたちが考えるのは、あなたが左利きだからです。お父さんを殴ったのは右利きの人間なんです。左利きであれば、頭の反対側を殴っていたでしょうから」

「なるほど。頭がいい」ジャスティンはうなずいた。「気づくべきだった」

「ですので、どうして嘘の自白をしたのか話してくれませんか。まさか、刑務所で一生を過ごしたかったわけじゃないでしょう。あなたは真犯人を知っていると思って、彼女をかばおうとしたんじゃないですか？」

「彼女？」

「お母さんか妹さんだと推測しましたが」

「警察官というものは推測ばかりしますね」

ふたりが乗る車はわびしく雨に打たれる住宅団地を過ぎ、カナーボンの町並みは山へとゆるやかに続く緑の野原に変わった。のぼり坂に差しかかり、エヴァンはギアを落とした。

「ぼくはまだ、湖に落ちた車のことが気になっているんです」エヴァンはワイパーの向こうに目をこらした。「あの娘はだれなんです、ジャスティン？」

「あなたには関係のないことですよ」

「いや、関係あると思いますね。ぼくはあそこにいた。あなたが車のうしろにいるのを見た。彼女を湖から助け出した。ぼくにはあれが殺人未遂のように見えたんです。左利きだからといって、その疑いが晴れるわけじゃない」

「ばかなことを言うのはやめてくれないか。さっきも言ったが、彼女の車が湖に落ちたなんてぼくは知らなかった。ぼくたちは言い争いをしたが、彼女は聞く耳を持たなかったので、ぼくは帰った。最後に見たとき、車はちゃんと岸に止まっていたんだ」

「それなら、車がどうやって湖に落ちたのか説明できますか？」

「彼女がうっかりサイドブレーキをはずしてしまった？　ブレーキが壊れていた？

ぼくにわかるはずがないだろう？」

「ブレーキが壊れていたのではないとしたら？　あなたたちはどうして言い争いをしていたんですか？　あなたの恋人ではないと彼女は言っていた」

「そうですよ。恋人じゃない」ジャスティンがきっぱりと言い切ったので、エヴァンは思わず彼を見た。

「それなら彼女とあなたの家族とはどんな関係があるんです？　あなたの家族がまだ来ていないのに、どうして彼女はあの家にあなたを探しに来たんでしょう？」

「彼女はぼくを探しに来たわけじゃない。彼女が一番会いたくないのがぼくですよ」ジャスティンは鋭い口調で言った。「彼女は父を探していたんだ」

「お父さんを？」エヴァンは完全に不意をつかれた。

「わかりきったことじゃないですか？　彼女は父の獲物のひとりですよ。父は若い女性をまわりに置いておくのが好きだった。そうすることで永遠の若さを得られる――そう言っていましたよ」

エヴァンはとたんにベッツィのことを思い出した。アイヴァーが彼女の手を握り、カーディフのオペラに誘い……そして、彼女には黒髪が似合うと言っていた。

「あなたの妹さんかと思っていました」エヴァンは白状した。「とてもよく似ていた」

「いつもそうなんです。父はああいう女性が好きなんですよ――すらりとしていて、黒髪で、色が白くて。初めは違っていても、最後はみんなジャスミンみたいになるんです」

「それでは彼女はあなたのお父さんを探しにここに来たわけですね。だが代わりにあなたがいるのを知って、動揺した。どうしてですか?」

「どちらにとっても、気まずい状況だったからですよ。父に奪われる前、彼女はぼくの恋人だったんです。家に連れていったのがばかだった。父にはほんのひと晩で十分だった」ジャスティンは苦々しげに笑った。「父は、スカラ座の舞台裏を案内すると彼女に約束したんです。いつだって舞台裏は最後には、父のベッドに行き着くんですがね。彼女はすっかり父に夢中になりました。だが彼女がわかっていなかったのは、父の興味は長くは続かないってことです。新しい玩具を手にした子供みたいなんですよ。すぐに飽きて、違うものに目が移る」ジャスティンは言葉を切った。雨が車の屋根を叩く。ワイパーが動くたびに、雨のしずくが飛び散った。エヴァンは彼が気の毒になった。

「あいにく彼女は父にすっかり参ってしまった。たいていそうなるんですよ。父には圧倒的な存在感がある。愛するか憎むかのどちらかなんです。彼女は父との関係が終わったことを認めようとしなかった。しつこくつきまとって、戻ってきてくれと懇願した――まったくの無駄ですよ。父にとってはもうどうでもいいことだった。捨てた女たちがどうなろうと、一切気にしていなかったんです」

「それで彼女はここに来てお父さんと会い、よりを戻そうとしたんですね」エヴァンは言った。「だが、いたのはあなただった」

「ぼくは彼女を説得して、また傷つく前に帰らせようとしました。父は落ちこんでいる人間を優しく扱ったりしない。そうしようと思えば、ひどく冷徹にもなれるんです。クリスティンとぼくは話をするために車で湖まで行きました。彼女はいまでも父が自分を愛していて、もう一度会ってくれさえすればすべてがうまくいくと信じこんでいたんです。ぼくは彼女にわからせようとしました。現実を見させようとしたんです。すると彼女は、手ひどい言葉をぼくにぶつけてきた――父と比べてぼくをけなし、とても口にできないようなことを言ったんです。ぼくはひどく腹が立ったので車を降り、歩いて帰りました」

「そのあと、車は湖に落ちたわけですね」エヴァンは言った。「どうしてでしょう？」

「父の気を引くようなことがしたかったんでしょう。彼女は情緒不安定なうえ、過剰に反応するところがあるんです。昔から」

21

ふたりは黙って、その言葉の意味を考えていた。

「彼女は……過剰に反応する傾向があるんですね、ミスター・スウェリン？」エヴァンは静かな声で訊いた。

「神経過敏なんです。ひどく感情的なんですよ」

「彼女の仕業かもしれないと考えているんですか？」

ジャスティンは答えなかった。

「彼女がお父さんを殺したと疑っているんですね？」エヴァンは念を押した。「彼女が犯人だという証拠があるんですか？」

ジャスティンは窓の外に目を向けた。

「ミスター・スウェリン、彼女があなたの言うとおり情緒不安定なら、自殺する可能性があります。あなたはそうさせたいんですか？」

ジャスティンはため息をついた。「いいえ」

「いまでも彼女を愛しているんですね。そうでなければ、彼女のために自分の命を危険にさらそうとはしないでしょう」

「もちろん、いまでも愛していますよ。ちくしょう」ジャスティンは声を潜めた。

「わかりましたよ、ぼくは今週あの家にいた。母に会いにいったと言いましたよね。母は留守だった。そうしたら、電話が鳴ったんです。家にはぼくひとりだった。受話器は取りませんでした。ぼくがあそこにいたことをだれにも知られたくなかったからです。留守番電話が応答して、かけてきたのがクリスティンだとわかりました。彼女はもう一度会いたいと父に言いました。地元のホテルに泊まっていると。母が数日間留守にしていることを知っていたんです。電話番号を告げ、彼女は……彼女は父がいなければ生きていけない、父も彼女なしでは生きていけないことをわからせるつもりだと言いました」

ジャスティンは、辛い重荷を背負った男の絶望のまなざしをエヴァンに向けた。

「それで、あなたはどうしたんですか？」エヴァンは尋ねた。

「下におりて、メッセージを消しました」ジャスティンは降りしきる雨を見つめた。

「わかりませんか――彼女を絶望の淵に追いやってしまったのはぼくだったかもしれ

ないんだ」

「あなたは、みんなにとって一番いいと思ったことをしたんですよ。彼女が滞在しているホテルはわかりますか？」

ジャスティンは首を振った。「ウェールズ語はどれもぼくには同じに聞こえます」

前方にガソリンスタンドが見えてくると、エヴァンは車を脇に寄せた。「ぼくは本部に電話をかけます。今週、あの家にかかってきた電話のリストがあるはずです」

エヴァンは電話ボックスに駆け寄り、電話をかけた。車に戻ってくるまで、さほど時間はかからなかった。

「ベトゥス・ア・コエドの〈プラス・コエド〉でした。ぼくといっしょに行ってもらえますか？　彼女がいつ、どこに向かったのかがわかるかもしれない」

観光シーズン真っ盛りであるにもかかわらず、山の反対側の狭い渓谷に抱かれたベトゥス・ア・コエドはどこまでも優雅な雰囲気をたたえていた。遊園地のような人混みはない。そこは家族向けですらなかった。上品なティーショップが数軒と地元の毛糸や工芸品を売る店があり、村のすぐ向こうにはスワロー・フォールズがあり、川に沿って田園風景が広がっている。車で進んでいくと、育ちのよさそうな観光客たちが川沿いを散歩しているのが見えた。ツイードの服に穴飾りのついた靴、頭にスカーフを巻いて野暮ったいレインコートを着た彼らは、バルモラル城にいるときのエリザベス女王のようだった。

〈プラス・コエド〉は、その下を滝が流れる細い石の橋を渡った先にあった。ホテルというよりは田舎の邸宅のようだ。ハーフティンバー様式の品のいい黒と白の建物で、道路から奥まったところのカラマツの木立のなかに立っている。高い切妻屋根があって、きれいに手入れされた芝生に小さなテーブルが並ぶ昔風の地味なホテルには、引退した軍人や独身の学校教師が新鮮な空気と気持ちのいい散歩を求めて滞在していそうだ。現代的な設備は——たとえばバスルームの中とか——整っていないのだろうが。

ジャスティンとエヴァンは車が止まったとたんに飛び降りた。エヴァンは焦燥感に駆られつつ山道を運転していたが、ジャスティンにもその思いは伝染していた。

「クリスティン・ダンヴァーズですか？」フロントデスクの赤毛の若い娘は好奇心をたたえたまなざしをふたりに向け、期待をこめてまつげをぱちぱちさせた。「ちょっと待ってくださいね」そう言って宿帳をめくった。「二一号室です。部屋にいると思います。鍵がフックにありませんから」

エレベーターはなく、ふたりの足音が絨毯を敷いていない狭い階段に反響した。

「はい？」ノックをすると、用心深い声が返ってきた。ドアが開いた。

「あら」彼女はあとずさり、一瞬言葉を失ったが、すぐに落ち着きを取り戻した。

「なんの用？」

エヴァンが言った。「ぼくを覚えていますか？　あなたを湖から助け出した警察官です」

「車についてはすべて片付いたと思ったけれど」彼女は明らかにうろたえていた。罠にかかった動物のように、エヴァンのうしろを眺め、逃げ道があるかどうかを確かめている。「あれは事故だからって……」

「車の件で来たわけじゃありません。アイヴァー・スウェリンのことです」

「死んだのね」彼女はつぶやき、深い絶望感と共に繰り返した。「彼は死んだんでしょう？」

「お話ししたいことがあります」エヴァンは部屋に招かれるのを待たなかった。ジャスティンも彼のあとについてなかに入った。

「わたしが留守番電話に残したメッセージでしょう？」クリスティンが言った。窓に近づき、谷の向こうに目を向ける。「自分がなにをしたのか、すぐに気づいたわ。あんなメッセージを残したのはばかだった。見つかるのはわかっていたの。だからここで、警察が来るのを待っていたのよ」

「どうして警察があなたを捜すんです？　あなたはミスター・スウェリンの死についてなにか知っているんですか？」

「ええ、もちろん知っているわよ。そうでなければ、どうしてわたしがここにいると思うの？」クリスティンは一度言葉を切った。「わたしの指紋が見つかったんでしょう？」

身元不明の指紋を見つけていたとしても、鑑識は報告していなかった。それを指摘するときのことを想像して、エヴァンは思わずにやりとした。

「指に血がついていたの。どこかに触ったんでしょうね」

「あなたがミスター・スウェリンを殺したと言っているんですか？」エヴァンは尋ねた。

彼女は振り返り、驚いたような顔でまっすぐにエヴァンを見た。「いいえ。わたしが行ったときには、彼はもう死んでいたの」

「なにがあったのか、全部話してください」

彼女は部屋を見まわした。「申し訳ないけれど、座るところがないわ」そのとおりだった。狭いベッドと、クリスティンの洗濯物が載っている背もたれのまっすぐな硬い椅子がひとつあるきりだ。三つ星のホテルではなく、修道院のものに近い部屋だった。

「ご心配なく。立っていますから」エヴァンは言った。「どうぞ続けてください」

「いいわ」クリスティンは唇をかんだ。「あなたはわたしをロンドン行きの列車に乗せた。でもわたしはロンドンにいるわけにはいかなかった。もう一度アイヴァーに会わなくてはならなかったの。だって、なにもかも間違いだってわかっていたんだもの。ウェールズに来たとき、彼はわたしといっしょにいたいと思っていたのよ。だって、わたしに会いたくないのなら、滞在する家の住所を教えるわけがないでしょう？」彼女はジャスティンをにらみつけた。「だから戻ってきた。電話をしたけれど、だれも出なかった。あのばかなメッセージを残したのに、彼は電話をくれなかった。わたしはひたすら待ったけれど、それ以上待ちきれなくなって金曜日の午後にもう一度電話をしたの。彼が出たわ。留守番電話は聞いていなかったんですって。わたしの声を聞いて喜んでくれて、会いにおいでって言ってくれた。奥さんはしばらく帰ってこないからって」彼に会えるとわかったときの喜びを思い出しているのか、クリスティンの顔が輝いた。「また車を借りてスランフェアに向かった。村の上にある〈エヴェレスト・イン〉に止めるようにって彼に言われていたの。そうすれば、見知らぬ車があっても気づかれないからって。村の人たちは噂好きなんですって。宿屋から小道をくだって彼の家に向かった……」

「それは何時でした？」

彼女は小さな鼻にしわを寄せた。「六時過ぎだったわ。六時半近かったかもしれない」

「それより遅かったということはないですか？　七時に近かったとか？」

彼女は再び顔をしかめた。「そんなことはないと思うけれど、はっきりとはわからない。そうだったかもしれない。あの小道を歩くのは、思っていたより時間がかかったのかも……」

「わかりました、続けてください」

「玄関のドアはきちんと閉まっていなかったの。わたしはドアを開けて、声をかけた。返事がなかったから、なかに入って、もう一度アイヴァーを呼んだ。応接室に入ったら、そこに彼がいたの。床に大の字になって倒れていた。具合が悪いのかと思った――心臓発作かなにかかもしれないって。近づいて彼に触った。〝アイヴァー、大丈夫……？〟って声をかけたら……」彼女の顔にありありと恐怖が浮かんだ。「血に気づいたのはそのときだった。彼に触れた手に血がついていたの。温かくて、べたべたしていた。もう恐ろしくて……」クリスティンは言葉を切り、気持ちを立て直した。「どうすればいいのかわからなかったわ。そのとき物音がして、わたしはぞっとした。殺人犯がまだこの家のなかにいる！　怖くてたまらなくなって、逃げ出した。裏庭で転んで、片方の靴が脱げた。でもかまわず走り続けたの」

「ちょっと待ってください。靴が脱げたのは裏庭なんですか？」

彼女はうなずいた。「敷石の隙間にヒールがはさまったのよ。でも立ち止まりたくなかった。殺人犯が追いかけてくるかもしれないと思って、ひたすら走ったわ」

「面白い。そのとき、だれかを見ましたか？」

「いいえ、だれも。物音がしたと思ったのは、気のせいだったのかもしれない。わからない。とにかく怖くてたまらなかった。車に戻って、落ち着こうとしたわ。警察に連絡しなきゃいけないことはわかっていたけれど、疑われたらどうしようって思ったの。留守番電話にメッセージを残したことを思い出したし、血のついた手でなにかに触ったこともわかっていた。ものすごく怖くなった。だれもわたしを信じてくれないだろうって思った」

「ぼくは信じるよ、クリスティン」ジャスティンが言った。

彼女は険しい目つきを彼に向けた。「あなたはそう簡単にわたしを信じちゃいけないのよ、ジャスティン。わたしはそんないい人間じゃないの。違うのよ」クリスティンは両手で顔を覆うと、声をあげて泣きだした。「ああ、わたしが死ねばよかった」

ジャスティンは彼女に近づくと、肩を抱いた。「大丈夫だよ、クリッシー。きっと大丈夫だ」


エヴァンがクリスティンとジャスティンを警察本部に送り届けて建物を出ると、そこにちょうどワトキンスの車が到着した。

「なにかつかめたようだぞ。ようやく証拠が手に入った」ワトキンスは大きなマニラ封筒を振りながら、車を降りた。「コンピューター・センターから写真が届いたんだ。なにが写っているか、想像もできないと思うぞ」

ワトキンスはポーチの下までやってくると、封筒から写真の束を取り出した。「これを見てくれ」そのうちの一枚をエヴァンに手渡した。パウエル＝ジョーンズの家の私道に向かって村の大通りを歩いていくミセス・スウェリンの不鮮明な写真だった。

「これがなにか？　ぼくたちがいるときに彼女が帰ってきたときの写真ですよね？」

「そのとおり。だが彼女はタクシーで帰ってきたと言った。覚えているだろう？」

「それで？」

「この写真にタクシーは写っていない。だがこの隅に車のバンパーが見えるだろう？」

エヴァンはうなずいた。

「コンピューターでこれを拡大すると、ナンバープレートを読むことができた。緑のジャガーだった。ジェームズ・ノートン——ミセス・スウェリンの恋人の車だ」

エヴァンは口笛を吹いた。「それじゃあ彼は村にいたんですね。少なくとも八時半前後には」

「それだけじゃないんだ」ワトキンスは興奮した口調で言葉を継いだ。「グラディスが事故に遭ったときプール・ストリートにいた人々の供述書に目を通してみた。数人が緑のジャガーを目撃していたよ」

「面白いですね。今日の午後、彼と会ったんですか？」

「ああ、会った。ものすごく、緊張していたよ。滝のように汗をかいていた。それに、四時にホテルをチェックアウトしてから、一〇時に自宅に帰り着くまでのアリバイがなかった」ワトキンスはにんまりした。「彼はすべてを否定したよ。仕事で滞在していたホテルで、偶然ミセス・スウェリンに会っただけだと主張したんだ。古い友人に会って、驚いたし、うれしかったんだと。笑えるね。今度はなんて言うのかが楽しみだ」

「これからまた会いに行くんですか？」エヴァンは尋ねた。

「これを警部補に見せる。警部補はジェームズ・ノートンを連れてくるように命じるだろう。きっと、ふたりして企んだんだ――彼とミセス・スウェリンで。彼から真実を聞き出せる可能性はおおいにあると思うね。口を割らせるのはミセス・スウェリンよりも簡単なはずだ」ワトキンスはドアを開けた。「さあ、行こう。きみはどこに行くつもりだったんだ？」

「家です」エヴァンは答えた。「スランフェアに帰るように言われましたからね」

「おいおい、ここに残って事件に関わる口実を考えたらどうだ？」

「そうしたいところですが、警部補に言明されましたから。運転手をした礼は言われましたが、これ以上協力は必要ないとも言われたんです」

「なんてばかな男だろう。彼にだってわかっているはずなのに――」

「いいんですよ、巡査部長。警部補の言うとおりです。これはぼくの仕事じゃない。それに今日は休日だ。余暇を楽しむことにしますよ」

「どういう結果になったか、あとで連絡するよ」ワトキンスが言った。

「気をつけてくださいね」エヴァンは彼の背中に呼びかけた。「一度人を殺した人間は、もうひとり殺すことをためらいませんよ」

「心配ない。わたしはばかじゃないよ。ひとりでは行かない」ワトキンスは親しげに手を振ると、建物の中に姿を消した。

エヴァンはスランフェアへと車を走らせながら、ようやく面白くなってきたところで事件からはずされたことに腹を立てまいとしていた。自分は村の巡査だという事実に向き合わなくてはいけない。これはぼくには関係のないことなのだから。それでもエヴァンは、ジェームズ・ノートンが口を割り、自白するときに取調室にいたかったし、そのことをミセス・スウェリンに告げたときの彼女の顔を見たかった。

ふたりは共謀していたに違いない。計画を立てたのはおそらく彼女のほうだろう――彼女が冷静で計算高いことは確かだ……だが、あれは計画殺人のようには見えなかった。頭を殴るというのは、人を殺す方法にしては危険が大きい。うまく頭を殴れなかったらどうする？　殴る強さが足りなかったり、相手と争いになったりしたら？アイヴァーのような大柄な男が勝つ可能性はおおいにある。そう、アイヴァーを殺そうと思う人間は、もっと確かな方法を選ぶはずだ。たとえば銃とか。

だとするとこれは計画殺人ではなかったことになる。エヴァンは新しいシナリオを考えてみた。ふたりがアイヴァーと冷静に話をするつもりだったとしたら、どうだろう？　騒ぎたてることなく離婚してほしいと頼むつもりだったのに、アイヴァーがかっとなって、暴力に訴えたとしたら？　ふたりのどちらかが、自分の身を守るために彼を殴ったとか？　だがそれならどうしてそう主張しないのだろう？

　いや、今夜はこれ以上あれこれ考えても意味はない。ワトキンスが連絡をくればわかることだし、それまでは休日を楽しもう。

　峠を越える頃には雨はあがっていた。湿っぽい太陽の光が、生垣からもやをたちのぼらせ、ひつじの毛皮をダイヤモンドのようにきらきらときらめかせている。道路の両側を細流が楽しそうに流れていく。車の窓から、雨上がりの植物のむせるようなにおいが忍びこんできた。

　ブロンウェンに会いに行こうとエヴァンは決めた。マギー・ポールのことを彼女に話す機会をまだ持てていない。彼女には本当のことを知る権利がある。本当のことを知ってもらいたい。それはまるで、この二年ほどずっと苦しみ続けてきた傷のようだった。

　ブロンウェンの家のドアをノックした。返事はない。振り返ると、ふたりの少年が学校の校庭のジャングルジムで遊んでいるのが見えた。「先生はいないよ、ミスター・エヴァンズ」ひとりが大声で言った。「またアイステズヴォッドに行ったんだ。

ダンスの決勝を見に、女の子たちを連れていった」

もうひとりがおえっと吐くような声を出して、女の子とダンスに対する自分の意見を表明した。

「ありがとう、アレド」エヴァンは言った。「ぼくも行ってみるよ」

エヴァンは家に戻って制服を着替えると、車でハーレフに向かった。

メインの駐車場はいっぱいだったので、近くの住宅団地に車を止めて、歩かなければならなかった。大勢の見物客が水たまりや泥を避けて歩いているせいで、メイン会場のなかを進むのはなかなかに骨が折れた。風雨をしっかりしのげるように作られていなかった外側のブースのいくつかは、看板が破けて雨をしたたらせていたり、防水シートが垂れさがったりしてみじめな有様になっている。ふと気がつけば、ビールのテントの横を歩いていた。無意識のうちにマギーを探していたのかもしれない。ゆうべ、約束をすっぽかしたのだとは思われたくなかった。いまでも彼女に悪く思われたくないと考えている自分が不思議だった。あんな仕打ちをされたというのに！

テントを通り過ぎようとしたところで、丸一日紅茶とサンドイッチで過ごしたのだから、一杯やっていくのも悪くないと思い立った。なかに入ると、肉屋のエヴァンズに迎えられた。

「やあ、来たのか！　今日の犯罪捜査は終わったのか、エヴァン・バック？」

「きみたちはここでなにをしているんだ？」スランフェアの男たちの輪に加わりながら、エヴァンは尋ねた。「芸術に触れに来たとか？」

「ミスター・パリー・デイヴィスとミスター・パウエル＝ジョーンズの応援をしようと思ってね」ガソリン屋のロバーツが言った。

「吟遊詩人コンテストがビールのテントであるとは知らなかった」エヴァンは片方の眉を吊りあげた。

「いや、吟遊詩人は今夜最後のイベントだから、その前に一杯やる時間はありそうだと思ったのさ」牛乳屋のエヴァンズが釈明した。「あんたはなにを飲む、おまわりのエヴァンズ？」

「ブレインズがいいな、ありがとう」エヴァンはグラスを掲げた。「乾杯（ヤヒダー）」そう言ってから、ごくごくと中身を飲んだ。

「かわいそうなオースティン・モスティンも来ているぜ。勝った聖歌隊が鼻高々で歌うのを聴いて、我が身をさいなんでいるんだ」肉屋のエヴァンズが言った。

「今回は惜しいところまでいったからな」ガソリン屋のロバーツが言った。「二度とあんなチャンスはないだろう」

「おれたちにもう少し考える時間があったなら、だれかに口パクをさせてアイヴァーのテープを流していたんだがな。ポップ歌手みたいに」おんぼろ車のバリーが冗談を言った。

「そうだな」肉屋のエヴァンズがもっともだと言わんばかりに彼を叩いた。「アイヴァーは自分のテープを山ほど持っていたからな。リハーサルは全部録音していたし」

「ほら、ぐっとやれよ」肉屋のエヴァンズがエヴァンをつついた。「一パイントのビールにあんたがこんなに時間をかけるのを見たのは、初めてだぞ」

エヴァンはグラスを置いた。「ぼくはもう行かないと。あとで会おう。急用を思い出した」

エヴァンはそう言い残すと、薄明かりのなかに走り出た。救護所のテントに電話があったので、本部にかけた。

「今夜の勤務がきみだけなのはわかっているんだが」エヴァンは電話に応答した若い巡査に、せわしない口調で言った。「緊急なんだ。あの応接室にあったもののリストがいますぐにほしい。とても大切なことだと巡査部長に伝えてくれないか」

待つ時間が永遠のように感じられた。いますぐ手に入れなければ間に合わないし、証拠もなく疑いだけで行動を起こしたくはない。

「すみません」ようやく若い巡査が戻ってきた。あなたは正式に捜査に関わっているわけじゃないからと言って、巡査部長はファイルを見せてくれないんです——なので、隙を見てこっそり持ち出してきました。言わないでくださいね」

「ありがとう、感謝するよ」

「それで、なにをお望みですか？」

「殺人があった部屋で見つかったもののリストだ」

巡査がリストを読みあげ始めた。なかほどでエヴァンが遮った。「窓枠の上と言ったか？　いいね、完璧だ。ありがとう、ダイ。きみはたったいま、初めて殺人犯を捕まえる手助けをしたんだよ。当番の巡査部長に、応援を頼むことになるかもしれないと伝えてくれないか。とりあえずぼくが、ここで様子を見てみる。いまアイステズヴォッドに来ているんだ」

エヴァンは電話を切ると、すがすがしい夜の空気のなかにしばし立ち尽くし、駆け巡る考えを整理した。殺人がどうやって行われたのか、ようやくわかった。当初は不可能だと思われていたことが、実は巧妙に画策されていたことに気づいたのだ。

22

エヴァンは大きな三つのテントのうちのひとつを目指して、ぬかるんだ地面を進んだ。コール・メイビオンの豊かな歌声が、ほかのテントから流れるピアノの音や吟唱の声をかき消している。エヴァンはテントのうしろに立ち、目が暗さに慣れるのを待った。ステージの上にはブライナイ・フェスティニオグ聖歌隊がいて、『小さな鍋』を明るく編曲したものを歌っている。

彼を見つけた。うしろのほうの席にひとりで座り、じっとステージを見つめている。ステージの照明が眼鏡にきらりと反射した。エヴァンは彼の隣に座った。

「やあ、モスティン。あなたがここでほかの聖歌隊の歌を聴いていると、みんなに教えてもらったんですよ」

モスティンはうなずいた。「わたしたちほどうまくない。勝てたのに」

エヴァンはモスティンの袖に手を乗せた。「話があります。外に出ましょう」

「いまはだめだ。歌を聴いているんです」

エヴァンは手に力をこめた。「いますぐです、モスティン。大事なことなんです」

「わかりましたよ」モスティンはいらだたしげにため息をつくと、使い古したブリーフケースを持って立ちあがった。外はほぼ暗くなっていた。水たまりに明かりが反射している。人の数は減っていた。となりのテントから拍手と歓声が聞こえていた。

「なんなんです、ミスター・エヴァンズ？」モスティンが訊いた。「わたしはなかに戻って、ロンダ・ヴェールの歌が聴きたいんですよ。彼らは本当に上手なんだ」

「どうしてあんなことをしたんです、モスティン？」

「あんなこと？」

「どうして金の卵を産むガチョウを殺したのかを訊いているんです」エヴァンは穏やかに言った。「優勝できるチャンスがあったのに、あなたはその前にアイヴァーを殺した」

「いったいなんの話をしているんです？　頭がどうかしたんですか？　わたしにアイヴァーを殺せたはずがないでしょう？　わたしがここであなたたちが来るのを待っていたとき、彼はまだ生きていた。だれもが彼の歌声を聴いていましたよね？」

「彼らが聴いたのは、テープの声ですよ、モスティン。あの家のあちらこちらに転がっていた、彼の声を録音したテープだ。ついいましがた、本部に確認しました。カーテンに隠された窓枠の上に、テープが入っていないテープレコーダーがあったそうです。部屋のなかにテープは一本もなかった。あなたがまっすぐ窓に近づいたのは、それが目的だったんですよね？　ラジエーターがついているかどうかを確かめるためじゃなくて、ぼくが死体を調べているあいだにテープレコーダーからテープを抜き取るためだったんだ」

モスティンがなにも言おうとしなかったので、エヴァンはさらに言った。「ラジエーターをつけたのもあなただ。そうでしょう？　そうすれば死後硬直が起きるのが遅くなるから、死亡推定時刻を実際よりも遅く見せかけることができる。そうしておいて、アイヴァーが寒がっていたとかなんとかばかなことをぼくに吹きこんだ。彼は風通しの悪い部屋が嫌いだったんですよ。いつも窓を開けていた。冬でもです。いっしょに暮らしていたときのことを忘れたんですか？　面白いことに、犯罪者はささいなことで口を滑らせるものなんですよ」

「わたしは犯罪者じゃない！」モスティンが叫んだ。「それに、なにひとつ証拠はないはずだ。なにもかもきれいに拭いたんだから」

「その言葉が証拠ですよ。話してくれてありがとうございます。ぼくがわからないのは動機です。どうしてあのタイミングだったんです？　どうしてコンテストで勝つまで待たなかったんです？」

「彼がそう仕向けたからですよ」モスティンが淡々と答えた。「殺すつもりなんてまったくなかったのに、あいつがわたしをそうさせたんだ。あいつがどんな男だったか、知っているでしょう、エヴァンズ巡査？　こっちが我慢できなくなるまで、延々とやり続けるんですよ」

それがどういうことなのか、エヴァンにはよくわかっていた。昨日、ミセス・パウエル＝ジョーンズが同じことを言っていたのを思い出した。彼女も我慢の限界を超えて、理性を失いかけていた。冷静で物事に動じないミセス・パウエル＝ジョーンズのような人間でさえそうなるのなら、モスティン・フィリップスはもっと容易に一線を越えるだろう。

「あの日、彼の家に行ったんです」モスティンはのろのろと説明した。「彼が遅れないように、わたしが車で連れていくつもりでした。だが、あんなブリキ缶みたいな車に乗るつもりはないと言われましたよ。まずそれでいらつきました。あれは小さいけれどいい車ですよ。いまでもパワーがある」

エヴァンはうなずいた。

「彼をどう思っているのか、言ってやりました。奥さんの扱い方が気に入らないことも。彼女は昔、わたしの恋人だったんです」モスティンは絶望のまなざしでエヴァンを見つめた。「彼女が大学までぼくを訪ねてきたんですよ。その頃アイヴァーとぼくはルームシェアをしていた。あいつは彼女をひと目見て、そして……奪ったんです。わたしが愛した唯一の女性を。あいつはなにもかもわたしから奪った。わたしがなにをしようと、どれも彼のほうが上だった。アイヴァーがいなければ、わたしが成績優秀者として表彰されていたはずだ。わたしのほうが努力した。わたしのほうがふさわしかった。なのに表彰されたのは彼だ。あのサイドボードにそのときのトロフィーが飾られていました――賛歌を司る女神ポリムニヤがイタリア大理石に彫ってあるんです。

あいつはわたしをあざ笑った。あいつに出会ったのは、マーガレットにとって最大の幸運だったと言ったんです。そして、彼女がわたしをどう思っていたのかも教えてくれました。彼女はわたしを負け犬だと言って、笑っていたらしい。もう耐えられなかった。あいつは酒をつごうとして背を向けた。そのときもまだ、わたしのことをばかなできそこないだと言って、笑い続けていましたよ。わたしは、わたしのものになるべきだったトロフィーをつかんで、あいつの頭を殴った。なにがしたかったのか、自分でもわからない。殺すつもりじゃなかった——ただ、あいつを黙らせたかったんです」

モスティンは目を閉じ、全身を震わせた。「わたしはあいつを黙らせた。あいつは倒れた。血が見えた。わたしは気持ちを落ち着けようとした。警察に行って、なにがあったかを話そうかと思ったんです。わかってくれるはずだと思った。でも考え直した。もしわかってもらえなかったら？ 死ぬまで刑務所に入れられたらどうする？

事故に見せかければいいと、そのとき思いついたんです。炉格子に頭をぶつけたように見せかけるために、暖炉の前まで引きずっていった。重たかったから、ものすごく大変だった。でもやってのけた。絨毯に血が飛んでいたんで、机を動かして隠した。それからあたりにウィスキーを撒いた。あいつがべろべろに酔っ払って、転んだみたいに見えるように。

自分のアリバイがいることに気づいたのはそのあとだった。生まれて初めて、脳みそを全部使った——持って生まれていたのに、これまでは使うチャンスがなかった優れた脳みそを。

あいつが必ず自分の歌声を録音していたことは知っていた。うぬぼれの強い男だ。喉を温めているときのテープを見つけた。窓枠の見えないところにテープレコーダーを隠して、ボリュームを最大にした。これで三〇分時間が稼げる。ラジエーターに気づいたのはそのときだ。暑い部屋では、死体がすぐには硬直しないとなにかに書いてあったことを思い出した。セントラル・ヒーティングのスイッチを入れに行って、部屋のラジエーターの温度を最大にあげた。

それから台所で手を洗った。細心の注意をはらったつもりだったが、死体を動かしたとき少し血がついていたんだ。だれかが玄関をノックするのが聞こえたのは、出ていこうとして廊下に戻ったときだった。すぐにドアが開いた。わたしは、あわてて廊下のクローゼットに隠れた。若い女性だった。彼女はアイヴァーに気づくと、逃げ出した。恐怖のあまり、心臓が止まるんじゃないかと思ったよ、ミスター・エヴァンズ。彼女が警察に向かったと思ったんだ。わたしは捕まると。外に出てみると、彼女の靴が片方落ちていた。わたしは指紋が残らないようにハンカチを使ってそれを拾うと、応接室のドアの前に放っておいた。少しでも警察の目をくらますために。

車はパブの前に止めてあった。乗りこんで走りだしたときも、だれもあたりにはいなかった……まあ、だれかに見られていたとしても、そのときアイヴァーはまだ生きていたと証言するはずだ。完璧なアリバイだった……きみが首を突っこんで、台無しにしなければね」

「凶器はどうしたんです、モスティン？」エヴァンは尋ねた。

「わたしの家の暖炉の上にあるよ。そこが、本来あるべき場所だ。徹底的に調べたからね、血痕は見つからないさ。わたしの犯行を証明するものはなにもない。わたしは几帳面なんだ。すべての痕跡は消してある」

「グラディスはどうなんです？　彼女の死にあなたは関わっているんですか？」

モスティンはため息をついた。「彼女がまだ家にいたなんて、わたしが知るはずもないだろう？　ばかな女だ。わたしの声だと彼女が気づくのは、時間の問題だった」

「だから、車の前に彼女を突き飛ばした」

「簡単だったよ。彼女をつけていって、チャンスを待った。人を殺すのが、あれほど簡単だとはね」モスティンはエヴァンを見つめて微笑んだ。「だがそれも、きみとわたししか知らないことだ、巡査。証明するのは、さぞ大変だろうね」

「テープレコーダーを使うのが自分だけだと思っているんですか、モスティン？」

「この会話を録音していたというのか？」モスティンは憤然として言った。「ずいぶん陰険なやり方をするんだね、エヴァンズ巡査」

「警察はときに陰険にならなければならないことがあるんですよ、モスティン。さてと、本部まで同行してもらわなければいけないようですね？　真実を話したほうがいいと思いませんか？　あなたが苦しくなるだけですよ」

「いまは苦しんでいないとでも？」モスティンの声が裏返った。「ここに座って、ほかの聖歌隊の歌を聴いているあいだ……わたしが自分の愚かな行為を後悔しなかったと思うのか？　時間を戻せるなら、わたしはなんだってするよ、巡査。わたしはあいつを憎んでいたかもしれない。だがあいつの死を願ったことなんて一度もないんだ。あいつは……いまもっとも優れたテノールだった。わたしはこの世からあの才能を奪ってしまった。本当に後悔しているんだ」

エヴァンは彼の肩に手を置いた。「さあ、行きましょう」

モスティンはおとなしくついてきたが、隣のパビリオンの前を通りすぎようとしたところで、足を止めた。

「ちょっと待ってくれないか、ミスター・エヴァンズ。ブリーフケースから出したいものがあるんだ」

エヴァンはおとなしく待った。モスティンはごそごそとブリーフケースを探っていたが、やがて言った。「きみは本当に馬鹿正直だな。わたしが抗いもせずについていくと思ったのか？」

ブリーフケースから現われた彼の手には銃が握られていた。それも小型のピストルではなく、新型のセミオートマチックだ。麻薬の売人が持っているのを見たことはあったが、モスティン・フィリップスの手のなかに見ることがあろうとはエヴァンは夢にも思わなかった。

「いったいどこでそんなものを手に入れたんだ？」エヴァンは思わず叫んだ。

モスティンは満足げに微笑んだ。「近頃ではいたって簡単に買えるのさ。このあいだアイルランドに行ったときに、手に入れた。あそこではみんな武器を持っている。だれもなにも尋ねない。いつか、自分の身を守らなきゃならないときがくるかもしれないと思っていたんだ」

「モスティン、そんな――」〝ばかなことはやめろ〟と言いかけて、エヴァンは口をつぐんだ。ばかなできそこないと決めつけられたせいで、彼はすでに人を殺している。これだけ多くの人がいるなかで、モスティンに愚かなことをさせるわけにはいかなかった。「これ以上、罪を重ねるのはやめるんだ。裁判官も陪審員も、きっと情状酌量すべき事情があるとわかってくれる。アイヴァーが我慢の限界まできみを追いこんだとぼくたちが証言しよう。きっと過失致死ということになる――ほんの数年の懲役ですむ」

「ほんの数年？」モスティンの声は危険なほど甲高くなった。「わたしのような男にとって、刑務所がどんなところかわかっているのか？　アイヴァーがどんなふうにわたしをいじめていたか、見ただろう？　あんなことがずっと続くんだ。それももっとひどく」彼は首を振った。「わたしは刑務所には行かないよ、ミスター・エヴァンズ。輝かしい栄光に包まれて死ぬんだ。今度こそ、アイヴァーよりも大きな見出しになるんだ！」

モスティンはいきなり背後のテントに飛びこむと、中央の通路を駆けていき、ステージに飛び乗った。「動くな。そうすればだれも傷つけない」

悲鳴があがり、椅子が倒れる音がして、そこにいた人々が身を伏せた。

「動くなと言っただろう！」モスティンの声は悲鳴に近くなっていた。「そのまま座っていろ！」

だが一部の人々はその指示に従わなかった。入口近くにいた観客たちはすでにテントから逃げ出していた。警察が大挙してやってくるのは時間の問題だ。そうしたらどうなる？　モスティンが輝かしい栄光に包まれて死ぬと言ったのは、本気だ。警察と銃撃戦をするつもりなのかもしれない。そうなったら、いったい何人の人間が巻き添えになるだろう？

エヴァンはテントのうしろから外に出て、ステージの入口に向かって走った。そこからなかに入ると、この状況の本当の恐ろしさが初めて見て取れた。モスティンはフォークダンスを踊っていた子供たちの中央に立っていた。白いドレスと花冠の少女たちは、幼い顔に戸惑ったような恐怖の表情を浮かべてその場に立ち尽くしている。モスティンが銃を客席に向けて左から右へとなぎ払うように移動させたので、観客たちもその場で呆然（ぼうぜん）とするばかりだった。エヴァンの心臓が止まりそうになった。前列の中央に、両側の少女ふたりを抱きかかえるようにしてブロンウェンが座っている。ブロンウェンを危険な目に遭わせるわけにはいかない！

　いましかない。行け、エヴァンは心のなかで自分に命じた。手遅れになる前に、なんとかするんだ！　だが脚が動いてくれなかった。モスティンが冷酷に引き金を引くような人間でないことは知っていたが、今夜の彼は本来の彼ではない。すでに正気を失ってしまっている。なにをするのかはだれにもわからない。

　エヴァンは大きく深呼吸をすると、ステージに歩み出た。足音に気づいてモスティンが振り返り、彼に銃を向けた。観客たちが息を呑んだのがわかった。

「やめるんだ、モスティン・バック。こんなことはしたくないだろう？」エヴァンは落ち着いた穏やかな声を出そうとした。「小さな子供たちが誤って傷つくようなことは避けたい。違うかい？」

「近づくんじゃない、エヴァン」モスティンは銃を振りまわした。「近づくなってば！」

「よく考えるんだ、モスティン。きみがアイヴァーを殺した理由は、陪審員も理解してくれるだろう。だがもしも小さな子供が殺されたりしたら、そう簡単には許してくれないぞ。死ぬまで刑務所に入ることになる」

モスティンの顔が苦しげに引きつった。「どうでもいい。いまさらなにを気にかけるっていうんだ？　だれがわたしを気にかけてくれた？　いいからさがれ。きみを傷つけたくない」

エヴァンは一歩近づいた。「わかっている。きみは、だれのことも傷つけたくないと思っている。モスティン、きみは暴力的な人間じゃない。それに子供が好きだろう？　これまでの人生を子供たちに捧げてきたじゃないか。それを一瞬の愚かな行いで無駄にするのか？」

エヴァンはさらに一歩進んだ。「銃を渡すんだ。頼むよ、誤ってだれかが怪我をする前に」

「それ以上近づくな！」モスティンは泣いていた。汗と混じり合った涙が、頬を伝っている。「生きたまま捕まったりはしないぞ。わたしは栄光に包まれて死ぬんだ」

「これが栄光なのか？　流れ弾が幼い子供に当たるのが栄光？　子供たちの顔を見るんだ、モスティン。きみがあの子たちになにをしているのかを見るんだ。もうやめよう。ほら、銃を渡すんだ」

エヴァンは最後の一歩を踏み出した。モスティンの前腕の筋肉に力がこもり、引き金に指がかかるのが見えた。エヴァンが銃をつかんで彼の手からもぎ取ると、モスティンは〝ノー！〟と絶叫した。モスティンはすすり泣きながら床にがっくりと座りこみ、ステージに突進してきた警備員たちが彼を無理矢理立たせた。

「乱暴にしないでやってくれ」エヴァンが指示した。「彼は病気なんだ。自分がなにをしているのかわかっていない」

母親たちが転がるようにしてステージにあがり、泣いている子供を抱きしめた。エヴァンは呆然として動くこともできず、しばしその場に立ち尽くしていた。顔にフラッシュを浴びせられたのは、ステージをおりようとしたときだった。

「ヒーローになったのはどんな気分ですか？　怖くなかったんですか？　どうしてあんなことをしようと思ったんですか？」矢継ぎ早に質問が投げつけられた。

「ぼくは警察官です。これがぼくの仕事です」エヴァンはフラッシュの光に目を細めながら答えた。「もっとくわしいことが知りたければ、カナーボンにいる上司に訊いてください」

「待って、わたしを通して」女性の声が響き、だれかが記者たちをかき分けるようにして近づいてきた。「エヴァン、ダーリン、あなたって素晴らしいわ！　なんて勇敢なの！　わたしたちを助けてくれたのね！　あなたが誇らしいわ！」フラッシュが点滅するなか、マギーがエヴァンの腕の中に飛びこんできた。

「わたしがどれほどばかだったか、あなたにどれほどひどいことをしたのか、ようやくわかったの。お願いだから家に帰ってきて。もう一度やり直しましょう」

エヴァンは首にからみついた彼女の腕をほどいた。「きみにはわかっていないんだよ、マギー。ぼくの家はここだ。ほかのどこにも行く気はないし、昔の暮らしに戻るつもりもまったくない。さてと、失礼するよ……」

エヴァンはマイクとカメラの前を落ち着いて通り過ぎた。ステージからおりたところで、近づいてくるサイレンが聞こえてきた。警察が到着するまでそれほど時間はかからなかった。エヴァンはかろうじて間に合ったのだ。

ブロンウェンは泣いている少女たちに両手を添えたまま、立ちあがっていた。

「もう大丈夫だ」エヴァンはかがみこんで少女たちに言った。「終わったんだよ」ブロンウェンを見あげて尋ねる。「大丈夫かい？」それが真っ先に頭に浮かんだ言葉だった。

「それよりも、あなたは大丈夫なの？」ブロンウェンが険しい口調で訊き返した。「生きているかぎり、二度とあんな思いはしたくないわ。あなたってボーイスカウトみたいに、いつもいつも正しいことをしなきゃいけないわけ？」

「彼はまず撃たないだろうと思っていた」

「まず撃たない？」

「やらなきゃいけなかったんだよ、ブロン」エヴァンはさらりと言った。「警察が到着するまえに銃を取りあげておかなければ、彼はランボーのように銃撃戦を繰り広げて死んでいただろうからね」

ブロンウェンは少女たちから手を放し、エヴァンに近づいた。「あなたはとても勇敢だったわ」彼の首に両手を巻きつけた。「でも二度とやらないで！」

「約束はできないな」エヴァンは彼女の腰に手をまわした。「あそこの記者たちにも言ったとおり、ぼくは警察官だからね。これがぼくの仕事なんだ」

「ミス・プライス、怖いんです。家に帰りたい」少女のひとりが彼女のスカートを引っ張った。

「この子たちを連れて帰らないと」ブロンウェンが残念そうに言った。

「もちろんだ。それにモスティンが連れて行かれたら、ぼくも本部に行って報告書を書かなくてはいけない。さあ、早いところここを出よう」エヴァンはしつこく彼を追ってくるカメラを押しのけながら、ブロンウェンたちを連れて混乱する中央の通路を進んだ。

「恋人に挨拶しなくていいの？」出口までやってきたところでブロンウェンが訊いた。

エヴァンはちらりとうしろを振り返った。ステージの上はごった返していて、マギーの姿はもう見えない。「彼女とはもう終わっているし、なにもかも過去の話だ。彼女には一度、ひどい扱いを受けたんだ。時間のあるときに、またゆっくり話すよ」

「あなたが女性と関わることをためらうのは、そのせいなの？」

エヴァンはうなずいた。「一度嚙まれると、二度目は臆病になるっていうだろう？」

「あら、彼女はそんなことまでしたの？」ブロンウェンの目には挑むような光があった。

「なにをしたって？」

「あなたを嚙んだの？」

エヴァンはひとりの少女の手を取り、もう片方の手をブロンウェンの肩にまわした。

「さあ、この子たちを家に連れて帰ろう。あとでなにもかも話すよ」

テントの外は落ち着き始めていた。会場の外側にあるブースは石油ランプの明かりがともり、西の空はピンク色に染まっている。

「アイステズヴォッドを一緒にまわることはできなかったね」

「来年があるわ」ブロンウェンが言った。

「そうだね。カレンダーに印をつけておくよ。その週末に犯罪は起こさせない」

ふたりは笑顔で見つめ合った。

「もう行かないと。本部でぼくを待っているかもしれない」

ブロンウェンはうなずいた。「あまり遅くないようだったら、帰り際にうちに寄ってくれる？　ココアをいれるわ」

「村の噂になるよ」

「かまわないわ。それにあの人たちは、気の毒なモスティンの話をするのに忙しくて、きっとそれどころじゃないと思うわ」

エヴァンは微笑んだ。「そうだね。それじゃあ、あとで」

エヴァンは少女たちと両手をつないで夕闇のなかを遠ざかるブロンウェンを見つめていたが、やがて向きを変えて自分の車へと向かった。

メインのテントから大きな拍手の音が聞こえてきて、エヴァンは足を止めた。白いローブを着て、テーブルクロスのようなものを頭に巻いた人々がステージに並んでいる。そのうちのひとりが頭に巻いているのが本当にテーブルクロスであることを、エヴァンは知っていた。それが伝統的なドルイドの装いであることはわかっていたものの、ばかみたいに見えると思わずにはいられない。エヴァンはそこに並ぶ人々を眺め、列の一方の端にパウエル＝ジョーンズ牧師、もう一方の端にパリー・デイヴィス牧師が座っているのを見て取った。

　中央には蔦で飾られた空の椅子があり、華麗な緑色のローブをまとい、葉の冠を頭にいただいた数人の男たちがそのまわりを囲んでいた。歴代の優勝者やアーチドルイドたちだ。その足元には、緑色のワンピースを着て、花冠をつけた少女たちが座っていた。

「アイステズヴォッドのもっとも厳粛な時間がやってきました」緑色のローブの男性のひとりが言った。「今年の吟遊詩人に敬意を表するときです。冠をかぶり、栄誉ある椅子に座ってもらうことにしましょう。参加者全員の朗読を聴きましたが、その力強さや雄弁さには圧倒される思いでした。結論を出すのは簡単ではありませんでしたが、際立った参加者がひとりいました。彼は熱い思いをもって語り、その言葉には人に訴える力があり、情熱がありました。その人物がわたしたちの地元、ここ北ウェールズの人間であったことをうれしく思います。ハーレフ・アイステズヴォッドの今年の吟遊詩人は、小さな町スラン……」

ミスター・パウエル＝ジョーンズもミスター・パリー・デイヴィスも、すでに立ちあがりかけていた。

「……美しいヴェール・オブ・コンウィにあるスランウスト村のミスター・レックス・ベニオン！」

ちょびひげをはやした、平凡な外見の小柄な男が立ちあがった。優勝者の椅子へと歩きながら、拍手に応えて頭をひょこひょこさげている。パウエル＝ジョーンズとパリー・デイヴィスは信じられないといった表情で、立ったままそれを眺めていた。

やがてふたりは申し合わせたように、足音も荒くステージの両脇の階段をおりた。そのまま歩き続けたふたりは、パビリオンの裏口で顔を合わせた。

「レックス・ベニオン！」ミスター・パウエル＝ジョーンズは吐き捨てるように言った。「彼には熱い思いも、情熱も、リズムもなかった。まったく声も出ていなかった」

「大聖堂のなかでキーキー鳴いているネズミそっくりだった」

「これまで、人を奮起させるような説教はしたことがないに違いない。絶対そうだ」

「彼の説教で涙を流した人間は絶対にいない。そうだろう、エドワード？」

「その場でだれかを改宗させたこともないに違いない、そうだろう、トモズ・バック？」

白いシーツとテーブルクロスをまとったふたりは、どこかばかげて見えた。

「きみが勝っていたはずなのに」パウエル＝ジョーンズがしわがれた声で言った「きみはいい声をしているし、熱い思いも情熱もあった」

「それはきみもだよ、エドワード。きみだってそうだ。わたしたちのどちらが勝ってもおかしくなかった。きっと審査員が選べなかったんだろう」

エドワード・パウエル＝ジョーンズの顔がぱっと明るくなった。「それだ！　だから彼が勝ったんだ。審査員はどちらかを選べなかったし、わたしたちのどちらも傷つけたくなかったから、あのキーキーとよくしゃべるレックス・ベニオンを選んだんだ」

「きっとそうだ、エドワード。わたしたちのあいだに差はなかった。そうだろう？　わたしたちはどちらも、ほかの参加者より数段勝っていた」

「来年はきみがひとりで参加すべきだ。わたしは身を引くことにするよ。そうすればきみが勝つチャンスができる」

「ありがとう、エドワード。だが来年はわたしがおりよう。だからきみが出ればいい」

「いや、だめだ。きみはわたしよりも前から練習していたんだから。それは公正じゃない」

「来年のことはまたおいおい考えることにしよう。いまは、本当の勝者のために乾杯しようじゃないか、エドワード・バック？」

「わたしは普段は飲まないんだよ、トモズ・バック。だが、今日という日の重みを考えれば……」

ふたりは風に白いシーツをはためかせながら、並んで遠ざかっていった。

だれがこんな展開を想像しただろうと、エヴァンは思った。今夜は、小さな奇跡がたくさん起きている。

23

翌朝エヴァンがスランフェアの警察署で仕事をしていると、ミセス・スウェリンがやってきた。

「わたしたちはもういつでも出ていっていいのかしら、巡査？」彼女が訊いた。

「だと思いますよ、ミセス・スウェリン」

「アイヴァーの遺体も返してもらえるの？」

「だめな理由はないと思いますね。モスティン・フィリップスはすべて自白して、いま拘留中です。今度こそ、自白は本当だと思います」

マーガレット・スウェリンは笑顔になったが、やがてその笑みが消えた。「かわいそうなモスティン。本当に気の毒だわ。わたしがどうしてアイヴァーを選んだのか、彼には絶対に理解できないでしょうね……でも、あれはコンテストじゃないんですもの。そうでしょう？　アイヴァー・スウェリンを手に入れられるのに、モスティンを選ぶ人がいるかしら？」彼女は悲しげに微笑んだ。「いろいろ辛い目にもあわされたけれど、わたしが本当に愛した人はアイヴァーだけだったの。本当に彼を愛していたのよ、ミスター・エヴァンズ。モスティンには決して理解できないでしょうけれど」

エヴァンはなにを言えばいいのかわからなかった。

「遺体はイタリアに連れて帰って、向こうでお葬式をします」彼女は言葉を継いだ。「国葬にしてくれるらしいの。黒い羽根飾りをつけた馬とかいろいろな装飾品を用意して。アイヴァーは喜ぶでしょうね。盛大に見送られるのは」

エヴァンは笑みを浮かべた。「残念ですよ。ミセス・ウィリアムスはここでちゃんとした葬式をやってもらいたかったようですから」


エヴァンがミセス・ウィリアムスの家に戻ってみると、ミセス・パウエル＝ジョーンズが夫の衣類の荷造りをしているところだった。

「自分の家に帰れるのは本当にいいものね、エドワード」彼女が言った。「スーツケースで生活するのは大変よ」

「不愉快だったね」ミスター・パウエル＝ジョーンズがうなずいた。「落ち着かなかったし、不便だった。コンテストで負けたのはそのせいだと思う——目の前にあるタスクに完全に集中できなかったのだ。ここは自分の家ではないし、面倒を見てくれるおまえもいなかったからね」

ミセス・パウエル＝ジョーンズは夫の肩にぎこちなく手をまわした。「ごめんなさいね、エドワード。もう二度とあなたを置いていったりしませんとも。今度だれかがあの家を借りたいと言って大金を差し出してきたとしても、わたしは誘惑に打ち勝ってはっきり断りますから」

「払い戻しを要求されたりしないだろうね？」エドワード・パウエル＝ジョーンズが尋ねた。「早く自宅に戻ったからといって？」

「とんでもないわ！」ミセス・パウエル＝ジョーンズの声が高くなった「わたしはもう新しい応接三点セットの前金を払ったんですから」

〈レッド・ドラゴン〉ではベッツィが朝の掃除をしていた。

「エヴァンズ巡査とのデートはあきらめたほうがいいみたいだな、ベッツィ」洗ったグラスを載せたトレイを持って入ってきたパブのハリーが言った。「ゆうべ遅く、彼はブロンウェン・プライスの家に入っていったそうじゃないか」

「その噂なら聞いたわ」ベッツィは、鏡をのぞきながら言った。「どうしてもわからないのよ、ハリー。あたしになくて、彼女にあるものってなんなのかしら？　あたしはいつもきれいにしているでしょう？　彼女よりも流行の服を着ているし、スタイルだっていいのに……」ベッツィは言葉を切り、しげしげと自分の髪を眺めた。「髪かもしれない。ミスター・スウェリンが言ったとおり、染めたほうがいいのかもしれないわ。黒髪にしたらどう見えると思う？」

「ばかばかしい」ハリーは言った。「いいかげん自分に見とれるのはやめて、そのグラスを片付けてくれ」

訳者あとがき

《英国ひつじの村》シリーズ第三巻『巡査さん、合唱コンテストに出る』をお届けいたします。

合唱コンテスト？　おまわりさんが？　怪訝（けげん）に思われた方も多いことでしょう。にやりとされた方は、かなりのウェールズ通とお見受けいたします。〝歌の国〟という別名があるくらい、実はウェールズ人は歌が好きです。歴史をさかのぼれば、ケルトの時代から戦士たちは戦いのあとに勝利の賛歌を歌っていたとか。ウェールズ人の歌への愛は、その時代から脈々と受け継がれていたのかもしれません。とりわけ彼らは合唱を好み、いまでもサッカーやラグビーの試合では、スタジアムで必ず合唱が起こるといいます。初等教育や教会の礼拝でも合唱は欠かせないものとなっていますが、それには時代背景が関係しています。

産業革命をきっかけに、ウェールズでは石炭、銅、鉄、スレート関係の産業が発展し、人口が急増しました。炭鉱や製鉄を行う村では衛生状態が悪くて水質が悪化したため、水の代わりに日常的にビールを飲むようになったといいます。ところが、信者に禁欲的な生活を求めるキリスト教メソジスト派の牧師たちはそれを苦々しく思っていました。そこで、飲酒の代わりのお楽しみとして賛美歌を歌うことを奨励したのですが、それが炭鉱夫や農夫といった肉体労働者たちにとりわけ好まれたのでした。いろいろな教会で時間をずらして行われる賛美歌の合唱を求めて、教会から教会へと一日のうちに何軒も渡り歩く人たちもいたそうです。

また、当時はウェールズ語の使用が教会のなかでのみ許されていたという事情もありました。一六世紀、イングランドの支配下に置かれた際に、ウェールズ語の使用が禁止されたのです。ですが、イングランドをプロテスタント国として守るために、ウェールズ国内のすべての教会にウェールズ語に訳されたイングランド国教会の祈禱書と聖書が備えつけられ、宗教的なことがらだけはウェールズ語の使用が許されたのでした。メソジストは飲酒だけでなく娯楽も禁止したため、一八世紀以前のウェールズの民謡は失われてしまいましたが、その代わりに次々と新しい賛美歌が作られました。なかにはウェールズの悲しい歴史やそれに屈しない反骨精神を歌ったものもあり、本書に登場する『ハーレフの男たち』は合唱曲としても有名です。

本書の舞台となっているスランフェアは元々スレート鉱山で栄えた村ということですから、当時は合唱もさぞ盛んだったことでしょう。かつては見事な聖歌隊で、その一員として歌うことは誇りだったという一文が本文にありますが、それも昔の話。若者が減り、隊員の平均年齢がぐっとあがったせいか、その実力も自慢できるようなものではなくなっていました。ところが今年は、文学と芸術の祭典でもあるフェスティバル、アイステズヴォッドの合唱の部に参加することになったのです。よほど人が足りないのか、バスルームで歌っている声がよかったからと、エヴァンまで引っ張り出される始末でした。

そこへ、素晴らしい知らせが舞い込んできます。スランフェア出身で、いまは世界的オペラ歌手となっているアイヴァー・スウェリンがしばらくこの村に滞在するというのです。聖歌隊の指揮者であるモスティンと大学時代の友人であったことから、アイヴァーもアイステズヴォッドでいっしょに歌うことになりました。これで賞を狙えると、隊員たちは気合いが入りますが、アイヴァーの滞在はいいことばかりではありませんでした。近所の人たちがエヴァンに通報してくるほど派手な夫婦喧嘩をしたり、パブで働くベッツィに誘いをかけたり、生真面目なモスティンをからかったりと、平和なスランフェアの村に不穏な空気が漂い始めます。アイヴァーはパウエル＝ジョーンズ牧師の家を借りたため、牧師はミセス・ウィリアムスの家でエヴァンと同居することになり、エヴァンもまた不自由な生活を強いられていました。そんななかアイステズヴォッドの日がやってきて、事件が起きたのでした。

本書はアイステズヴォッドをテーマのひとつとしているせいか、一段とウェールズ色の濃い作品に仕上がっています。ウェールズの料理もいろいろと出てきますね。エヴァンが朝食代わりにつまんだバラブリスはドライフルーツとスパイスを入れた、ローフ型のケーキ。本文では〝ラムのシチュー〟としたカウルは羊肉と野菜を煮込んだスープで、ウェールズの国民的料理とされています。このあたりはどういう食べ物なのかだいたいわかるのですが、写真を見たり、調理法を読んだりしてもまったく想像がつかなかったのがレイバーブレッドでした。海藻から作るということなのですが、海藻を食べる国は世界でもあまりありません。ウェールズの文化が独特であるというひとつのいい例だといえるかもしれませんね。本書ではエヴァンの活躍だけでなく、舞台となっているウェールズという国の雰囲気も楽しんでいただければ幸いです。

観察力も洞察力もあるエヴァンですが、なぜか女性に対してだけはいまひとつそれが働かないようです。ブロンウェンとの仲も進展しているような、いないような……。
次作は来年早々にお届け予定です。どうぞお楽しみに。

コージーブックス

英国ひつじの村③
巡査さん、合唱コンテストに出る

著者　リース・ボウエン
訳者　田辺千幸

2019年　9月20日　初版第1刷発行

発行人　成瀬雅人
発行所　株式会社　原書房
〒160-0022 東京都新宿区新宿1-25-13
電話・代表　03-3354-0685
振替・00150-6-151594
http://www.harashobo.co.jp
ブックデザイン　atmosphere ltd.
印刷所　中央精版印刷株式会社

落丁・乱丁本はお取り替えいたします。
定価は、カバーに表示してあります。
 ISBN978-4-562-06098-6　Printed in Japan